Le Monde de Cosmo

SOMMEIL PARADOXAL
HYPNAGOGIA
EVEIL

Hélène Guétary

Le Monde de Cosmo

ROMAN

Illustrations de l'auteur

Albin Michel

A Henri

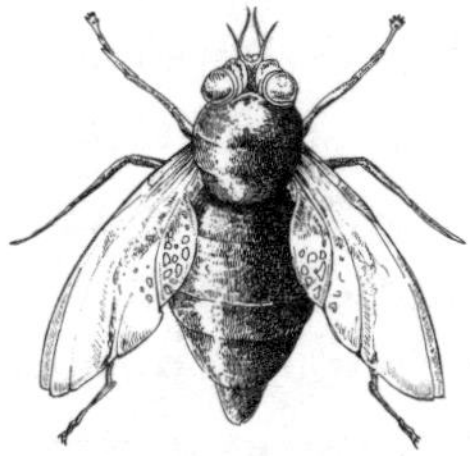

LA COMPAGNIE DES MOUCHES

LA canicule était tombée sur la ville sans préavis, n'améliorant pas le problème des mouches. Le paysage urbain, déjà fort peu avenant, avait changé de couleur. Le ciel jaunâtre était obscurci par les nuées d'insectes.

Des colonies de diptères de race inconnue, ressemblant étrangement au modèle *Calliphora vomitoria*, communément appelé mouche bleue à cause de son abdomen pansu aux reflets outremer, avaient envahi la ceinture tempérée de l'hémisphère Nord quelques semaines auparavant sans qu'aucun scientifique puisse expliquer leur provenance. Les spéculations allaient bon train. Manipulations terroristes, erreur de laboratoire, désordre écologique, l'arrivée soudaine de cette population grandissante d'insectes vrombissants était assaisonnée à toutes les sauces par les médias dont les interprétations fantaisistes semblaient faire encore plus de ravages que leur sujet. Certains charlatans en profitaient pour développer moult théories empreintes d'une spiritualité douteuse, évoquant des phénomènes de métempsycose et de réincarnation. D'autres incitaient la population à ne plus manger de viande, convaincus que les larves naissaient de la chair morte, comme autant de phénix maléfiques et putrides.

Les biologistes des grandes mégalopoles avaient bien entendu capturé les bestioles pour les disséquer et les étudier le plus sérieusement du monde, mais il avait fallu attendre un certain temps pour parvenir à un résultat, et de surcroît le publier.

La compagnie des mouches inquiétait la population.

Sautant sur l'occasion de cette nouvelle psychose, une poignée d'entrepreneurs extrêmement réactifs avaient inondé le marché de chapeaux-moustiquaires du plus bel effet, directement inspirés des couvre-chefs qu'on trouvait depuis des siècles sur la tête des trieurs de poissons des ports de pêche de la mer de Chine. Ces coiffes étaient déclinées pour toutes les bourses suivant le même principe : un rond plat, troué en son centre de manière à s'adapter à différentes formes de crânes, dont les diamètres variaient selon les modèles. Une moustiquaire pendait de sa circonférence comme un rideau, protégeant les porteurs de chapeau des éventuelles agressions des insectes.

La version originale, confectionnée à base de carton et de filet de nylon, très bon marché, était disponible à chaque coin de rue des mégalopoles, mais on pouvait trouver dans les beaux quartiers un choix beaucoup plus vaste, allant jusqu'au modèle en galuchat, coupé sur mesure, agrémenté de pans de voiles de soie fine, proposés dans des couleurs divines conçues pour faire oublier le piteux état de l'environnement.

Après avoir laissé les médias inquiéter la population, les autorités avaient finalement annoncé que les mouches, disséquées et étudiées simultanément par plusieurs pays, pouvaient être considérées comme inoffensives : elles piquaient peu, elles ne propageaient pas de virus. On conseillait néanmoins aux individus souffrant d'allergies d'être vigilants, mais aucun problème grave n'avait été observé officiellement.

Il était fort possible qu'officieusement ce soit différent.

La conférence à laquelle Pearl se rendait au musée des Sciences allait confirmer ses suspicions.

La jeune femme s'était résolue à prendre le métro afin d'arriver en avance. Au moment même où elle s'étonnait du bon fonctionnement du réseau des transports publics, les wagons s'immobilisèrent sur le quai de la station Lincoln Center pour cause de surchauffe. La mauvaise ventilation rendant l'atmosphère irrespirable, Pearl préféra la perspective des mouches et des courants d'air lourd qui l'attendaient à la surface à l'étouffement garanti par l'épaisseur de béton qui séparait les couloirs souterrains du niveau de la ville.

Elle gravit quatre à quatre les escaliers suintants menant vers la sortie, retenant sa tenue de combat des deux mains pour ne pas s'empêtrer les genoux dans la montée : détestant par principe se plier aux lois du marché, elle avait boudé les ronds de chapeaux des mers de Chine et s'était confectionné une combinaison de survie à l'aide d'un filet entourant son visage, ses bras et ses jambes nues.

Pearl marcha tranquillement de la 62e à la 82e Rue, telle une princesse touareg nouvelle manière, protégée des agressions du monde extérieur par son drapé maison.

La jeune femme avait un avantage secret sur ses concitoyens : le bourdonnement incessant des nouveaux pensionnaires de la ville n'avait pas de prise sur ses tympans. Elle portait une paire de boules Quies haut de gamme, qu'elle avait acquise juste avant la crise des mouches pour pallier les nuisances sonores de son quartier. Pearl habitait au Palais de Vénus, un bâtiment bien mal nommé destiné à accueillir la population féminine et célibataire en situation précaire, situé sous le pont de Brooklyn. Le roulement des véhicules sur la structure métallique, les sirènes obsédantes et les multiples explosions qui secouaient régulièrement la ville – sans compter les jacassements incessants de ses colocataires qu'elle percevait à travers les murs de la pension – eurent vite raison de ses capacités à se concentrer.

L'acquisition de bouchons d'oreilles devint prioritaire, pour ne pas dire urgente. En économisant plusieurs semaines sur ses allocations transport, la jeune femme put enfin accéder à la tranquillité. Elle avait eu du flair : on ne trouvait plus le moindre dispositif anti-bruit sur le marché, les stocks ayant été épuisés peu de temps après l'arrivée des insectes.

Pearl avait enfin découvert l'univers du silence. La première fois qu'elle porta ses bouchons d'oreilles en silicone adaptable, elle eut l'impression de se trouver en possession d'un trésor. En effet, la jeune femme souffrait depuis des années sans le savoir d'une forme rare d'hyperacousie qu'avait enfin décelée le prothésiste qui lui ajusta ses appendices. Pendant son enfance à l'orphelinat, cette extrême sensibilité auditive lui avait permis de se protéger ainsi que de créer la stupeur autour d'elle : grâce à sa capacité à entendre à travers les murs, Pearl pouvait prendre connaissance des petits et gros dangers avant qu'ils n'adviennent, des secrets d'alcôve sans que personne le sache et avait développé un don infaillible pour deviner les thèmes d'étude qu'aucun de ses professeurs ou de ses camarades n'avait jamais pu s'expliquer. Ces anticipations forcées avaient eu pour conséquence inconsciente une capacité d'adaptation hors du commun. Ses camarades la prenaient vaguement pour une magicienne et ses professeurs pour une surdouée.

Le changement de localité déstabilisa Pearl.

Ses oreilles ne furent plus qu'une source de souffrance quand elle arriva dans la mégalopole. La surcharge de bruit, d'alertes et de conversations inutiles y était telle que son anomalie auditive devint vite insupportable.

Pearl ne se séparait dorénavant de ses prothèses auditives que pour suivre ses cours ou pour se rendre chez Mme Wolski, sa logeuse. L'imposante responsable en chef du Palais de Vénus l'avait prise sous son aile et l'invitait à dîner tous les jeudis. Les deux femmes s'étaient rapidement liées d'amitié et prenaient grand plaisir à ce rituel hebdomadaire. Chacune y trouvait son compte. Même si elle s'était accommodée de sa solitude, Pearl avait manqué d'affection pendant toute son enfance. La jeune femme était très touchée par la gentillesse et la générosité de cette grosse dame pittoresque dont la repartie et l'humour n'avaient d'égal que l'infini bon sens. Pearl chérissait son improbable protectrice, qui, elle, se montrait ravie de partager ces bons moments et de prodiguer ses conseils à celle qu'elle appelait sa petite puce. L'image était assez juste : à côté de Pearl dont les proportions délicates rappelaient celles d'un tanagra, Mme Wolski ressemblait à un éléphant de mer en tablier, ou encore à une tour de château fort, pourvue d'une énorme bouche peinte en rouge vif, de la barre étincelante de son dentier trop long, et d'une touffe de poils ornant son menton qu'elle tournicotait régulièrement autour de ses doigts potelés.

Pearl était ce qu'on appelait dans la société contemporaine une « résiliente ». Confrontée à la solitude et au cadre maussade de l'orphelinat, constatant dès le plus jeune âge qu'elle ne pouvait se fier à l'extérieur, elle s'était forgé une vie intérieure riche et complexe. Sa curiosité était aussi forte que sa passion pour l'imaginaire. La jeune fille s'était très tôt montrée avide de connaissances et apte à les faire fructifier. Lorsque, à sa majorité, le bureau 233A lui avait fait passer les tests habituels, ils avaient remarqué son exceptionnelle maîtrise des langues mortes et des langues minimes, développée de manière autodidacte. Le qualificatif de langues minimes désignait les langues des petits pays lointains, c'est-à-dire des pays économiquement insignifiants et géographiquement éloignés de la moitié occidentale de la ceinture tempérée de l'hémisphère Nord.

Pearl parlait couramment un certain nombre de dialectes asiatiques et africains. Elle était particulièrement calée en tamachek, la langue des nomades berbères. Les autorités n'avaient pas grand-chose à faire des dialectes du Sud, mais pour des raisons politiques, au début de ce nouveau siècle, quelques dirigeants adeptes de la démagogie avaient cru de bon ton de créer un département d'aide culturel, le BEIC (dont l'abréviation signifiait « Bureau pour les efforts incongrus à la connaissance »). Bien que son but fût clairement d'aider dans tous les domaines les individus dont la structure mentale permettait à la diversité culturelle du monde de perdurer, cet organisme avait survécu au nivellement des mentalités. Ses bénéficiaires étaient trop peu nombreux pour constituer l'ombre d'une menace pour la pensée dominante.

Pearl fut placée d'office par le BEIC dans la mégalopole afin qu'elle continue dans de meilleures conditions les études qu'elle avait commencées à la force de sa volonté. La jeune femme se perfectionnait dans les bibliothèques, suivait des cours du soir et assistait aux cycles de conférences gratuits. Elle trouva sans mal un emploi de traductrice à mi-temps chez un écrivain public, un certain M. Pluck, qui avait pignon sur rue au sud de Delancey Street. Sa boutique datait du siècle dernier, et l'affaire avait résisté aux crises successives grâce à une clientèle constamment renouvelée par les vagues d'immigration. La jeune fille s'était habituée sans mal au caractère désagréable de son employeur car ce travail présentait deux avantages précieux : l'assurance du minimum vital et du temps libre pour s'adonner à son sujet d'étude favori, l'imaginaire sous toutes ses formes.

C'est dans ce contexte qu'elle avait rencontré, quelques années auparavant, le professeur Twain, physiologiste et théoricien du rêve, lors d'un séminaire sur l'imaginaire collectif qu'il donnait dans son orphelinat. La jeune femme guettait depuis toutes ses publications.

Pearl arriva un peu en avance à la conférence.

Le musée était un édifice hybride où semblaient s'affronter silencieusement le passé et le futur. La partie d'origine, un bâtiment en U d'inspiration gothique, abritait les collections d'histoire naturelle. Une nouvelle architecture en arc de cercle était accolée à l'ancienne, reprenant dans une version miroitante de métal et de verre, comme un jumeau d'une autre époque, la forme de son aïeule dont la première pierre avait été posée sur le sol de la 82e Rue deux siècles auparavant.

Le complexe fut rebaptisé musée des Sciences en grande pompe lors de la construction des nouveaux bâtiments consacrés à la recherche en génétique. Le premier étage accueillait l'administration, quelques salles du rez-de-chaussée exposaient les dernières découvertes présentables au grand public. Le sous-sol abritait la recherche. Constitué d'étages creusés en négatif vers le centre de la terre, il évoquait une fourmilière, productive et secrète. L'immense espace souterrain était à l'image de la mégalomanie qui animait ses nombreux habitants, les généticiens surnommés « Chercheurs de la nouvelle Genèse ».

Véritable métaphore architecturale, ce projet avait vu le jour lors de l'achèvement du séquençage du génome humain, au début du siècle.

Les autorités avaient alors besoin d'affirmer un semblant de sens moral quant à la préservation du passé, tant les médias servaient à boire et à manger sur les dérives probables – et à leur avis impossibles à contrôler – des sciences du XXIe siècle. Ils eurent l'idée de construire le nouveau bâtiment du musée des Sciences comme une réplique ultramoderne de son aïeul souffreteux dans le but de rassembler par ce geste symbolique tous les publics.

À l'image de la population de la terre, l'ancien édifice, situé au sud, avait souffert des changements du monde du XXe siècle. Aussi vétuste et abandonné que sa moitié nord était entretenue et valorisée, il s'effritait inexorablement. Des filets recouvraient les murs de pierre rouge, rongés par la pollution, afin de retenir tant bien que mal les parties friables.

Les parois de l'édifice nord, elles, lisses comme de l'eau, reflétant le paysage environnant sur leurs surfaces idéales, semblaient indestructibles, tels des écrans dressés vers le ciel qui tenaient debout par l'opération du Saint-Esprit.

À l'intérieur de l'ancien bâtiment, tout était demeuré d'origine, même les couches de poussière : les autorités avaient laissé en l'état les salles de diaporamas peuplées d'animaux empaillés qui dataient de 1930 comme autant de témoignages des sciences du passé. Les éclairages défectueux et le manque d'entretien donnaient à ces représentations de la faune terrienne un aspect fantomatique. Les araignées avaient tissé leurs toiles dans les vitrines au fil des ans, reliant les défenses de phacochères ou les ailes des oiseaux en simulation de vol à leurs décors du bout du monde.

Pearl se dirigea vers l'amphi Chronos, empruntant les couloirs de l'aile sud. Même s'il tombait en lambeaux, la jeune femme affectionnait particulièrement ce lieu poussiéreux. Il sentait bon l'ancien, la mythologie, l'histoire et les histoires. Elle allait souvent s'y recueillir face aux immenses squelettes de dinosaures ou aux représentations grandeur nature de baleines bleues dont la peinture, victime du temps, s'écaillait en petites plaques qui jonchaient le sol comme la mue d'une peau ancestrale.

Le manque de restauration avait éloigné les programmes universitaires de l'amphi Chronos, qui était presque exclusivement utilisé par le BEIC. L'organisation le louait à moindres frais pour les cycles de conférences qu'elle programmait depuis le passage au troisième millénaire sous le titre ombrelle d'« Université de la diversité des savoirs à l'usage des autodidactes ».

La grande double porte en bois vermoulu était entrouverte.

Pearl se glissa à l'intérieur et s'assit au troisième rang. Elle tenait à voir le professeur Twain de près et à ne pas perdre un mot de son exposé.

Elle avait reconnu avec plaisir son visage sur les affichettes, il était si rare qu'il s'exprime en public. On parlait peu ou prou des travaux de Twain. Le vieux professeur était considéré par ses pairs au mieux comme un fantaisiste, au pire comme un individu subversif qui flirtait avec le charlatanisme. Pearl n'en avait que faire. La pensée de cet homme brillant la passionnait.

Quelques auditeurs arrivèrent les uns après les autres et prirent place nonchalamment sur les vieux bancs de bois qui rythmaient l'amphithéâtre en hémicycle.

Sur l'estrade, des appariteurs en blouse grise branchaient le matériel de projection.

Un homme de petite taille, vêtu d'un costume de tweed malgré la chaleur, entra dans la salle par la petite porte du bas et se dirigea vers l'estrade. Il posa son porte-document en cuir usé sur le pupitre, régla le vieux microphone à sa hauteur puis toussota pour vérifier le niveau sonore.

Une grande mèche blanche barrait son front, lui donnant des allures de professeur Nimbus. Du troisième rang, Pearl pouvait discerner sans mal ses yeux pleins de curiosité, agrandis démesurément par ses lunettes à l'ancienne. Il rajusta celles-ci sur son nez busqué et fit un tour d'horizon qui lui arracha un petit sourire triste.

Il y avait à peine une vingtaine d'auditeurs dans l'amphithéâtre qui aurait pu en accueillir plusieurs centaines.

Le professeur Myron Twain n'était pas surpris. Peu de gens prenaient ses recherches actuelles au sérieux. La physiologie du rêve n'intéressait plus personne et ses théories sur l'invasion des mouches en dérangeaient plus d'un.

Bien évidemment, mis à part les prospectus du BEIC, il n'avait bénéficié d'aucune publicité pour son cycle de conférences.

Finalement il aperçut Pearl et lui fit un petit signe de la main. Elle lui répondit discrètement, ravie que le vieil homme ne l'ait pas oubliée.

Twain attendit patiemment que les appariteurs en blouse grise aient fini leurs branchements puis il prit la parole.

– Je voudrais aujourd'hui attirer votre attention sur un nouveau phénomène inquiétant. Regardez...

Le professeur dirigea son avant-bras fatigué vers les trois écrans qui occupaient le mur en fond de scène.

Une projection apparut. À gauche et à droite, un film montrait des patients allongés sur des lits d'hôpital, leurs fronts bardés d'électrodes reliées à des instruments de mesure complexes. Des courbes décrivant leur activité cérébrale, intitulées cas n° 1 et n° 2, étaient projetées sur l'écran du milieu.

– Ces patients sont atteints d'une forme non répertoriée de narcolepsie. Vous avez tous dû entendre parler de l'épidémie qui affecte les populations des mégalopoles occidentales. J'ai observé que ces nouveaux cas présentaient une caractéristique singulière : les malades, outre le fait de s'assoupir dès que leurs sens ne sont pas suffisamment sollicités, souffrent d'une absence totale de sommeil paradoxal.

Twain se retourna vers son auditoire. La plupart des spectateurs le regardaient avec des yeux de merlans apathiques, sans manifester de réaction particulière à cette information. Il reprit, tentant d'adopter une certaine gravité dans le ton de son discours.

– Pour rafraîchir votre mémoire, le sommeil paradoxal est le siège du rêve proprement dit. Il a été découvert dans la deuxième moitié du XXe siècle par le physiologiste français Michel Jouvet. Le sommeil paradoxal est IN-DIS-PENSABLE à l'homme.

Dans le film projeté sur l'écran de gauche, on vit Twain entrer dans le cadre et se diriger vers l'écran de contrôle. Après avoir vérifié les connexions des diverses électrodes, il secoua l'instrument électronique avec stupeur.

– Je dois dire que lors de ma première observation, j'ai cru à une erreur de mesure. On n'a jamais vu ça. J'ai vérifié toutes les archives disponibles. Quand l'étude du rêve était à la mode, les chercheurs observaient les conséquences de l'absence de rêve en induisant chimiquement un arrêt des périodes de sommeil paradoxal chez leurs patients. Le bilan était clair : les gens privés de cette fonction deviennent très rapidement hypersensibles à l'extrême, perdent toute concentration et souffrent de troubles de la mémoire et de modifications de la personnalité. Ces expériences sont les seules références que nous ayons à notre disposition : jamais nous n'avons observé la disparition de cette phase du sommeil de manière spontanée. Aucune pathologie, jusqu'à aujourd'hui, n'attaquait l'activité onirique. La fonction du rêve, pour la première fois depuis que le monde est monde, subit une altération. Chez le dormeur sain, l'activité cérébrale se modifie, atteignant sa puissance maximale en entrant dans la phase de sommeil paradoxal. Les globes oculaires sont alors animés de mouvements rapides, sans doute afin que le dormeur observe les événements qui se déroulent dans son rêve. Revenons à nos deux patients de ma clinique du Vermont. Nous les appellerons Joe et Jack, si vous le voulez bien – ça me paraît plus respectueux que n° 1 et n° 2.

Il descendit de son pupitre, brancha son micro HF et se dirigea vers l'écran central qui faseyait dans les courants d'air chaud comme une grande voile. Il n'y avait que l'écran qui bougeait. Pas un souffle n'animait les lignes parfaitement horizontales représentant les activités cérébrales des patients endormis. Seul un vague grésillement sonore donnait du relief à la projection.

Le professeur Twain ne faillit pas à son sens réputé de la mise en scène. Il marqua une pause pour dramatiser sa démonstration.

L'image des courbes sans vie fit place à celle de leurs propriétaires bardés d'électrodes. La caméra avança lentement vers le visage des patients. Le conférencier resta immobile, de dos, les mains jointes comme s'il se recueillait devant un défunt. Quand les dormeurs furent en gros plan, il leva les bras lentement en V. Le volume du grésillement augmenta dans les enceintes jusqu'à devenir difficile à supporter.

Le vieil homme se retourna vers son auditoire et reprit son exposé, indiquant les écrans d'un grand geste du bras. On y voyait maintenant les paupières parfaitement immobiles de Joe et Jack.

– Pas le moindre mouvement oculaire... Regardez ces courbes, on ne peut même pas appeler ça des courbes, elles sont plus plates que l'encéphalogramme d'un mort ! Pas la moindre activité cérébrale, alors que Joe et Jack entrent à ce moment même dans la période paradoxale de leur cycle de sommeil. Je vous rappelle que c'est à ce stade qu'une courbe normale ferait des bonds dignes d'un orage électrique. Et pourtant c'est à ce moment, chez ces patients, que toute activité cérébrale cesse. Pas le moindre rêve. Rien, niet, néant absolu.

Le professeur redressa sa longue mèche blanche. Il s'assit sur le banc du premier rang et regarda ses auditeurs en silence, un triste sourire de résignation se dessinant sur ses lèvres.

– Vous rendez-vous compte de la signification de ce phénomène ?

Le voisin de Pearl leva le bras.

– La fin de la créativité ?

Twain se retourna vers le jeune homme pour acquiescer.

– Au bas mot…

Il se dirigea vers son pupitre pour approfondir.

– La synthèse de l'activité psychique consciente et de l'activité psychique inconsciente constitue l'essence même du travail de créateur. L'essence, exactement comme dans un moteur : l'énergie qui permet à l'étincelle de jaillir. Nous observons donc depuis quelque temps la disparition de notre capacité physiologique à produire cette étincelle. Ce problème, quoi qu'en disent les autorités, est en train de s'étendre. Nous assistons à une véritable épidémie.

Le voisin de Pearl prenait des notes à toute vitesse selon une technique inconnue à la jeune femme qui ressemblait à la sténographie de ses ancêtres dont elle avait entendu parler chez M. Pluck. Il inscrivait une succession de points et de traits sur un calepin, passant son crayon de la main droite à la main gauche pour aller plus vite.

Pearl se rapprocha de lui, intriguée. Il releva le visage. Il avait d'immenses yeux d'une couleur étrange, une sorte de mauve transparent. Il esquissa un sourire à l'attention de sa voisine, ce qui ne manqua pas de la surprendre. Elle n'avait pas l'habitude qu'on lui sourie.

Le jeune homme allongea le bras pour poser une question au professeur Twain.

– Pensez-vous que ce problème a une origine organique ?

– Vous voulez dire pathologique ?

– Oui, enfin, pour être plus précis, s'agit-il d'une maladie, d'origine virale par exemple, ou pensez-vous que ce problème est intrinsèque à l'évolution de l'homme, généré par une sorte de besoin d'adaptation ? Peut-être l'homme moderne censure-t-il ses rêves ?

– Jeune homme, vous êtes au cœur du sujet. Je crois que nous avons là l'éternel problème de la poule et de l'œuf. Qu'est-ce qui a commencé, la poule, ou l'œuf ? Comment répondre ? La poule et l'œuf sont inexorablement liés. Est-ce que l'appauvrissement de la créativité a créé cette atrophie onirique ou est-ce que c'est précisément ce problème d'atrophie onirique qui est responsable de l'appauvrissement de la créativité humaine ?

Le professeur Twain partit dans un monologue lyrique retournant son œuf et sa poule dans tous les sens pour démontrer l'état psychique de l'humanité : les progrès du XXe siècle avaient atteint un rythme tellement accéléré que l'homme contemporain, complètement dépassé par la complexité de son monde, s'était résigné à n'être que l'observateur passif d'un ordre à priori incompréhensible. Replié sur sa sphère personnelle, il se refusait l'effort du travail de rêve, et se privait tout simplement de sa capacité d'agir, de son pouvoir de transformer.

Un auditeur se leva pour demander à Twain si sa conférence avait pour objet une divagation philosophique ou un exposé scientifique. Le professeur ne répondit pas directement à la question, et approfondit sa thèse de la poule et de l'œuf. Son discours ne brilla pas par sa clarté, mais sa conclusion, elle, parut limpide, tout du moins à Pearl.

– Sans le travail du rêve la situation de notre monde va s'appauvrir de plus en plus. Le rêve de l'homme s'est rétréci, et je me demande si cet état de fait n'est pas à l'origine de cette épidémie. Il nous faut embrasser des aspirations larges. L'homme a besoin de se réinventer, de réhabiliter le désir de constructions imaginaires, de faire renaître sa soif d'utopie afin de nourrir l'inconscient collectif.

Un type sortit de son apathie pour prendre la parole.

– Professeur Twain, l'utopie est responsable du déclin de la civilisation occidentale, il est très dangereux d'avancer des choses pareilles.

– Calmez-vous, et essayez de comprendre mon point de vue. Je parle de l'utopie dans son sens le plus vaste. Référez-vous à la définition du dictionnaire : CONCEPTION OU PROJET IMAGINAIRE À PRIORI IRRÉALISABLE, articula le conférencier pour mieux se faire comprendre. C'est un mouvement de l'esprit indispensable à l'évolution, qui a, depuis que le monde est monde, permis à l'être humain de se dépasser, de renverser les idées acquises, d'inventer ! Étymologiquement, *u-topia* signifie non-lieu. Il s'agit d'un lieu qui n'existe pas, si ce n'est dans l'imaginaire de l'homme. La faculté de rêve est directement liée à la capacité d'imaginer.

Les paupières de Joe et Jack étaient toujours immobiles et leurs courbes cérébrales demeuraient irrémédiablement plates.

Un des auditeurs siffla pour contester.

Twain frappa son poing sur le pupitre.

– Vous voulez savoir ce que cette épidémie représente ? L'esprit humain court à sa perte !

Un grondement anima la salle.

– Chiqué ! cria un auditeur. De quoi parlez-vous, bon Dieu ?!

– Le progrès n'a pas tenu ses promesses, continua le professeur avec verve, il constituait une source d'espoir, il est devenu une source d'inquiétude. Nous nous sommes laissé déposséder de notre imagination, nos voyages intérieurs sont en voie de disparition. Nos désirs, notre désir s'enfuit ! Les théories concernant les fonctions du rêve sont multiples, et toutes controversées, puisqu'il est impossible de les prouver. Mais il y a une chose dont je suis profondément certain : le rêve permet à l'homme de puiser au fond de lui-même dans ses ressources inconscientes, des ressources dont il est le seul détenteur. Ainsi il peut augmenter son potentiel en tant qu'individu et son inventivité, sa propre manière de penser, de construire. Pourquoi pensez-vous que les organismes répressifs du siècle dernier enfermaient leurs détracteurs dans des hôpitaux psychiatriques ? Pour quelle raison ? Tout simplement pour leur donner des drogues qui suppriment le rêve. Ces individus devenaient plus malléables, plus perméables à l'environnement idéologique. L'histoire se répète, mais cette fois, la menace nous concerne tous. Si vous voulez savoir le fond de ma pensée, cette épidémie est induite par l'homme lui-même. C'est un dérapage de laboratoire !

Un grondement parcourut l'assemblée. Des sifflements fusèrent.

– Professeur Twain, pensez-vous que la crise des mouches ait une incidence sur ce phénomène ? demanda Pearl timidement.

– J'allais y venir. Contrairement aux informations que les autorités veulent bien nous divulguer, cette subite invasion d'insectes semble avoir aggravé le problème. Depuis son apparition, les cas se sont multipliés. Dans notre clinique du Vermont, nous avons observé une augmentation qui frise les 60 contre 1.

Soudain, une explosion dans le hall mit fin aux théories du professeur. Un souffle puissant éventra les portes et un nuage de poussière envahit l'amphithéâtre.

Pearl s'aplatit à terre, son voisin au regard délavé se jeta sur elle pour la protéger. Twain disparut sous son pupitre.

Un lourd silence s'installa.

Pearl entendit le cœur du jeune homme allongé sur elle battre au-dessus de son oreille.

Elle sentit sa peau palpiter contre la sienne. Elle en oublia le danger. C'était agréable et chaud. Ce corps inconnu qui l'abritait lui donna l'impression d'un nid, un cocon confortable où rien ne pouvait lui arriver. Les quelques minutes pendant lesquelles elle resta blottie entre ces bras inespérés lui semblèrent une journée entière.

Finalement, la voix de Twain brisa ce moment privilégié.

– C'est bon, les enfants, vous pouvez vous relever, ça n'était qu'une fausse alerte, comme d'habitude.

Le jeune homme courbé au-dessus d'elle lui murmura à l'oreille :

– Mademoiselle, la voie est libre.

Les quelques spectateurs effarés détalèrent dans la poussière.

Twain continua à parler, mais le micro ne marchait plus. Il fit porter sa voix à la manière d'un tragédien sur une scène de théâtre.

– Il faut encore avoir la capacité de rêver pour construire un autre monde. Seuls les mythes sont immortels, ils sont comme des phénix renaissant sur les ruines...

Pearl se redressa, se retrouvant nez à nez avec son protecteur. Elle vit ses yeux, qui envahirent le paysage. Des taches multicolores parsemaient ses iris transparents, un peu comme un champ de fleurs ou une constellation. Ils brillaient d'une lueur qui dépassait leur contour. Elle eut la sensation de s'y noyer, puis elle se dégagea abruptement, complètement troublée par cette rencontre.

Il tendit la main.

Il caressa la joue de Pearl pour en dégager la poussière puis observa son visage comme un entomologiste l'eût fait.

Il lui sourit.

Il lui remit sur le nez ses lunettes qu'elle avait égarées en plongeant.

Elle lui tendit la main, ne sachant que faire d'autre.

– Merci. Je m'appelle Pearl.

– Et moi Cosmo, je suis tout à fait enchanté, dit-il, le visage barbouillé de poussière.

Et soudain, les yeux du jeune homme changèrent de couleur.

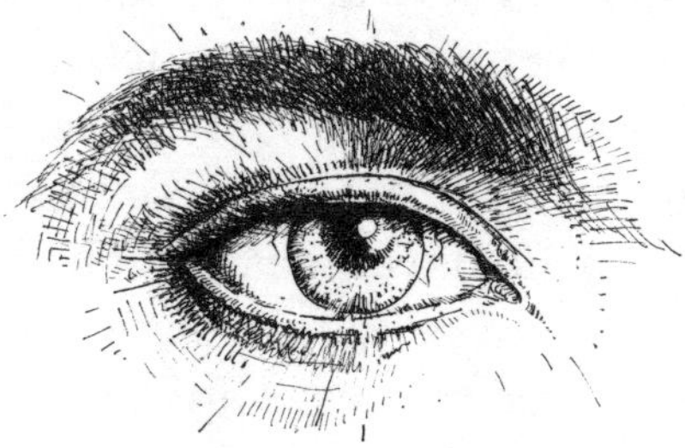

LA SAISON DES AMOURS

L'EXPLOSION du hall de l'amphithéâtre ne fut pas revendiquée.

Préférant garder profil bas, le BEIC fit son possible pour étouffer l'affaire. Ils nettoyèrent le hall de fond en comble et camouflèrent le mur béant par une toile de chantier imprimée de leur logo, attendant des jours plus cléments pour réparer les dégâts.

Cet attentat n'eut donc pas de répercussions, si ce n'est sur le quotidien de Pearl qui s'en trouva bouleversé : l'explosion lui avait permis de rencontrer Cosmo.

Contrairement à ses contemporains, Pearl tenait absolument à croire en la magie des rencontres et non pas à rechercher celles-ci de manière administrative. La mode était aux « clubs d'associations à but affectif » où l'on arrivait avec une fiche descriptive de sa petite personne et une liste de desiderata qui étaient analysés par un ordinateur, afin de procéder au juste assortiment des âmes. On pouvait aussi se rendre à des soirées express dans les bars du sud de la ville où les inscrits passaient quelques minutes à boire un verre avec leurs colistiers du sexe opposé. Sans parler des salons virtuels sur le web, où les internautes déballaient tout ce qui leur passait par la tête par écran interposé. Les statistiques récentes avaient établi que les rencontres virtuelles évoluaient de moins en moins vers de véritables aventures incarnées en chair et en os. Elles perduraient dans l'impalpable, permettant ainsi de rester dans le domaine du fantasme, de l'idéal, en évitant de se frotter aux aléas de la réalité. Fuir toute éventualité d'échec était devenu la ligne de conduite en ce qui concernait les relations humaines.

Dans la vie moderne, on abordait la rencontre, qu'elle soit amicale ou amoureuse, comme un problème potentiel, avec en première ligne le souci du zéro risque. Zéro risque de se prendre un râteau, zéro risque de se dévoiler, zéro risque de se tromper. Ces inventions de la société de la solitude paraissaient absurdes à Pearl. Elles ne faisaient qu'approfondir les fossés qui séparaient les êtres et avaient pour conséquence directe le triste record du pourcentage de célibataires.

Cette attitude générale lui semblait aller à l'encontre de la recherche du bonheur et des plaisirs que l'existence pouvait vous offrir.

Quelle drôle d'idée que de remplacer par de la lâcheté ce qu'il y avait de plus précieux dans la vie humaine : la curiosité, l'ouverture à l'autre, le charme du hasard, le mystère qui réside en la faculté de reconnaître des attirances et des confiances plus fortes que soi. Bien qu'elle n'ait pas une grande expérience en la matière, cette opinion s'était forgée au plus profond de son cœur, conviction intuitive qui ne s'était pour l'instant confirmée qu'à travers les histoires qu'elle avait lues dans les livres.

Cosmo avait un drôle de physique. Il n'était pas très grand, son corps agile et souple évoquait celui d'un animal gracieux, et ses mains rapides semblaient façonnées pour engendrer des tours de magie. La première fois qu'il fit apparaître pour elle un papillon vivant, elle avait trouvé ça parfaitement naturel.

Elle ne se posait pas non plus de questions sur l'étrange particularité de ses grands yeux en amande. Ils changeaient régulièrement de couleur, au gré de ses émotions. Son visage taillé à la serpe se métamorphosait complètement quand il souriait.

Cosmo était un type étrange et poétique, à l'esprit tout à fait à part. Il semblait appartenir à un autre monde. Cette singularité enchantait Pearl autant qu'elle l'attirait. Sa fantaisie et sa gentillesse en faisaient aux yeux de la jeune femme un être précieux, envoyé par le destin. Son nouvel ami était employé depuis peu au département d'ostéologie situé dans les étages poussiéreux de l'ancien bâtiment du musée des Sciences. À part le fait qu'il se considérait comme un chercheur et que son travail consistait à étudier les os, Pearl ne savait pas grand-chose sur lui. Le jeune homme faisait preuve d'une extrême discrétion. Elle n'avait pas réussi à savoir quelle était sa ville d'origine ni où il habitait exactement. Elle crut comprendre au fil de leurs conversations que le patron de Cosmo lui laissait occuper un coin du local où étaient entreposées les pièces de collection à réparer, laissées pour compte, faute de budget et d'intérêt, à la fin du siècle dernier. Le jeune homme insinuait souvent qu'il lui ferait visiter son domaine, sans pour autant s'exécuter. Pearl avait mis cette réserve sur le compte de la pudeur, ou tout simplement d'une impossibilité. Elle-même n'était pas autorisée à inviter des étrangers dans sa chambre du Palais de Vénus. Et si le règlement l'eut permis, elle n'aurait sans doute pas souhaité emmener qui que ce soit dans les quelques mètres carrés sans charme qui lui servaient de logement.

Cosmo lui avait tout de même donné son numéro de portable, mais elle préférait attendre ses coups de fil.

Les jeunes gens se voyaient plusieurs fois par semaine à la bibliothèque du musée et déjeunaient ensemble à l'Alpine Tavern, un lieu obscur dont les murs étaient encombrés d'une multitude de trophées des matches de base-ball datant du siècle dernier. On pouvait y déguster des ailes de poulet à la diable et du chou haché à l'ancienne tout à fait abordables.

Si, après quelques semaines, elle ne se lassait pas de sa compagnie, elle commençait par contre à se demander à quoi tenait le mystère dont il enrobait sa vie. Cosmo n'était jamais libre le soir, ni la nuit. Il disparaissait au coucher du soleil. Ses cachotteries relevaient-elles d'une certaine timidité, d'un simple calcul ou devaient-elles être considérées comme un loup à soulever ? Alors qu'elle se laissait aller à ces spéculations, le regard perdu dans le vasistas qui servait de fenêtre au bureau de M. Pluck, un rugissement de ce dernier la tira de sa rêverie.

– Je fais quoi ici ? Du mécénat ? C'est pas parce que vous parlez dix-neuf langues qu'il faut vous croire tout permis, ma petite demoiselle ! Le temps c'est de l'argent ! Je vous observe depuis cinq minutes, vous n'avez pas écrit un mot !

– J'ai fini le dossier Schlemmer.

Il jeta bruyamment un classeur sur le bureau de son employée.

– Eh bien en voilà un autre. C'est du swahili.

– Je vois.

– Vous ne voyez rien du tout. C'est une lettre d'amour à traduire. Ça sent à plein nez la magouille pour un permis de travail. C'est pour une certaine Mme Porter. Seule, moche, désespérée, vous voyez le genre, elle s'est trouvé son indigène sur Internet. Grouillez-vous, la pauvre femme est pressée, elle en a besoin pour demain.

Pearl parcourut la lettre.

– Elle ne parle pas ce dialecte ?

– Mais si, elle sait dire « Prends-moi chéri » dans toutes les langues minimes... Évidemment elle ne le parle pas ! Allez, torchez-moi ça vite fait !

Pluck redressa le toupet qui ornait son front dégarni, fit claquer ses bretelles et retourna vers son bureau. L'écrivain public était un petit homme sec, fort laid, qui n'écrivait d'ailleurs rien du tout. Sa manière d'exercer sa fonction se rapprochait plus de celle d'un négrier. Il employait exclusivement des femmes, jeunes si possible, qu'il reluquait sans vergogne, qu'il sous-payait sans scrupule, et avec qui il se montrait parfaitement détestable. Son mode de communication préféré était la saillie odieuse et il était passé maître dans le domaine de l'insulte. Il parlait avec un accent anglais aussi précieux qu'incongru, qui n'allait pas du tout avec le nombre impressionnant de jurons émaillant son langage.

Pluck avait un penchant certain pour Pearl car elle s'était montrée totalement imperméable à ses piques incessantes. La jeune femme, bien trop contente d'avoir trouvé dès son arrivée à la mégalopole un travail qui lui permettait de poursuivre ses études personnelles, ne faisait aucun cas du comportement désagréable de son employeur, ce qui ne cessait de surprendre ce dernier.

– Vous ne pourriez pas mettre quelque chose de plus décolleté ? Vous avez un très joli buste, ma petite Pearly. Il faudrait peut-être le sortir du placard de temps en temps.

Un bruit sourd interrompit les divagations du patron. La secrétaire Irma venait de s'affaler la tête la première sur son bureau.

– Narcoleptique ou pas, une fois réveillée de sa petite sieste, c'est la porte, direct.

– Mais ça n'est pas de sa faute, monsieur Pluck, vous savez bien qu'il y a une épidémie, contesta Pearl. Je crois bien que c'est à cause des mouches.

– Et alors, elle n'avait qu'à s'acheter un filet. Vous me prenez pour quoi ? Pour la Sécurité sociale ? Elle n'existe plus depuis belle lurette, la Sécurité sociale. Allez, au boulot, votre érudition vous sauve, ma petite, à moins que ce ne soit votre système immunitaire.

Pearl regarda sa montre. Elle avait rendez-vous avec Cosmo dans une heure. Pendant que la jeune femme traduisait la lettre d'amour, Pluck mit sur son ordinateur son disque favori – un collector de Dolly Parton –, tout en fredonnant à tue-tête pour tester les capacités de concentration de son employée. Puis il se prépara un sandwich au corned-beef. L'odeur faisandée de la viande sortant de son tiroir la mit mal à l'aise. Elle avait discrètement bouché ses oreilles avec ses appendices en silicone mais n'avait rien prévu pour protéger son odorat. Pearl finit sa traduction aussi vite qu'elle le put puis la posa sur la table de Pluck qui hocha du menton de manière satisfaite.

– Bravo, ma petite, fit le patron en regardant l'horloge. Au moins, vous avez compris le principal : on ne le dira jamais assez, le temps c'est de l'argent !

Il lui tendit un sandwich en guise de bonus, accompagnant son geste d'un rire gras. Elle le prit en se forçant à bredouiller un semblant de remerciement, plia ses affaires et quitta le bureau.

Elle s'enroula dans son filet et courut jusqu'au métro.

Delancey Street était un quartier très bruyant où les vendeurs de rue criaient comme des poissonniers pour fourguer toutes sortes de camelote : vitamines anti-mouches, prospectus de clubs de rencontres, piles à combustibles miniatures, livres d'occasion, jeux électroniques ou boîtes de conserve à la date effacée.

Près de la bouche de métro, Sam, le clochard préféré de Pearl, installé dans la magnifique tente qu'il s'était confectionnée en sacs-poubelle, lui adressa un grand sourire édenté.

– Bonjour, princesse, fit-il d'une voix fluette.

Elle lui tendit son sandwich, le visage dissimulé derrière son filet drapé comme un chèche qui ne laissait voir que ses grands yeux sérieux. Sam se fendit d'une révérence tout en élégance sous ses haillons graisseux.

– Mes respects, Votre Tristesse, ajouta-t-il, alors qu'elle disparaissait dans l'escalier du métro, et ne vous laissez pas attraper par les mouches !

*

Pearl était en retard. Cosmo l'attendait assis à la table près de la fenêtre, dans le seul rai de lumière qui pénétrait à l'intérieur de l'Alpine Tavern.

Le petit restaurant était situé à quelques pas du musée, au coin d'Amsterdam Avenue et de la 82e Rue.

Il essayait de profiter de ces quelques minutes pour rédiger son rapport du jour. Il interrompit son travail, incapable de se concentrer car la jeune femme occupait ses pensées.

De l'autre côté de la rue, une boutique de farces et attrapes et de perruques multicolores lui rappela son environnement habituel.

Il posa son menton dans sa main, nostalgique, passant en revue les masques en tous genres, les cotillons et les perruques poudrées. La pièce maîtresse de la vitrine, un chignon monumental dont les boucles bleues tombaient en cascade jusqu'aux genoux d'un mannequin en cire, attira particulièrement son attention. Elle amuserait sans aucun doute les camarades de son ami Polo, qui lui avait parié son âme qu'il serait incapable de ramener un quelconque objet prouvant que les habitants du Beau Monde pouvaient encore faire preuve de fantaisie.

Cet appendice capillaire leur arracherait au moins un sourire. Aucun doute qu'un tel présent ferait sensation au quartier général.

Cosmo fit un effort et se remit à écrire, inspiré par la perruque bleue.

Pearl poussa la porte tournante et reconnut tout de suite la silhouette de son nouvel ami attablé près de la fenêtre. Elle s'approcha de lui sur la pointe des pieds.

Il était assis devant un rouleau de papier sur lequel il inscrivait des points et des lignes à une vitesse incroyable.

Elle resta debout derrière lui en silence.

Le curieux document que le jeune homme rédigeait se déroulait jusqu'à ses pieds, couvert de signes bizarres et de petits dessins au milieu des phrases.

Cosmo sentit un souffle chaud parcourir son échine.

Il se retourna et vit Pearl. Il constata qu'elle était encore plus jolie que la dernière fois. Il la regarda avec un sourire émerveillé.

– C'est quoi ? fit Pearl en désignant les notes incompréhensibles.

– Un mémoire, répondit-il avant de rembobiner son étrange papyrus d'un coup de poignet.

Elle le lui prit des mains et le déroula pour tenter de décrypter les signes qui y étaient inscrits.

– Je suis pourtant linguiste. Et linguiste minime. Je n'ai jamais rien vu de tel.

– C'est une sorte de code, ça va plus vite. On le parle aussi.

– Tu peux m'apprendre ?

Pearl s'assit en face de lui sans mot dire. Elle écarquilla les yeux, interrogative, pour lui signifier qu'elle attendait la leçon.

– Chiche.

– Tout de suite ?

– Je n'ai rien d'autre à faire.

Cosmo se mit à taper du pied comme pour donner le rythme, puis, les mains en porte-voix, se lança dans une suite de sonorités curieuses. Un peu comme s'il alternait le souffle d'une corne de brume avec des clics de la langue à la manière des Aborigènes.

Pearl rit aux éclats devant cet étrange concert.

Les clients se retournèrent vers elle, étonnés : on n'avait plus l'habitude d'entendre les gens rire à gorge déployée.

Elle s'en rendit compte, s'enfonça dans la banquette et rosit. Cosmo vit le sang monter sous sa peau diaphane, suivit le mouvement de ses doigts graciles tentant de dissimuler le phénomène. Elle était troublée, il la trouva charmante.

Le serveur arriva à leur table en faisant tournoyer son plateau et sortit un calepin pour prendre la commande. Cosmo demanda un hamburger, Pearl une tarte à la citrouille. L'homme nota en acquiesçant du menton, puis retourna en cuisine. Dès qu'il quitta la table, Cosmo reprit son étrange mélopée.

– On dirait du morse. Un son court, un son long...

– C'est un peu le même principe. Le principe du secret d'initiés.

– Ça voulait dire quoi ? lui souffla-t-elle à voix basse.

– C'est un signe de ralliement. Si tu l'apprends par cœur, tu pourras toujours me retrouver.

Il reprit sa phrase musicale une dernière fois puis lui décocha un sourire plein de gentillesse et d'espièglerie.

– C'est indispensable. On apprend ça au berceau chez moi, et en grandissant, on personnalise.

– Et qu'est-ce que vous avez comme autre coutume à laquelle je devrais m'intéresser ?

– Eh bien par exemple, on dort debout quand on a des problèmes à résoudre, on ne mange jamais en présence d'un fantôme, on change de couleur à la saison des amours.

– Ah oui ? Et c'est quand la saison des amours ?

– Ça a commencé il y a quelques semaines, lui répondit-il dans le creux de l'oreille.

Il lui prit la main, en caressa la paume.

– Tu ne manques pas d'imagination, bafouilla-t-elle, troublée.

– Tu as la peau douce, pour...

– Pour quoi ?

– Pour une fille de la ville.

– Je ne suis pas une fille de la ville.

– Je sais. Tu es une princesse.

Un grand silence s'ensuivit. Cosmo suivait délicatement ses lignes de la main du bout du doigt, un peu comme s'il eût suivi les méandres d'une carte inconnue.

– Cosmo, est-ce que je peux te poser une question qui me brûle les lèvres ?

– Vas-y.

– D'où viens-tu ?

– C'est... difficile à expliquer.

– Pourquoi ?

– J'ai peur que tu ne l'acceptes pas.

– Pourquoi veux-tu que je ne l'accepte pas ? Je suis moi-même orpheline, tu sais. Je ne vois pas comment tes origines pourraient changer notre amitié.

– Je suis différent, Pearl.

– Ça j'avais remarqué, mais encore ?

– Je suis un produit... du monde de l'imagination.

Pearl considéra le visage de Cosmo qui était devenu soudain très grave.

– Tu veux dire, tu es un transgénique ?

– Non, pas vraiment.

– Mais alors, qu'est-ce que tu veux dire par le monde de l'imagination ?

– Je veux dire le monde des rêves. L'endroit d'où viennent les rêves. C'est un endroit bien réel, où je vis. Enfin, où je vivais, jusqu'à ce que j'arrive ici.

– Je comprends ce que tu veux dire, moi aussi tu sais, je me suis toujours réfugiée dans mes rêves.

– Mais ça n'est pas un refuge, c'est l'endroit où je suis né !

– Cosmo, ne recommence pas ! Tu veux me faire croire que tu es cinglé ?

– Mais pas du tout !

– Bon, réponds-moi concrètement, géographiquement, si ça n'est pas trop te demander, s'impatienta Pearl.

– Je viens d'Hypnopompia.

– Hypnopompia ?

– C'est une ville au bord du désert.

– De quel désert ?

– Celui du bas. Notre monde aussi s'est désertifié, fit-il tristement.

– Arrête, avec tes devinettes ! Mme Wolski m'a confié un secret extrêmement décevant : les hommes font des mystères quand ils n'ont rien à cacher.

Cette réflexion sembla franchement amuser Cosmo.

– Tu vois, tu ne me crois pas.

– La seule chose que je sache de toi c'est que tu t'occupes de nettoyer les vieux os de la collection d'histoire naturelle.

– C'est une couverture, dit-il, le plus sérieusement du monde.

– Pardon ?

– Les os, c'est une couverture. Je suis chercheur de choses.

– T'as raison, c'est plus joli que chercheur tout court.

– Je ne plaisante pas ! Je suis venu ici pour essayer de comprendre pourquoi les gens ne rêvent plus.

– Le professeur Twain te l'a dit : c'est un phénomène de société.

– Non, il a dit que c'était plus que ça, et il est très près de la vérité. Tu ne t'es jamais demandé si tes pensées étaient le résultat de tes rêves ou si tes rêves étaient le résultat de tes pensées ? Tu ne t'es jamais demandé d'où tout ça venait ?

– Si, et je n'ai jamais réussi à répondre. La seule chose dont j'ai pu me convaincre c'est que mes rêves me permettaient de tirer des conclusions. Je puise mes décisions dans mon sommeil.

– C’est tout à fait juste. Le monde des rêves et le monde réel sont interdépendants, inexorablement liés. Et je suis ici pour essayer de comprendre la faille.

– La faille ?

– Pourquoi le monde des rêves s’est tellement desséché. Les merveilles se font rares au pays des merveilles. Tu peux me croire ! Non sérieusement, je pense qu’il y a un lien concret entre l’état piteux du monde et l’état piteux des rêves.

– Je crois que c’est assez simple ! Le lien c’est la nature humaine.

– Eh bien moi, je crois que c’est plus que ça : on nous manipule, et j’ai l’intention de trouver d’où ça vient...

– Je te trouve bien ambitieux.

Le jeune homme eut soudain l’air triste.

Depuis le début de la conversation, il avait à peine mangé. Il posa méticuleusement son hamburger, délicatement mordu aux quatre points cardinaux, dans son assiette.

Pearl se rendit compte que le déjeuner de Cosmo ressemblait maintenant à un dessin. Il centra parfaitement le rond de viande hachée au milieu de la laitue. Des frites étaient disposées autour à intervalles réguliers, comme autant de points d’exclamation. Il posa une tomate pour parfaire le dessin, hésita, changea la disposition des frites pour en faire des triangles, en mangea deux qu’il jugeait en trop, et regarda son repas d’un œil satisfait.

Son assiette ressemblait à un mandala.

Pearl sourit. Quand elle releva la tête, Cosmo la dévisageait avec une insistance à la fois gênante et complètement naturelle.

Une sensation électrique envahit la peau de son dos. Elle détourna les yeux, un peu décontenancée, puis finalement le dévisagea aussi, avec son plus beau sourire en prime.

– Tu n'as plus faim ?

– Non... non, j'ai des papillons dans l'estomac. Ou c'est peut-être une méduse... J'ai peur d'avoir avalé une méduse, répondit-il d'un air solennel.

Sur ce, il changea les frites de place pour transformer son hamburger en méduse.

Pearl respira un grand coup. C'était le moment ou jamais d'abattre ses cartes. Elle se jeta à l'eau.

– C'est pas à cause d'une méduse.

Cosmo balaya ses frites du doigt.

– Moi aussi, j'ai des papillons dans l'estomac. C'est à cause de nous, dit-elle avec émotion.

– Comment ça à cause de nous ? s'inquiéta le jeune homme.

– Cosmo, depuis que je t'ai rencontré, tout le paysage a changé. Même quand il pleut, j'ai l'impression qu'il y a du soleil partout. Tu m'inspires, tu m'amuses, c'est rare, non ? Et pourtant, j'ai l'impression que tu ne me fais pas confiance. Tu ne crois pas qu'il faudrait qu'on se fasse un peu confiance ?

Cosmo soupira. Ses yeux s'éclaircirent d'un ton.

Leurs mains glissèrent l'une dans l'autre. Une chaleur indicible envahit Pearl, comme si l'ombre rouge du soleil couchant s'était matérialisée sous sa peau.

La nuit allait bientôt tomber sur Amsterdam Avenue. Les immeubles côté ouest étaient inondés d'une lueur cuivrée. Pearl le fit remarquer à son ami et lui demanda s'il lui ferait enfin l'honneur de l'emmener visiter sa tour d'ivoire.

Soudain Cosmo parut angoissé.

– Mon Dieu, j'ai laissé passer l'heure.

– L'heure de quoi ?

– L'heure de mon... rendez-vous... de mon... rapport.

– De ton rapport ? De quoi tu parles, je croyais qu'on allait passer la soirée ensemble !

Le garçon se leva, rassemblant ses affaires dans sa sacoche d'un air pressé.

– Euh, non, Pearl. Je ne peux pas ce soir. J'ai rendez-vous avec le gardien... au musée, dit-il en hésitant.

– Laisse-moi venir avec toi, j'ai toujours rêvé de visiter l'aile sud la nuit, avec une lampe torche. J'en ai amené une, je me ferai toute petite, ton gardien ne me verra même pas.

Cosmo regardait Pearl, complètement décontenancé.

Son téléphone portable se mit à sonner.

Il répondit.

– Sauvé par le gong, maugréa Pearl en jouant avec les restes de sa tarte à la citrouille.

Elle entendit une voix aiguë vitupérer dans le combiné.

Cosmo se leva et répondit à voix basse :

– Calme-toi, je vais revenir bientôt... Oui je sais... J'ai encore quelques trucs à voir... Non, je n'ai pas dépassé mon temps. Ne parle pas si vite, je ne comprends rien ! Encore quelques jours...

Il dissimula sa bouche de sa main libre puis s'éloigna pour continuer sa conversation.

Pearl se concentra pour discerner les phrases qui grésillaient dans le combiné de son ami. Au diable l'indiscrétion, ses oreilles douloureuses pourraient enfin lui servir à quelque chose.

– Tout va mal, sans toi. Tu nous manques, bon sang, reviens. Nous avons besoin de toi. N'oublie pas que nous sommes ta famille, ta famille de cœur, insista la voix.

C'était une voix de nez, fluette, sans charme, mais qui parut à l'évidence féminine aux oreilles extra-sensibles de Pearl.

– N'exagère pas. Je serai là bientôt, murmura Cosmo.

– Polo divague, les rieuses ne rient plus...

– Comment ça, les rieuses ne rient plus ?

– La situation empire.

– Je t'appellerai pour que tu viennes me chercher. Bientôt.

– Demain ?

– Je ne sais pas, je suis occupé, souffla-t-il en jetant un regard inquiet vers Pearl. Fais-moi confiance.

Pearl ne souhaitait pas entendre la suite de la conversation. Par contre, ce qu'elle désira instantanément, c'était déguerpir le plus vite possible.

Quand Cosmo retourna à la table, il ne trouva qu'un billet vert plié à côté de son hamburger en forme de méduse.

Pearl était partie.

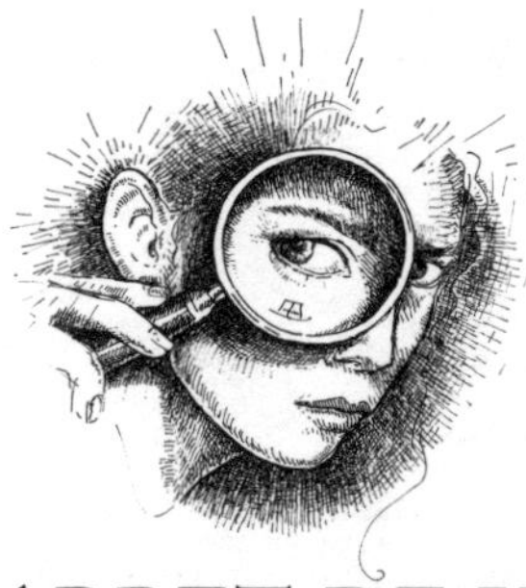

LE JARRET DE VEAU ET LES HOMMES

PENDANT tout le trajet qui séparait l'Alpine Tavern du Palais de Vénus, les paroles de l'interlocutrice-mystère de Cosmo ne cessèrent de repasser dans la tête de Pearl comme un message en boucle. Elle essaya d'enlever ses prothèses auditives pour que les bruits urbains et le vrombissement des mouches lui ôtent cette voix nasillarde de la tête, mais n'obtint aucun résultat. Les agressions de la ville ne réussirent qu'à lui coller la migraine en se juxtaposant au souvenir de cette maudite conversation. Les spéculations de circonstance rajoutèrent une couche mentale à ce concert cauchemardesque. À qui cette voix appartenait-elle ? À sa femme, son amie, sa sœur ? Pourquoi avait-elle dit *nous* ? Avait-il *déjà* des enfants ? Et qui était ce Polo qui divaguait, qui étaient donc ces rieuses qui ne riaient plus ? S'agissait-il encore d'un code ? Cette voix désagréable et sans charme ne pouvait être celle de la femme qu'il aimait. Peut-être s'agissait-il d'une secte, d'un groupe terroriste ? Non, non : *Tu nous manques, reviens*, on ne disait pas ça à un terroriste, mais plutôt à son amoureux. Et comment diable pouvait-il être amoureux d'une personne dotée d'une telle voix de crécelle !

Quand Pearl arriva finalement au Palais de Vénus, son cœur était en capilotade.

Mme Wolski, qui trônait à la réception son plumeau à la main, remarqua du premier coup d'œil la mine déconfite de sa jeune amie.

Elle décida de faire une entorse au rituel hebdomadaire et, bien qu'on fût lundi, l'invita à partager le jarret de veau au paprika qui était en train de mijoter sur son fourneau.

– Mon boucher m'a préparé un morceau de choix d'origine exceptionnelle. Pour les connaisseurs. Tu m'en diras des nouvelles.

– Mais nous ne sommes pas jeudi...

– Une fois n'est pas coutume. Tu ne ferais pas l'affront à la patronne de refuser son invitation, Pearlichka, ajouta-t-elle avec une autorité feinte.

– Si vous insistez. Je vais prendre une douche.

– J'ai bien peur que ce ne soit pas possible, ils ont coupé l'eau. Un groupe contestataire a fait exploser la canalisation sud.

– C'est bien ma veine.

– Mais si tu viens chez moi, tu peux te servir de ma réserve, ça te rafraîchira.

Mme Wolski habitait au dernier étage du Palais de Vénus, sous les toits, dans une enfilade de petites chambres décloisonnées qui rappelait une roulotte tzigane. Velours, tapis, coussins usés, patchwork de peintures colorées ou canari chantonnant dans sa cage posée au milieu des boîtes à épices en fer-blanc, tout contribuait à créer une atmosphère chaleureuse lui rappelant ses lointaines origines. Adepte du système D, la responsable en chef du Palais de Vénus avait d'année en année bricolé des aménagements ingénieux pour améliorer son niveau de confort et d'autonomie. Une cuve sur le toit permettait de recueillir l'eau de pluie et des panneaux solaires palliaient les défaillances du réseau électrique quand celui-ci sautait.

Un véritable potager en pots ornait les fenêtres, qu'elle protégeait l'hiver sous des serres de fortune faites de feuilles de plastique, et l'été de moustiquaires tendues par des armatures de fil de fer.

L'eau de sa réserve pouvait remplir la baignoire en émail où la grosse dame devait se plier péniblement pour pouvoir y installer son importante masse corporelle, mais pour Pearl, le bain avait quasiment les dimensions d'une piscine.

Elle se laissa flotter dans l'eau fraîche et tenta de se détendre. Quoique désarçonnée par sa propre réaction, elle ressentait une fureur aussi excessive qu'incontrôlable. La jeune femme avait bien peur que ce sentiment obsédant n'eût un nom : la jalousie.

Un escadron de mouches aux reflets bleutés se posa en grésillant sur le carreau en forme d'œil-de-bœuf de la salle de bains.

Pearl mit son gant de toilette en boule et le projeta vers la plaque grouillante : les insectes s'envolèrent comme une explosion de particules dans la lumière de la ville.

Pearl entendait le pas de Mme Wolski traînant dans ses babouches, le bruit des couverts qu'elle dressait, et le grésillement de la poêle sur le feu. Ça sentait drôlement bon, de l'autre côté du rideau. L'odeur de viande épicée, de fines herbes et de citron était un véritable appel à la bonne humeur.

Elle se mit la tête sous l'eau et hurla pour expulser les pensées inutiles qu'elle ruminait depuis quelques heures. Quand elle revint à la surface elle se trouva face à sa logeuse qui lui tendait un peignoir usé, souriant de sa grosse bouche écarlate.

– Tu fais des vocalises ? demanda-t-elle avec un chuintement dû à la cigarette à moitié consumée qui pendait de sa lèvre.

– Je... j'essayais de me calmer, répondit Pearl, gênée.

– Viens donc à table, je suis prête à parier que mon paprikash va te changer les idées. C'est pas tous les jours qu'on a du jarret de veau de cette qualité à se mettre dans l'estomac !

Après s'être séchée et rhabillée, Pearl s'installa à table. Mme Wolski avait sorti sa nappe en toile cirée multicolore, décorée d'un petit bouquet de fleurs en plastique. L'invitée tripota ses couverts sans rien dire pendant que son hôtesse servait des portions de ragoût fumant en y ciselant des herbes de son balcon potager. Une fois les assiettes sur la table, Mme Wolski essuya ses mains sur son tablier puis prépara deux vodkas au poivre et à l'hydromel en grommelant de satisfaction.

Elle tendit un gobelet à Pearl, et secoua le sien en l'air.
– Au futur ! déclara-t-elle avant d'avaler sa ration cul sec.
Elle gratifia son invitée d'un petit clin d'œil et conclut :
– Ne fais pas cette tête, Pearlichka, le droit à l'ironie fait encore partie des quelques libertés qui nous restent, n'est-ce pas ?
Pearl acquiesça timidement puis leva mollement son breuvage.
– À vos rêves ! hasarda-t-elle.
Mme Wolski éclata d'un rire tonitruant.
– Mais, ma pauvre chérie, je n'ai pas fait le moindre rêve depuis des lustres ! Des cauchemars, à la limite, mais des rêves, je ne sais même plus à quoi ça ressemble !
– Est-ce que vous vous êtes fait piquer par les mouches ? demanda Pearl avec inquiétude.
Elle haussa les épaules.
– Bah ! Elles peuvent toujours essayer, j'ai la peau bien trop dure. Et puis tu sais, à mon âge, je n'ai plus besoin de rêver.
– On a toujours besoin de rêver, fit Pearl solennellement.
– Bon, si ça peut te faire plaisir, à mes rêves ! Et aux tiens, surtout !
La logeuse se resservit une rasade de vodka puis l'avala d'un trait. Pearl fit semblant de goûter son cocktail du bout des lèvres. Mme Wolski s'attaqua bruyamment au ragoût, commentant sans modestie la perfection de ce mets de roi entre chaque cuillerée. Elle entreprit d'expliquer sa recette dans le détail, livrant ses secrets de cuisinière avec excitation. Cet exposé palpitant ne parvint pour-

tant pas à dérider son invitée qui dodelinait de la tête sans conviction, le regard perdu dans son assiette.

– Pearl, trancha Mme Wolski d'une voix autoritaire.

– Oui ? sursauta celle-ci.

– Je n'ai pas l'impression que mes secrets culinaires te passionnent, est-ce que je me trompe ?

– Mais si, mais...

– Mais quoi ?

– Rien, ça n'est rien.

– Allons, allons ! Si tu penses que tu peux me faire croire qu'il n'y a rien derrière ce joli minois triste, tu te mets le doigt dans l'œil, ma petite puce. Tu sais, j'ai des kilomètres au compteur. J'en ai vu des vertes et des pas mûres, fais-moi confiance.

Pearl répondit d'un soupir.

– Qu'est-ce qu'il y a, ma chérie ? Tu as perdu ta langue ?

– Excusez-moi, je suis un peu perturbée...

– Je serais prête à parier qu'il y a un garçon derrière tout ça.

– On ne peut rien vous cacher.

– Des noms, je veux des noms ! ajouta-t-elle avec fougue.

– C'est Cosmo.

– Qu'est-ce qu'il t'a fait, ce chenapan ?!

– Rien... Justement, il n'a rien fait.

– Eh bien alors, pourquoi tu fais cette tête ? Fais-toi belle, profites-en ! Il serait temps que tu te serves de ton pouvoir de séduction ! Si je me souviens bien, ce jeune garçon t'intéressait...

– Je crois que je me suis trompée. Je ferais mieux de passer du temps avec mes livres.

– Pearlichka, sois un peu téméraire, nom de Dieu ! Tu ne t'amuses jamais, tu n'as pas d'amis ! Tu ne penses qu'aux bouquins, les bouquins par-ci, les bouquins par-là !

– Mais c'est pas de ma faute, cette fois... Il est bizarre.

– Tous les hommes sont bizarres. On n'est pas faits pareil, au cas où tu n'aurais pas remarqué. C'est d'ailleurs ce qui est amusant, contrairement à ce que tout le monde semble penser au jour d'aujourd'hui ! C'est pour ça qu'ils nous plaisent, parce qu'ils sont différents. Je croyais qu'il te plaisait.

– Oui, il me plaît, il me plaît même trop, pour vous dire la vérité.

Mme Wolski avait du mal à contenir sa curiosité. Elle se pencha tendrement vers sa jeune amie et prit un ton d'une douceur qui lui était peu coutumière.

– Allez, raconte-moi tout, dit-elle.

Pearl hésita, puis haussa les épaules pour signifier sa confusion.

– Bon, reprenons à zéro. Les garçons, ça a du mal à le cacher, quand une femme leur plaît, si tu vois ce que je veux dire. Je suis sûre qu'il s'est débrouillé pour te le montrer, que tu lui plaisais.

– Il me dévore des yeux.

– C'est un signe qui ne trompe pas.

– Il m'a dit que j'étais une princesse.

– Pas mal ! Quoi d'autre ?

– Il m'a appris un code, pour qu'on puisse toujours se retrouver.

– Un code ?

– Oui, ça ressemble un peu à du morse.

– Du quoi ?

– Du morse. Vous savez, ils utilisaient ça dans les avions il y a quelques années.

– Il a un avion ? demanda la grosse dame avec enthousiasme.

– Mais non ! sourit Pearl. Non. Il n'est pas riche. Enfin, pas en argent, il est juste riche en esprit.

– Bon, ça peut servir riche en esprit, mais ça suffit pas. Alors, passons aux choses sérieuses, il t'a embrassée ?

– Madame Wolski ! s'écria Pearl, gênée.

– Quoi, *madame Wolski* ? c'est encore une des choses les plus délicieuses qui subsiste dans ce vieux monde pourri. Et en plus, c'est tout à fait naturel.

Pearl rosit. Elle devait sans aucun doute faire craquer ce jeune homme en rosissant de la sorte, pensa l'inquisitrice.

– Pas encore, finit par répondre la petite puce en regardant son assiette.

– Pearlichka, chérie, ça fait presque deux mois que tu l'as rencontré !

– Je sais, je sais. Justement, je crois qu'il me cache quelque chose. Il est... tellement mystérieux. Je ne sais même pas de quelle ville il vient, ni exactement où il habite.

– Peut-être qu'une autre femme a apprivoisé l'oiseau. Tu as pensé à ça ?

– Justement, je commence à me le demander. Pearl arrêta de manger. J'ai entendu une voix de femme dans son téléphone, avoua-t-elle.

– Comment ça, tu as entendu une voix de femme ?

– Mais vous savez bien, c'est mes oreilles... Je ne voulais pas être indiscrète, mais j'ai quand même entendu, malgré moi.

– Et qu'est-ce qu'elle disait ?

– Tu nous manques, des trucs comme ça...

– C'était peut-être sa mère.

– Je peux vous parier que ça n'était pas sa mère !

– Tu veux que je le suive ?

– Ne vous moquez pas de moi.

– Mais je ne me moque pas du tout de toi. Il vaut mieux être déçue que frustrée, ma petite chérie, crois-en mon expérience. D'autant que tu gagneras peut-être à découvrir ce qui te tarabuste. La manière la plus sûre, c'est de le suivre. Ou d'engager un privé, le détective Wolski est à votre disposition.

L'idée réussit à dérider Pearl : l'image de la gigantesque Mme Wolski drapée dans son tablier à carreaux entreprenant un travail de filature entre les dinosaures des salles d'histoire naturelle ne manqua pas de la faire éclater de rire.

– Enfin, j'ai réussi à te faire retrouver ta bonne humeur !

– Ne vous inquiétez pas. Je suis sûre que je me fais des idées.

– Peut-être bien que oui, peut-être bien que non. Si je peux te donner un conseil de spécialiste, fais-le mariner quelques jours. Silence radio, pas de nouvelles. C'est une technique qui s'est toujours montrée efficace. Manque-lui un peu, ça lui déliera la langue. Enfin je l'espère, il serait temps que vous fassiez connaissance, sa langue et toi ! conclua-t-elle en gloussant.

– Vous croyez ? C'est un peu hypocrite.

– Et alors, du moment que ça marche ! Commence par disparaître. Une petite semaine devrait suffire.

– Vous pensez vraiment que je vais lui manquer ?

– Comment cet irrésistible petit minois et cette jolie tête bien pleine pourraient ne pas lui manquer, fit-elle en tapotant tendrement le front bombé de Pearl. S'il aime l'esprit, il y en a là-dedans ! Mais quoi qu'il en soit, débrouille-toi pour en savoir un peu plus sur ce jeune brigand. Tu ne vas tout de même pas tomber amoureuse de ce garçon s'il te roule dans la farine. Quoique tu ferais un très joli pirojki...

Pearl sourit.

– Ma petite puce, la vie est courte. Je suis sûre que ton destin ne demande qu'à ce que tu lui donnes un petit coup de pouce. Il est temps de partir à la chasse au trésor. Et n'oublie pas, un de perdu, dix de retrouvés ! Crois-en mon expérience. Irène Wolski a deux spécialités : le jarret de veau et les hommes.

*

La tentation était forte.

Pearl avait beau se demander si cette histoire de filature était une suggestion sérieuse ou une simple blague, l'envie de mettre ce plan en action échauffait sérieusement son imagination.

Pendant quelques jours, elle fit un effort surhumain pour remiser aux oubliettes l'idée saugrenue que Mme Wolski avait fait germer en elle. Chaque fois que son esprit commençait à échafauder des stratagèmes pour percer les mystères de Cosmo, elle se plongeait dans un livre, le plus ardu possible, elle faisait des heures supplémentaires chez Pluck qui, ravi de la situation, en profitait pour lui fourguer des tombereaux de traductions au rabais, ou elle révisait ses langues minimes en tentant de réciter ses dictionnaires par cœur. Elle avait du mal à trouver le sommeil, et quand enfin elle y parvenait, elle rêvait de parcours étranges, de courses-poursuites sans fin dont le fil rouge était constitué par les apparitions et les disparitions de Cosmo et de ses yeux multicolores.

Le jeune homme essaya effectivement de la joindre à plusieurs reprises, laissant des messages poétiques sur sa boîte vocale du Palais de Vénus, l'interrogeant gentiment sur son départ impromptu de l'Alpine Tavern, et finalement s'inquiétant sur son état de santé.

Elle décida d'attendre pour répondre, espérant que les conseils de Mme Wolski se montreraient efficaces et que son silence pousserait le jeune homme à lui ouvrir son cœur.

Pearl tint le coup quelques jours, jusqu'à ce qu'un appel de Cosmo fît basculer ses convictions. La voix du jeune homme s'excusa tristement et évoqua un départ imminent en mission.

De la recherche sur le terrain, ajouta-t-il. Il conclut par un adieu pathétique et mystérieux qui acheva d'irriter Pearl.

Le lendemain, elle prit son courage à deux mains et appela le département d'ostéologie du musée des Sciences afin de confirmer ses dires. Elle se fit passer pour un membre du BEIC intéressé par les facultés du jeune homme et demanda s'il était possible de le voir avant son départ en mission.

– Quel départ ? demanda le secrétaire. Vous rigolez ? Nous n'avons pas les moyens d'envoyer nos employés en mission ! À moins que vous ne considériez le labo comme une mission. Le laborantin est en mission souterraine dans notre laboratoire tous les jours de la semaine, jusqu'à preuve du contraire !

Pearl, désarçonnée, demanda à parler à Cosmo. Le secrétaire répondit que les stagiaires n'étaient pas autorisés à recevoir de coups de fil personnels.

– Cosmo n'est pas chercheur ? s'alarma-t-elle.

Le type lui rit au nez et, perdant patience, lui conseilla d'aller attendre l'employé en question à la sortie sud, à dix-neuf heures, heure de la fermeture du labo, avant de raccrocher sans plus d'explications.

C'était jeudi. Mme Wolski l'attendait pour dîner. Pour la première fois, Pearl décommanda leur rendez-vous. Il était temps de mettre en route le plan d'urgence. Quelques minutes avant dix-neuf heures, elle s'installa dans la cabine téléphonique devant la porte sud du musée, le visage enroulé dans le plus grand foulard qu'elle avait pu trouver et le regard camouflé par des lunettes noires.

Cosmo apparut à la sortie des employés, un baluchon sur l'épaule et sa sacoche habituelle à la main.

Il se dirigea vers le parc.

Pearl le suivit en longeant les voitures pour plus de discrétion.

Alors qu'elle se rapprochait imperceptiblement de lui, il ralentit, leva le doigt comme pour prendre la direction du vent et s'arrêta.

Pearl se dissimula derrière une camionnette.

Aux aguets, elle entendit clairement la voix de Cosmo murmurer son nom. *Pearl... Pearl, où es-tu ? Je voulais tant te dire au revoir.* Elle en laissa tomber ses lunettes. *Pearl, ma princesse*, continuait à souffler doucement la voix.

Le véhicule qui lui servait de cachette démarra tout d'un coup, la laissant à découvert.

Elle se trouva nez à nez avec le jeune homme.

Il tendit la main vers elle, un papillon s'en échappa.

– Euh... Cosmo ?

– Pearl, répondit-il, visiblement heureux, Pearl, j'étais en train de t'appeler.

Le jeune homme avait l'air profondément troublé. Il s'approcha de l'apprentie espionne et défit tendrement le foulard en voile multicolore qui lui recouvrait la tête. Il la serra très fort dans ses bras. Son cœur battait la chamade. Il passa des mains fébriles dans ses cheveux. Elle sentit ses doigts d'une douceur infinie lui effleurer les joues, croisa son regard empreint de gravité et de désir. Des larmes montèrent aux yeux de la jeune femme.

– Je voulais te voir, bredouilla-t-elle. J'espérais te retrouver... à la sortie... oh, Cosmo, tu m'as manqué, je voulais juste...

Cosmo posa son doigt sur les lèvres de Pearl.

Elle cessa de tenter de lui expliquer quoi que ce soit et ferma les yeux. Il approcha ses lèvres des siennes. Elle pouvait sentir son souffle chaud, la caresse de velours de sa bouche. Il l'embrassa avec tendresse, puis avec fougue, puis avec un amour immense, puis avec une complicité brûlante. Pearl se sentit mélangée à lui, devint lumière, eau, vague, feu, vent, eut l'impression de faire un voyage lointain en terre inconnue.

Puis la bouche de Cosmo quitta doucement la sienne.

Elle ouvrit les yeux, subjuguée. Et là, elle vit le visage amoureux se métamorphoser, tout à coup envahi par une tristesse immense. Il recula, elle ressentit une douleur au cœur.

Il laissa glisser le bras de la jeune fille dans ses mains, son poignet, sa paume, jusqu'au bout de ses doigts, en murmurant :

– Je voulais te dire au revoir. Je suis désolé, Pearl, vraiment désolé, je dois quitter la ville.

– Quitter la ville ? Mais pour aller où ?

– Ça n'a pas d'importance.

– Mais... on ne se verra plus ?

– Si je reviens, peut-être.

Bouche bée, elle le regardait sans comprendre.

– Si je dois revenir, je te contacterai.

Il mit ses mains en porte-voix et souffla la mélopée qu'il lui avait apprise à l'Alpine Tavern. Elle reconnut la succession de clics et de corne de brume, s'avança vers lui en essayant de lire dans son regard. Il ne pouvait pas être sérieux.

Les yeux de Cosmo étaient devenus violet foncé, à moins que ce ne soit bleu marine, avec des taches orange qui explosaient comme des petites lueurs dans ses iris immenses. Pearl vit une larme couler sur la joue du jeune homme.

Il continua à reculer.

– Il vaut mieux que tu m'oublies, Pearl, je ne suis qu'un songe... Un songe creux.

Là-dessus il se retourna et s'éloigna parmi les passants. Un dernier murmure lui parvint alors qu'il disparaissait dans la foule.

– Sois heureuse, ma princesse.

Pearl resta plantée sur le trottoir un instant avant de réaliser.

Elle sentait l'empreinte de ce baiser surréaliste encore vibrer sur son visage et dans son cœur.

Bouleversée, elle se ressaisit et s'élança à sa poursuite.

Hypnopompia

Pearl courut jusqu'à la bouche de métro et dévala les escaliers. Là, elle aperçut Cosmo passer le portail automatique qui menait vers la ligne est. Elle plongea la main dans sa poche, en tira son passe électronique et se lança à ses trousses.

Elle parvint sur le quai bondé et vit Cosmo monter dans la voiture de tête. La jeune femme se précipita jusqu'au wagon suivant et s'y engouffra in extremis avant que le train ne démarre. La porte automatique se referma brutalement dans son dos.

Pearl reprit son souffle. Son cœur battait à tout rompre. Il faisait une chaleur terrible. C'était l'heure de pointe. Elle entreprit de fendre la masse compacte des voyageurs pour accéder à la vitre qui la séparait de la voiture de tête. Il lui fallut deux stations pour se frayer un chemin à travers les quelques mètres de corps entassés.

Quand elle arriva au hublot, elle aperçut Cosmo : il se tenait debout, les yeux clos, le front collé contre la paroi métallique du wagon, bringuebalé au rythme du métro, les mains agrippées à son baluchon.

Pourquoi ce baluchon ? Et pourquoi se dirigeait-il vers l'est s'il devait quitter la ville ? Il n'y avait pas la moindre gare, ni ferroviaire ni routière, pas le moindre aéroport dans cette partie de la mégalopole.

Le jeune homme redressa la tête. Il avait l'air abattu. Ses grands yeux fixèrent sa voisine qui venait de lui adresser la parole. Il lui répondit. Est-ce qu'il la connaissait ? Pearl glissa vers la droite de la vitre pour mieux voir le visage de son interlocutrice. C'était une jolie métisse. Le métro s'arrêta à la station suivante. Cosmo et la fille se rapprochèrent. Était-ce la pression de la foule, ou un mouvement volontaire ? Le train s'ébranla et repartit à toute allure. La fille fit une petite grimace. Était-elle fâchée ? Ou lui avait-il juste marché sur les pieds ? Il sourit, recula, puis ils échangèrent de nouveau quelques phrases. Pearl tenta de se concentrer, mais elle ne put entendre ce qu'ils se disaient. Il y avait trop d'interférences. Le roulement tonitruant du métro sur ses rails, la litanie d'un mendiant qui criait à tue-tête dans le but de récolter quelques pièces, les conversations parasites qui s'amoncelaient entre sa position et celle de Cosmo formaient une cacophonie que même ses oreilles extra-sensibles ne pouvaient démêler.

Elle sentit des larmes lui monter aux yeux et ses tempes se mirent à battre. Une partie de sa conscience lui demanda ce qu'elle fichait là, tapie contre cette vitre à espionner ce jeune homme qu'elle appréciait tant. La voix de

Mme Wolski résonna dans sa mémoire, répondant à la question. *Il vaut mieux être déçue que frustrée.* Pearl se reprit. Ça n'était pas le moment d'abandonner, il fallait aller au bout de cette filature et éclaircir définitivement le mystère Cosmo.

La surcharge sonore lui laminait les tympans. Protégée du bruit, elle pourrait peut-être penser un peu plus clairement. Elle plongea sa main dans son sac pour chercher ses prothèses auditives. En faisant des contorsions, elle les introduisit dans ses oreilles sous le regard intéressé de ses voisins, deux jeunes types à casquette qui la reluquaient avec insistance. Elle leur tourna le dos et se concentra de nouveau sur la position de l'homme qu'elle poursuivait.

Le train ralentit, arrivant à Ludnus Point. C'était la dernière station avant la rivière, qui séparait la ville de la banlieue. La jeune métisse descendit sans dire au revoir à Cosmo.

Son départ réconforta Pearl. Il ne devait pas la connaître. Ça n'était pas *Elle.*

La majorité des passagers quitta la rame de métro. Le jeune homme trouva une place assise, l'apprentie espionne resta debout au bord du hublot qui séparait les wagons pour pouvoir le garder dans son champ de vision.

Le train semblait aller de plus en plus vite, pressé d'arriver au terminus, se vidant un peu plus à chaque gare à mesure qu'il progressait dans la banlieue.

Avant d'arriver à la station Lindner, un des jeunes voisins de Pearl enleva poliment sa casquette et lui adressa la parole. Alors qu'elle ôtait ses prothèses, le plus petit des deux se jeta sur elle et les lui arracha des mains. Les portes venaient de s'ouvrir. Les voyous avaient bien calculé leur coup, ils eurent exactement le temps de s'éjecter du wagon en courant. Elle fut tentée de se lancer à leur poursuite, mais c'était eux ou Cosmo. La question ne se posait pas.

Le métro était maintenant presque vide. L'apprentie détective frotta ses oreilles nues et zigzagua jusqu'à son poste d'observation pliée en deux pour que l'épié ne la voie pas.

– Ça va ? lui demanda un voyageur, inquiet. Ils ne vous ont pas fait mal ?

– Ça va, répondit Pearl.

Au bout de longues minutes, le train atteignit son terminus : la station Merveilles.

Cosmo sortit. Pearl remonta les couloirs humides à quelques mètres de lui, recroquevillée derrière un voyageur suffisamment baraqué pour la dissimuler.

Les escaliers du métro donnaient sur une vaste place surmontée par une horloge ancestrale. La station Merveilles méritait bien peu son nom : on se serait cru au bout du monde urbain, ou après l'Apocalypse. Un quartier délabré s'étalait en hémicycle autour du parvis de béton fissuré.

L'horloge sonna vingt heures.

Un essaim de mouches passa bruyamment devant le soleil couchant. Il avait déjà changé de couleur, virant à l'orange. Son disque frémissant se rapprochait de la colline qui s'étendait à l'ouest.

Pearl se couvrit le visage de son filet.

Cosmo pressa le pas et se mit à gravir une ruelle bordée de maisons vétustes, dont la plupart étaient condamnées par des parpaings de béton ou des planches clouées sur les portes. La destination de son camarade n'était pas franchement réconfortante ! La jeune fille continua à le suivre, respectant la bonne distance pour ne pas être repérée, rasant les murs et les poteaux télégraphiques au cas où il se retournerait.

Le jeune homme, qui maintenant courait presque, sortit de sa poche son téléphone vrombissant.

L'apprentie espionne se concentra aussi fort qu'elle le put.

Elle reconnut la voix nasillarde qui avait mis le feu aux poudres de sa détresse.

– Tu es là ?

– J'arrive, répondit Cosmo.

– Le décompte a commencé. Moins deux minutes. Reste branché, j'ouvrirai dès que le soleil arrivera en zone réglementaire.

Le soleil, la zone réglementaire ? De quoi parlaient-ils ? Ça commençait à être inquiétant. Peut-être qu'il ne s'agissait pas d'une histoire de femme, en fin de compte.

Pearl accéléra le pas. Ne pouvant plus attendre, elle décida de confronter Cosmo. Mais celui-ci se mit à avancer à un rythme extrêmement rapide. Alors qu'il ne bougeait pas plus vite les jambes, sa vélocité s'était considérablement accrue, comme si le sol glissait sous ses pieds.

Quand le jeune homme disparut en haut de la colline, Pearl cria son nom et se mit à courir comme une dératée.

Elle arriva au sommet de la pente hors d'haleine pour découvrir une vue surprenante. Il n'y avait plus de maisons, mais un gigantesque terrain vague qui descendait en pente douce jusqu'à la rivière. Tout le paysage avait pris une teinte de feu. Au loin, la ligne d'horizon de la mégalopole se découpait comme une silhouette de métal, alors que le soleil, maintenant rouge comme la lave d'un volcan, semblait si proche qu'on aurait pu le toucher. La lumière ardente – à moins que ce ne fût la chaleur – se matérialisait en volutes dans l'atmosphère.

Cosmo dévalait une route improbable, sinuant au milieu du vaste terrain en direction de nulle part.

Une vibration obsédante emplit l'espace. On aurait dit une sorte de tremblement de terre, un grondement souterrain, qui résonna jusque dans les os de Pearl. Elle se boucha les oreilles, et appela Cosmo de nouveau. Il ne l'entendit pas. Les volutes de chaleur se métamorphosèrent en un vent de sable couleur de flamme qui serpentait autour du jeune homme en fuite. Pearl, partagée entre la frayeur qui était en train de la gagner et le besoin de rattraper Cosmo, s'élança vers lui en hurlant son nom.

À ce moment précis, elle entrevit une sorte de trappe qui s'ouvrit devant son camarade, au beau milieu de la route. Une porte ronde en métal, comme celle des bouches d'égout fumantes qui parsemaient les rues de la mégalopole, se rabattit sur l'asphalte. La silhouette d'un petit homme en sortit, poussant le panneau de fonte de toutes ses forces. Le vent s'était levé, des particules rougeoyantes volaient dans tous les sens. Le vrombissement, maintenant assourdissant, semblait avoir envahi le ciel. Au milieu de ce charivari cauchemardesque, Pearl entendit la voix nasillarde crier :

– Dix secondes, on se grouille ! Six secondes, cinq secondes, à vos marques ! Trois, deux, un...

Le soleil était au bord de l'horizon. Soudain, le disque incandescent bascula au premier plan comme une illusion d'optique au lieu de disparaître derrière les tours de la ville. Il fut happé par le trou béant dans un vacarme de fusée qui décolle. Pearl vit Cosmo plonger sans hésitation derrière l'astre flamboyant. Et soudain, elle eut l'impression de glisser en enfer. Dans un effroyable bruit de succion, la nappe de lumière qui s'étalait maintenant autour de ses jambes fut aspirée par l'ouverture avec une force incontrôlable, l'entraînant malgré elle à l'intérieur du trou noir.

– Bienvenue au pays ! entendit-elle crier gaiement alors qu'elle dégringolait vers le centre de la terre.

*

Tout devint obscur, le haut et le bas s'inversèrent. Le sol se déroba sous ses pieds, laissant ses genoux flageolants comme quand on tombe dans les pommes, à moins que ce ne fût une de ces chutes libres qu'elle avait déjà vécues en rêve et qui ne finissaient jamais comme on pouvait s'y attendre. On ne s'écrasait pas comme une crêpe, on ne se brisait pas les os, on tombait juste pendant un temps infini, partagé entre l'angoisse et l'incompréhension, livré à un saut dans le vide où la gravité et la vitesse semblaient régies par des lois différentes. Le temps s'arrêtait, l'obscurité était opaque et sans fond, un peu comme le cosmos, jusqu'à ce qu'on se retrouve ailleurs sans avoir eu le temps de réaliser quoi que ce soit.

Elle fit quelques tours sur elle-même dans ce mystérieux vortex et quand elle se stabilisa enfin, la tête en avant, elle aperçut, loin devant, Cosmo et son baluchon qui fonçaient comme une torche dans l'obscurité.

Elle tenta de crier mais aucun son ne sortit de sa bouche.

Elle entendit un bruit de moteur – à moins que ce ne fût une énorme mouche – se rapprocher par l'arrière.

Un petit bonhomme en queue-de-pie rouge la dépassa, les bras en croix comme les ailes d'un avion.

Il lui fit un petit signe de la main, tout à fait décontracté, enchaîna deux ou trois figures acrobatiques et accéléra en criant.

– *Maaagnificus...*, résonna sa voix nasillarde.

Pearl parvint à se frotter les yeux. Elle devait rêver. Ou peut-être était-elle en train de mourir. Cette deuxième éventualité l'inquiéta encore plus quand elle aperçut une lumière poindre au loin. Les silhouettes de Cosmo et du nain en costume rouge s'estompèrent dans le contre-jour alors qu'ils s'en rapprochaient à toute vitesse. Elle avait entendu parler d'histoires de couloir sombre et de lumière grandissante dans les témoignages de personnes cliniquement mortes qui étaient revenues à la vie. Elle se souvint que ces gens voyaient également défiler leur existence en accéléré dans ces moments mystérieux. Force était de constater que dans le cas présent, elle ne voyait rien défiler du tout, à part ce trou noir sans fond.

D'une certaine manière, c'était bon signe. Si elle n'était pas en train de mourir, elle devait rêver, ou être en proie à une de ces hallucinations exceptionnelles comme en expérimentaient souvent certains chamans des pays minimes.

Peut-être les piqûres de mouches bleues avaient-elles un effet psychotrope ? Pearl tâta ses bras, puis se concentra pour essayer de se souvenir si elle ne s'était pas fait piquer sans s'en rendre compte pendant qu'elle filait Cosmo.

Alors qu'elle prononçait son nom dans son esprit, elle réalisa que le jeune homme et son compagnon à queue-de-pie rouge avaient disparu dans la source lumineuse.

Elle s'en rapprocha à son tour.

Le rond de lumière grignotait l'obscurité à toute allure.

Soudain, une turbulence d'air tiède la bringuebala dans tous les sens. L'atmosphère scintillait. Pearl ralentit progressivement, son corps changeant d'orientation, comme une plume qui godille à l'horizontale portée par l'air.

Finalement, elle se posa en douceur sur une surface moelleuse.

Les particules lumineuses volèrent autour d'elle, obstruant son champ de vision. Elle tâta la matière dans laquelle elle avait atterri. C'était doux et souple. Une sorte de sable très fin qui avait la consistance et la couleur ivoire de la farine avec laquelle Mme Wolski préparait ses pirojki.

Elle resta étendue, à moitié enfouie dans le sol, en attendant que quelque chose se passe et lui dicte la suite des opérations.

La poussière qui l'entourait retomba enfin, dégageant la vue.

Pearl avait atterri au cœur d'une sorte de cirque sablonneux, une grande dune en forme d'entonnoir dont les crêtes se découpaient sur un ciel pâle.

Elle se releva sur les coudes et tendit l'oreille.

Le bruit sourd d'un chuchotement rythmé parvint à son cerveau. Elle se concentra. Ça avait l'air d'être une énumération de chiffres en italien, à moins que ce ne fût du latin.

Elle se mit à crier :

– À l'aide, je suis là, nom de Dieu, je suis là !

Personne ne répondit.

Pearl s'élança vers le haut de la dune, suivant la direction d'où semblaient venir les sons. Quand elle arriva à son faîte, elle aperçut Cosmo qui se relevait au loin.

Elle se pinça, se frotta les yeux, secoua la tête le plus fort possible pour tenter de se réveiller de ce rêve étrange, mais comme elle ne se réveillait pas ailleurs, elle entreprit de l'appeler.

Il était à une centaine de mètres.

À l'instant même où elle ouvrit la bouche, il démarra comme une flèche, courant si vite qu'on ne voyait plus qu'une forme centrifuge à la place de ses jambes. Il fonçait dans la direction d'une ville, à moins que ce ne soit une oasis, ou une forteresse, tache de couleur assise sur l'horizon comme un mirage.

– Cosmo ! hurla-t-elle aussi fort qu'elle le put.

Un chuchotement parvint à ses oreilles extra-sensibles :

– Du calme, du calme, vous voyez bien qu'il a atterri beaucoup plus loin, il ne vous entend pas.

Il n'y avait personne en vue.

Elle mit ses mains en porte-voix et cria :

– Oh, hé !

– Par ici, répondit la voix nasillarde, qui semblait venir de la gauche.

Elle se remit à gravir la crête sablonneuse. Quand elle arriva tout en haut, elle découvrit le petit bonhomme en queue-de-pie rouge qui lui faisait des grands signes de la main. Il était assis en contrebas de la colline de sable, au bord d'un immense plateau de pierre.

– Allez, ne traînez pas, l'astre du jour va bientôt se lever... Enfin, si tout se passe bien.

Pearl considéra la scène avec stupéfaction : un désert de dunes s'étendait dans la lumière de l'aube. Un soleil rose pâle, énorme, roulait au loin sur l'horizon, de droite à gauche puis de gauche à droite, comme une grosse boule de billard qui ne saurait où aller, balayant le paysage aride de ses feux.

Un type était debout au milieu du plateau de pierre, tenant autour de sa taille un cerceau. S'il n'avait pas bougé les hanches latéralement, elle l'aurait pris pour une statue : sa peau avait la même apparence que le support sur lequel il se trouvait.

Le petit homme en rouge fit signe à la jeune femme de le rejoindre. N'ayant pas franchement d'autre choix, Pearl entreprit de descendre la pente.

Elle se laissa glisser sur les fesses et se retrouva à ses côtés.

Il l'aida à se relever.

Le drôle de bonhomme lui arrivait à peu près à la taille. Il releva vers elle son visage jovial et lui adressa un grand sourire avant de se retourner vers l'homme de pierre.

Il se mit à battre la cadence, secouant ses petites mains à la manière d'un chef d'orchestre.

– *Uno, duo, tre, quattro, cinque, sei... Uno, duo, tre, quattro, cinque, sei...*

La statue vivante commença à faire tourner le cerceau qu'il tenait à bout de bras autour de sa taille, suivant le tempo dicté par la litanie du nain rouge. Pearl se rapprocha de ce dernier.

– Pouvez-vous m'expliquer ce qui se passe ? chuchota-t-elle timidement.

– Chut ! répliqua-t-il avec autorité. Je frétille à l'idée de guider vos pas, chère âme, mais nous n'irons nulle part si vous m'empêchez de faire mon devoir... *Uno, duo, tre, quattro, cinque, sei...*, continua-t-il.

L'homme de pierre s'installa peu à peu dans un rythme souple. Tout d'un coup, le soleil se mit à faire des petits bonds, puis décolla péniblement de l'horizon pour enfin s'élever dans l'azur, alors que la voix du petit homme montait en intensité.

– *Uno, duo, tre,* voilààà ! *Quattro, cinque, sei !* Vas-y, mon vieux, c'est bien. *Uno, duo, tre...*

La litanie continua de longues minutes. Pearl, estomaquée par la scène, n'osa pas l'interrompre. Au bout d'un certain temps, alors que l'homme de pierre avait atteint un mouvement qui frisait la perfection d'une horloge, le petit maître de cette étrange cérémonie la prit par la main et se mit à reculer sur la pointe des pieds.

Le soleil s'intensifia, baignant le désert d'une lumière orangée.

– À la bonne heure ! s'écria l'étrange bonhomme.

Il se tourna vers Pearl, se contorsionnant en une révérence excessive.

– Il est temps de faire les présentations ! Oxymoron, Oxy pour les infirmes... pardon, les intimes.

Un grondement d'orage interrompit le nain. Il se jeta sur les jambes de Pearl, la plaquant violemment au sol.

– Ventre à terre ! hurla-t-il.

La tête dans le sable, elle parvint à lever les yeux, et put voir un vol de corbeaux géants montés par des gardes en armure surgir de derrière la grande dune. Ils piquèrent bruyamment vers le compteur du temps et l'envoyèrent valdinguer d'un coup d'aile. Celui-ci fit un vol plané et atterrit aux pieds de Pearl.

Dans un fracas, le soleil retomba sur l'horizon, installant une pénombre opaque.

Le type au cerceau gémissant dans son oreille, la jeune femme s'empressa de l'aider à se relever pour s'en débarrasser.

Dans un hurlement autoritaire, le nain à queue-de-pie reconduisit l'homme de pierre au centre du cadran solaire.

Pearl sentait une migraine lui monter aux tempes.

Elle ferma ses yeux très fort et appuya sur ses paupières en espérant arrêter ce rêve absurde. Il n'en fut rien. Quand elle rouvrit les yeux elle était toujours là, les tympans vrillés par la litanie obsédante de chiffres qu'Oxymoron énonçait de nouveau et de plus en plus fort, tandis qu'il encerclait le compteur du temps d'un pas autoritaire. Le soleil remonta tant bien que mal dans le ciel.

Le petit bonhomme en rouge s'essuya le front et la rejoignit. Il la prit fermement par la main et l'entraîna à reculons dans le désert.

Pearl et son improbable compagnon marchèrent en arrière pendant un certain temps. Comme il était très difficile dans ces circonstances d'évaluer quoi que ce soit correctement, elle n'aurait pu dire combien de minutes s'écoulèrent. Quand le compteur du temps et son cadran solaire devinrent une tache sur l'horizon, le nain soupira bruyamment et rompit enfin le silence.

– Les pilotes des corbeaux dorment debout, alors évidemment, ils prennent de l'avance tous les matins pour nous déstabiliser. Mais nous n'abandonnerons pas, n'est-ce pas ?.. N'est-ce pas ?

– Où suis-je ? demanda-t-elle timidement.

Le petit homme lui lâcha la main, et recula d'un pas pour mieux la regarder. Elle en profita pour détailler le personnage. Son accoutrement était d'un raffinement baroque digne des costumes de cirque du siècle dernier. Il était impossible de lui donner un âge. Malgré ses grands yeux espiègles et ses joues rebondies, les rides profondes qui sillonnaient son visage lui donnaient l'apparence joviale et hors du temps d'une caricature.

Oxymoron, qui semblait ému, entreprit de lui baiser la main. Il caressa le poignet de la jeune femme avec l'enthousiasme d'un éleveur de chevaux appréciant l'échine d'une bête de concours exceptionnelle.

– Mmm... Quel joli derme ! La douceur de jadis, le velours d'antan...

Pearl le repoussa avec autorité.

– Lâchez-moi !! Mais qui êtes-vous, enfin ? Et où suis-je ?

Oxymoron s'écarta et prit un air agacé.

– Où vous êtes ? Où vous êtes ? Ne vous moquez pas, chère âme. Votre modeste guide n'a plus l'habitude, mais tout de même, il se souvient encore qu'aucun visiteur n'arrive ici par hasard !

Pearl se laissa tomber à terre, découragée.

– C'est une histoire de fou, murmura-t-elle.

Elle sentit un mouvement dans le sable à côté d'elle. Une tête qui ressemblait à celle d'une autruche déplumée sortit du sol et répéta comme un écho *histoire de fou... histoire de fou...* Pearl hurla. La tête ricana et disparut dans le sable illico.

Oxymoron s'approcha avec bienveillance.

– Calmez-vous, ma mignonne, ça n'est qu'un sans-coquille, il est inoffensif, lui dit-il.

– Amenez-moi à Cosmo ! cria-t-elle à son interlocuteur.

– Cosmo est en Hypnopompia ! hurla-t-il encore plus fort.

– En quoi ?

– Hypnopompia. La ville-porte de Terra Somnia.

– Mais où sommes-nous ?! se désespéra Pearl.

– Ça suffit, Princesse ! On n'entre ici que si on connaît le chemin. Coronaria, Lulibérine, Lovodocus ? De quelle contrée intermédiaire venez-vous ? Je sais bien que vous vous faites rare, mais tout de même, ne me prenez pas pour une buse. En tout état de cause, vous êtes bien arrivée à Terra Somnia, le Pays des Rêves, aussi appelé par certains le Pays des Merveilles. C'est ici que se nourrissent toutes les mythologies publiques et privées, lumineuses ou obscures, fastes ou néfastes. Oxymoron prit fermement Pearl par la main. À ma gauche, vous pouvez apprécier un spécimen exceptionnel de licorne d'or aux pieds d'airain, récita le nain à la manière d'un guide de musée.

Pearl eut à peine le temps d'apercevoir la silhouette fugitive de l'animal en question que le petit bonhomme l'attirait dans l'autre sens.

– À ma droite l'armée de roses du commandant Orphée. Vous remarquerez la finesse de leur parfum ensorcelant... Savez-vous que c'est ici même que le soleil a finalement rencontré la lune, que le Chapelier Fou et le Lièvre de Mars ont initié Alice, que le petit Nemo s'est promené en baleine. C'est d'ici aussi que le baron de Münchhausen a rapporté ses supercheries.

Pearl se boucha les oreilles, étourdie.

– Vous préférez une littérature plus sérieuse ? On peut commencer par Platon, quoique vous soyez un peu jeune. Je pourrais parler de la Bible mais je risque de me faire engueuler. Twain, Edgar Allan Poe, William Blake... Et Saint-Exupéry, où croyez-vous qu'il ait trouvé son Petit Prince ?

Regrettant amèrement qu'on lui ait volé ses prothèses auditives dans le métro, Pearl tenta de rouler en boule un morceau de mouchoir en papier qu'elle trouva au fond de sa poche pour les remplacer. Cela ne suffit pas à insonoriser son épuisant compagnon, parfaitement insensible à la détresse qu'affichait la jeune femme. Il continua à gesticuler autour d'elle en débitant une interminable liste d'artistes et de visionnaires de tout poil, criant de plus en plus fort.

– Mais ne vous méprenez pas, on fait aussi dans le sérieux : sans nous, Einstein n'aurait jamais pondu $E = mc^2$,

Mozart se serait passé de sa flûte enchantée, et Mendeleïev de sa table de classification... Et Tartini ? Hein, que dites-vous de la Trille du Diable de Tartini ?

Pearl s'affala dans le sable, les yeux fermés, espérant de tout son cœur s'évanouir.

Le silence revint. Quand elle rouvrit les paupières, Oxymoron était assis dans le sable à ses côtés, abattu.

– Foutaises... ça ne marche plus...

– Qu'est-ce qui ne marche plus ? trouva-t-elle la force de demander.

– Les merveilles disparaissent les unes après les autres. On a encore quelques mirages par-ci par-là, mais enfin, force est de constater que la situation est désespérément désespérante ! D'ailleurs, sauf votre respect, je me demande ce que vous fichez là, ça fait belle lurette qu'on n'a plus de visiteurs. Notre monde est en pleine débandade. Regardez le compteur du temps, tous les matins un vol de corbeaux suffit à l'effrayer... Si vous ne l'aviez pas aidé à se relever, on se serait encore tapé une journée dans l'obscurité.

Pearl crut voir une larme poindre dans l'œil du nain.

– Vous rendez-vous compte ? insista-t-il.

Elle secoua la tête.

Le dernier de ses soucis était de se rendre compte des absurdités qui chagrinaient cet étrange nain à queue-de-pie. Tout ce qu'elle souhaitait, c'était retrouver Cosmo, et de préférence dans le monde qu'elle fréquentait d'habitude, chaleur, bruit et explosions incluses.

LES LIAISONS DANGEREUSES

À SA grande surprise, Cosmo trouva l'imposante arche d'Hypnopompia fermée.

Les gigantesques portes bleues qu'il avait toujours connues repliées sur les murs d'enceinte, dévorées par d'ancestrales cascades de plantes luxuriantes, étaient maintenant closes et nues. Un panneau les barrait, où l'on pouvait lire un avertissement qui parut parfaitement dénué de sens au jeune homme : FERMEZ LA PORTE. MÉFIEZ-VOUS DES COURANTS D'AIR.

Cosmo cogna contre la paroi d'un énorme œuf posé au pied de l'arche, supputant qu'il abritait quelqu'un.

Il entendit un bruit de scie.

Une fissure circulaire se dessina sur sa coquille. Celle-ci se décalotta pour laisser passer le visage endormi de Calypso, un des gardes du palais.

– Cosmo ?! J'espère que tu as fait bon voyage, fit-il en bayant aux corneilles.

Le paresseux soupira puis se rendormit instantanément.

Cosmo l'attrapa par le collet et le secoua, ce qui déclencha un fracas métallique. Il s'aperçut alors que le garde était vêtu d'un amoncellement de clés de toutes les tailles et de toutes les formes.

– Calypso, hurla Cosmo en agitant de plus belle son camarade, mais qu'est-ce que tu fais dans cet accoutrement ?

Celui-ci se frotta les yeux puis se déplia dans un tintamarre effroyable. Le garde enjamba sa coquille sciée en deux et se dirigea vers la porte. Cosmo criait pour se faire entendre mais aucun mot ne parvenait à son interlocuteur. Ce dernier s'immobilisa, attendit que son harnachement cesse de cliqueter, brandit une énorme clé, et la dirigea vers le cadenas qui scellait les grandes portes bleues.

– J'ouvre, je ferme, tu ne peux pas t'imaginer combien de portes, de placards, de grilles, de cadenas, d'huisseries, de portails, de porches, de judas, de chatières, de claires-voies, de trappes, de guichets...

– Calypso, l'interrompit Cosmo, pourrais-tu en venir aux faits ?

– Eh bien il y a ici-bas un nombre impressionnant de choses à ouvrir et à fermer dont je ne soupçonnais même pas l'existence. Le garde leva le doigt en l'air. Par contre, il ne faut pas oublier d'huiler, dit-il en prenant un flacon à long bec accroché à sa ceinture.

Il s'accroupit face à la serrure, huila le pêne copieusement et y tourna son énorme clé rouillée.

Sur quoi il fit une révérence à Cosmo et disparut instantanément.

– Calypso, reviens, bon Dieu, je voudrais savoir pourquoi on a fermé la porte. Calypso ! répéta-t-il à l'endroit où celui-ci s'était volatilisé.

Il rebroussa chemin jusqu'à la coquille d'œuf et trouva le bougre recroquevillé dans le fond, la tête reposant sur un énorme trousseau de clés qu'il avait rassemblé en forme d'oreiller.

– Je t'expliquerai plus tard, fit le garde assoupi. Il est trop tôt, laisse-moi dormir. Allez, bon vent, si tu en trouves !

Cosmo laissa Calypso à son sommeil et se dirigea à toute vitesse vers le palais de la Reine Blanche.

Il trouva effectivement un courant d'air, s'installa dessus et survola les ruelles et les jardins d'Hypnopompia jusqu'au centre-ville.

La cité était vide. Le chercheur de choses remarqua que le sable avait encore gagné du terrain. Il n'y avait presque plus de fleurs dans les allées arides, et aucune des fontaines ne coulait.

Il entra dans le labyrinthe qui menait au palais de la Reine Blanche. Le courant d'air accéléra, traversant les rais de lumière qui tombaient du toit, dessinant entre les colonnes des couloirs d'ombre et de lumière. Cosmo vit défiler avec mélancolie les bas-reliefs à motifs mythologiques au pied des murs patinés par le temps. L'or des chapiteaux et des ornementations brillait dans la poussière. Çà et là, il put apercevoir les nuances colorées des statues magnifiques entre les taches de rouille et autres parasites qui recouvraient leur surface.

Les vestiges de la magnificence d'Hypnopompia lui brisaient le cœur. Toutes les ouvertures, portes, fenêtres, vasistas et autres trappes fermées donnaient une apparence bâillonnée aux façades jadis si accueillantes.

Cosmo interpréta cette nouvelle aberration comme un très mauvais signe. On n'avait jamais rien fermé à Hypnopompia. La ville était tout de même faite pour ça : pour *entrer* dans le Pays des Rêves. Comment pouvait-on entrer si tout était fermé à double tour ? Ça ne lui disait rien qui vaille.

Le courant d'air accéléra. Il se baissa à l'horizontale, respectant le mouvement aérodynamique pour éviter de tomber.

Quand il arriva dans la grande allée du parc royal bordée de cascades de fleurs nacrées, il aperçut les coupoles et les tourelles scintiller, tout de sucre vêtues, dans la lumière de l'aube. Il sauta à terre d'un coup sec, remercia le courant d'air et se dirigea vers l'entrée.

Contrairement à toutes les autres portes de la ville, il trouva celle-ci grande ouverte. Il s'empressa vers la cour principale. Il n'y avait pas âme qui vive. Pas la moindre courtisane, pas le moindre bouffon ni le moindre musicien. Le palais était totalement vide, et, à y voir de plus près, extrêmement sale. Les restes d'une fête jonchaient les tables de nacre, une couche de poussière épaisse recouvrait les meubles en marbre meringué et les rideaux de peau d'ange.

Les stalactites qui frangeaient les colonnes étaient estropiées. Tandis que Cosmo s'en approchait avec inquiétude pour vérifier leur état, il se rendit compte qu'elles avaient été grignotées. Manger les colonnes de sucre était un sacrilège, qu'est-ce qui avait bien pu entraîner une telle décadence ?

Le chercheur de choses entendit renifler dans la coursive.

Quelques stalactites plus loin, Léopold, un des valets préférés de la Reine Blanche, pleurnichait en équilibre sur la pointe des pieds en haut d'un escabeau, au milieu d'un groupe de femmes d'albâtre. Il astiquait avec ferveur le visage de l'une d'elles à l'aide d'un chiffon.

Cosmo s'approcha de lui avec consternation.

– Mon Dieu, Léopold, que s'est-il passé ?

– Peut-être que si j'insiste, ça va revenir...

Le valet tira de toutes ses forces sur les joues de la créature. Il se remit à astiquer son sourire avec ardeur. La peau autour de sa bouche en rougit, tellement il y allait fort.

– Mais arrête, Léo, tu vas lui faire mal.

L'homme au chiffon se laissa tomber, en larmes, sur la haute marche de son escabeau.

– Monsieur Cosmo, hoqueta Léopold, enfin vous êtes rentré ! Vous qui savez chercher les choses, il faut que vous retrouviez leur sourire.

– Léopold, que se passe-t-il, où est la Reine Blanche ?!! Où est la cour ?

– Elle a déserté dans le désert...

– Mais qu'est-ce que tu racontes ?

– Elle a déserté dans le désert. Avec sa cour et ses desserts. Les courtisanes, les mélodistes, le cœur des muses, la bande des faunes, les écuyers, les acrobates, les poètes et les soupirants... Les vol-au-vent, les galantines, les aloyaux, les haricots et puis les gaufres et les nougats, la chantilly, le caramel, la frangipane et les liqueurs... Le cortège est parti vers l'ouest.

– Et les ministres, ceux qui restaient, sont-ils toujours à ses côtés ?

– Eh bien, après les ministères, les ministres ont eux aussi sauté... Littéralement : ils ont explosé les uns après les autres et sont partis en fumée. Mais c'est pas tout, monsieur Cosmo ! Mes rieuses, monsieur, dit-il en étouffant un sanglot, les rieuses ont cessé de rire dès son départ, et ça, c'est un très mauvais présage.

– Je vois, Léopold, ne pleure pas, ça va s'arranger, on va retrouver leur sourire.

– C'est terrible. J'ai beau les chatouiller, les dorloter, les astiquer, il n'y a rien à faire, elles sont... pétrifiées !

De rage, le valet désespéré frappa avec son chiffon la femme d'albâtre qui ne réagit pas, puis se laissa dégringoler jusqu'au sol recouvert de sucre, où il atterrit dans un nuage blanc.

Cosmo laissa Léopold à ses larmes et quitta le palais royal, inquiet.

*

Oxymoron entreprit de faire un cours d'histoire à Pearl pour chasser sa déprime.

Terra Somnia était gouverné par Blanche, la Reine des Rêves qui avait pété les plombs, et Noire la Reine du

Cauchemar, véritable dictatrice qui gagnait du terrain chaque jour un peu plus depuis que leur père, Hermès Trismégiste, avait quitté le royaume pour se rendre au Grand Concile des Dieux.

La légende racontait que Noire fut décrétée Reine du Cauchemar à sa naissance – au moment où la nuit des temps tomba, il y a des billions de tours de cerceau – par un tirage au sort que le roi Hermès avait commandé à son oracle préférée, Véranda.

Bien qu'elles ne se ressemblassent aucunement, Noire et Blanche étaient nées jumelles. Véranda rendit sa prophétie à l'aide de galets plats, au bord de la Falaise des Origines : Blanche s'occuperait du rêve et Noire du cauchemar. En un jet de pierres, le destin des sœurs fut scellé – ainsi, sans doute, que le sort de l'humanité : qui sait comment cette fratrie aurait organisé le monde de l'imagination à travers les temps si leur rôle avait été inverse ? Quoi qu'il en soit, chacune des sœurs fut élevée en vase clos, afin de n'être mise en contact qu'avec les choses du rêve pour Blanche, et celles du cauchemar pour Noire, dans le but d'éviter toute perversion malencontreuse de leur vocation.

Noire grandit au milieu de vilebrequins, d'échafauds, de formol, de désastres chimiques, de concours de laideur et de sentiments abjects.

Les meilleurs précepteurs lui apprirent les mécanismes de l'imagerie oppressive, de l'inspiration criminelle, de l'impuissance chronique, des cercles vicieux et des mécanismes catastrophiques. Elle devint très rapidement spécialiste en incendies qui ne s'éteignaient jamais, en noyades sans fin et en dessèchement dévastateur.

Des symphonies pour roulette de dentiste ou sifflements de serpents venimeux furent composées en son honneur par les meilleurs musiciens.

Les cuisiniers du Roi Hermès s'évertuèrent à forger son goût en créant pour elle des repas immondes composés de cafards vivants en brochette, de viscères de baleines accommodés à l'huile de vidange, de charlottes au ciment et de langues de belle-mère fraîchement coupées, arrosées de vins tristes du plus subtil au plus violent.

Noire se montra très précoce, confirmant l'oracle de Véranda. Elle fut dès l'adolescence passionnée par les rouages de l'angoisse et les mécanismes de la peur.

C'est à cet âge que lui arriva l'incident fatal. Alors qu'elle partait en corbeau avec ses précepteurs pour observer les horreurs de l'écrasement et les frayeurs de la chute, un problème technique l'éjecta de l'animal pendant la leçon.

Elle atterrit avec son professeur Vésicule dans un jardin sublime où se pourchassaient de magnifiques naïades et de splendides faunes, s'adonnant à un jeu de découverte des délices organisé dans le contexte des études de sa sœur Blanche.

Le résultat fut désastreux : son précepteur n'eut pas le temps de lui bander les yeux qu'ils étaient déjà emplis par un flot de larmes. Noire fut instantanément bouleversée par tant de beauté, de bonne humeur et par le délicieux climat de curiosité généreuse qui régnait dans l'assemblée. N'ayant été élevée que dans l'intérêt, la mauvaise foi, la méchanceté et le pouvoir, l'univers de douceur dans lequel elle fut accidentellement propulsée lui mit la tête à l'envers.

Elle pleura tellement qu'une rivière de larmes emporta le jardin, les naïades, les délices et tutti quanti au-delà des horizons.

Le sinistre fut colossal. Le chagrin immense de Noire fut épongé par la fierté d'avoir créé un cataclysme sans précédent dans le royaume de sa sœur, qui fut sauvée in extremis par ses précepteurs. Cet épisode eut des conséquences fondatrices sur le modus vivendi de la Reine Noire : le cauchemar qui résulta de l'incident, à savoir la noyade sans fin – plus connu dans la mémoire collective sous l'appellation poétique de « Malédiction d'Ondine » –, devint extrêmement populaire, et cette brève expérience de la douceur lui valut une rancœur tellement gigantesque qu'elle se transforma en un puits sans fond pour créer des modèles de cauchemars. Mais surtout, une notion d'importance capitale qui allait resurgir des années plus tard entra ce jour dans le cœur de Noire : la guerre. Tout d'un coup, l'opposition naturelle qui séparait la Reine du Cauchemar de sa sœur prit une autre saveur. Noire réalisa que s'il était en son pouvoir de détruire Blanche, il fallait qu'elle nourrisse ce désir en secret jusqu'au jour où les circonstances lui seraient favorables. Sa force n'en serait qu'accrue par le poids des années.

Ce jour arriva quand Hermès Trismégiste, le patriarche bien-aimé, quitta Terra Somnia pour assister au Grand Concile des Dieux, auquel étaient conviés les représentants exécutifs de tous les univers et de toutes les dimensions à l'occasion des grands bouleversements du XXIe siècle.

Hermès dut s'absenter pour la durée de cette assemblée exceptionnelle : sept longues années de réflexion.

La voie était libre.

Noire ne tarda pas à déséquilibrer le royaume, propageant l'hégémonie du Cauchemar sur Terra Somnia comme une main invisible.

– Vous me suivez ? demanda le nain, visiblement rasséréné par cet étalage de culture.

Pearl écoutait Oxymoron avec consternation. Si cette histoire délirante aurait pu la séduire dans les pages d'un livre, elle ne parvenait, dans le cas présent, qu'à la paralyser.

Elle dodelina de la tête, épuisée.

– À vous maintenant. Où souhaitez-vous aller ? demanda Oxymoron, après avoir enchaîné une série de révérences.

Pearl tenta de réfléchir. Comment répondre à une telle question ? Où voulait-elle aller dans ce rêve absurde ? La vérité était qu'elle n'avait qu'un désir, celui de se réveiller dans sa chambre du Palais de Vénus.

– Le Palais de Vénus ? Ah, je suis absolument désolé mais Vénus n'a pas de palais dans notre monde, chère âme. Ça lui est arrivé de rendre visite au roi Hermès, jadis, il y a des lustres et bien des lurettes mais... À moins que... Serait-ce une métaphore ? Vous cherchez un havre d'amour, un nid de passion, une alcôve secrète ? Ça c'est incroyable ! Seriez-vous une Lulibérine ? Êtes-vous originaire de Lulibie ? s'extasia Oxymoron, soudain extrêmement agité.

– Non, je suis née dans un orphelinat...

– Dans le lit d'Orphée ? l'interrompit-il, en roulant des

yeux concupiscents. Ça ne m'étonne pas. Croupe farouche, museau mutin, reins de reine, cuisse d'ange, dents de velours ! se mit-il à entonner en sautillant autour d'elle comme un Indien aphasique.

Oxymoron continua sa danse de Saint-Guy, s'approchant de Pearl un peu trop au goût de celle-ci. Quand il lui caressa la taille, la visiteuse le gifla, l'envoyant valser comme une toupie.

Oxymoron se mit à tourner sur lui-même de plus en plus vite, s'enfonçant progressivement dans le sol. Il s'enlisa jusqu'aux genoux, sous le regard stupéfait de la jeune femme qui en attrapa le tournis.

Le petit homme finit par s'immobiliser d'un coup sec.

– Je vous ai fait peur, hein ? Vous pensiez que j'allais disparaître dans les entrailles du désert et vous abandonner ! Eh bien non, chère âme, j'aime les femmes de caractère, ajouta-t-il, non sans espièglerie.

– Amenez-moi à Cosmo.

– C'est une véritable obsession ! dit-il en lui tendant la main.

Pearl hésita. N'ayant pas trop le choix, elle se résigna à lui donner la sienne. Oxymoron l'agrippa fermement, ferma les yeux puis cria à gorge déployée une formule complètement dénuée de sens à base d'onomatopées gutturales.

Elle n'eut pas le temps de réaliser ce qui se passait que le paysage alentour s'effaçait subitement.

*

Quand Polo entendit tambouriner à sa porte, il était occupé à brosser la longue barbe bouclée de Numera Una – une de ses activités favorites pour tromper la somnolence. Elle adorait ça. Elle ronronnait comme un gros chat et murmurait de vieilles chansons d'amour pour lui être agréable.

– Va ouvrir, fit Polo. Sois prudente, je me demande bien qui peut vouloir nous rendre visite à une heure pareille.

La plantureuse femme à barbe rajusta sa brassière, son jupon et ses jarretelles puis traversa la salle de jeux. Elle croisa son associée, Numera Dua, qui la salua d'un étirement en sortant de la coquille qui lui servait de lit.

Numera Una s'approcha d'une armoire où était posée une collection de fioles de toutes les couleurs étiquetées « Amour fou », « Douce Vengeance », « Jeux d'anges », « Fascination obscure », « Liaisons dangereuses ». Elle allongea le bras jusqu'à un flacon de cristal libellé « Heure exquise » et s'en aspergea les aisselles.

La porte se remit à tambouriner.

– J'arrive ! cria-t-elle.

Elle se dirigea vers l'entrée en chantonnant un air d'opéra.

Un énorme chat atterrit sur son épaule en miaulant.

– S'il te plaît, pas si tôt, tu chantes faux, fit l'animal.

– Ferme-la, Mortadelle, répondit-elle en expulsant son agresseur qui se roula en boule dans les coussins de velours amoncelés sur le sol.

Numera Una ouvrit la porte et découvrit Cosmo à bout de souffle.

Elle le prit dans ses bras tendrement.

– Cosmo ! Par les poils de ma barbe, tu es rentré ? Tu as très mauvaise mine, chéri. On t'avait pourtant prévenu qu'il ne fallait pas aller chez les humains !

– Je t'assure qu'il était grand temps d'y aller. Polo est là ?

Polo était toujours là.

Il n'avait pas quitté la cave depuis des lustres. De Ministre des Passions, l'Apollon déchu était devenu le chef officiel des résistants. Depuis que les Coronaria de haut rang avaient déserté Terra Somnia, toute flamme subite, tout emportement ardent, mouvement tumultueux du corps ou fougue de l'esprit avaient disparu de la circulation. Le terme de Coronaria englobait toutes les créatures d'entremondes chargées de véhiculer la Passion. Lulibérines, Succubus, Lovodocus et autres fées fulgurantes s'étaient soudain volatilisées, laissant un vide cruel derrière elles. À la Passion succédèrent la méfiance, la tiédeur, le calme, le détachement, le cynisme, mais aussi le manque, le regret, l'impuissance chronique à étancher la soif des délices perdues.

Le ministère avait donc fermé ses portes puisqu'il n'avait plus rien à administrer. Polo s'était alors réfugié chez Numera Una et Numera Dua, deux camarades femmes à barbe tenancières d'un club souterrain appelé la Foire aux Délices, dont la vocation était de perpétuer les jeux de l'amour.

Polo avait élu domicile dans leur cave, où il s'était installé avec ses innombrables archives qu'il gardait comme la prunelle de ses yeux. Son antre faisait office de quartier général au réseau de renseignement qu'il chapeautait. Ses agents lui ramenaient régulièrement des informations recueillies à travers le royaume. Numera Una les consignait dans les Grands Livres des Potins afin d'apporter un éclairage aux éventuelles stratégies du songe à l'usage du futur. Apollon n'écrivait plus lui-même car il était affligé de mollesse physique, et ses poignets en souffraient. Une sorte d'avachissement inexorable des extrémités l'avait gagné au fur et à mesure de l'évolution de la crise qui frappait Terra Somnia, sans doute une réaction somatique engendrée par son chagrin et sa frustration.

Le chef de la Résistance se considérant néanmoins comme le gardien de la Passion, sa principale activité consistait à tenir salon pour raconter des histoires du passé,afin de maintenir en vie la mémoire des émotions qu'il jugeait indispensable à l'évolution des Terra-Somniens.

Il continuait également à fabriquer – avec l'aide de Numera Dua qui se transformait alors en laborantine – des élixirs et des parfums aux pouvoirs magiques, qui avaient été proscrits par la Reine Noire et circulaient donc sous le manteau depuis la mise en vigueur de cette mesure de répression.

Les efforts de Polo et de ses camarades, bien que fort louables, n'étaient qu'une broutille si l'on considérait le bilan consternant de la société des Merveilles : tous les ministères du Rêve avaient fermé les uns après les autres. Les domaines d'intérêt public étaient toujours représentés au royaume des songes, mais uniquement côté Reine Noire, c'est-à-dire côté Cauchemar. L'équilibre s'en trouvait rompu. Le rêve de certains étant le cauchemar des autres, et vice versa, la représentation dans les deux camps était indispensable à la bonne santé de Terra Somnia. La justice de l'imagination était en danger.

Quand Cosmo, chercheur de choses de son état, avait senti ce schisme mystérieux envahir son pays, il fit tout pour découvrir la faille. Il considéra la piste de la poule et de l'œuf bien avant d'avoir entendu la théorie du professeur Twain. Une question l'obsédait : où l'équilibre s'était-il fissuré ? Dans le monde du haut, ou dans le monde du bas ? Dans l'inspiration, ou dans l'action ? Convaincu par intuition que le lien entre les deux mondes jouait un rôle clé, il finit donc par entreprendre un voyage chez les humains pour essayer d'acquérir une vision globale de la crise qui frappait les siens.

Il ne s'attendait pas à y trouver une confirmation aussi probante de ses soupçons. Il ne se doutait pas non plus d'y tomber amoureux et de ressentir son retour comme une déchirure. Malgré l'évidence de ses priorités, le fait d'avoir abandonné Pearl au Beau Monde lui brûlait le cœur.

Toutes les données de ses aventures passées défilaient dans sa tête, s'organisant pour tenter de se rapprocher d'une solution, alors qu'il se dirigeait vers la chambre de son ami Polo.

Il fit un effort monstrueux pour chasser Pearl de son esprit, afin de se concentrer sur les problèmes locaux.

Cosmo suivit Numera Una à travers le réseau de portes dérobées qui menait à la cave. La Foire aux Délices était un labyrinthe de petites pièces tendues de velours cramoisi. Montagnes de coussins, pans de voile, lanternes rouges et chandeliers baroques donnaient un air de lupanar à cette succession de salons à la fois confortables et mystérieux. Le jeune homme considéra avec un pincement au cœur les chromos encadrés qui recouvraient les murs représentant les Lulibérines, les Coronaria et les Succubus les plus célèbres, maintenant disparues.

Quand ils arrivèrent dans le salon de musique, ils croisèrent Numera Dua. Un plumeau dans la main droite et un gros cigare dans la main gauche, elle s'était courageusement attelée aux tâches de maintenance. En guise de bienvenue, celle-ci décocha un grand coup de pied au piano mécanique. Quatre visages ravissants, dont la peau de porcelaine était peinte comme celle de poupées, sortirent de l'instrument à la manière de coucous, en expulsant son couvercle. Ils saluèrent le retour du jeune homme en chœur. L'intéressé en profita pour embrasser Numera Dua en musique, tentant d'ignorer son souffle âcre parfumé au cigare.

Cosmo arriva à la porte de Polo flanquée des deux plantureuses femmes à barbe.

– On va lui faire une surprise, suggéra l'une.

– Peut-être que ça lui donnera un petit coup de fouet, renchérit l'autre. Cosmo, il faut que tu saches que le niveau d'énergie de ton ami Polo est passé en zone rouge. J'ai peur que sa mollesse ne soit en train de se généraliser. Quand il n'est pas à divaguer sur son passé glorieux, il passe le plus clair de son temps à somnoler ou à me brosser la barbe. On n'arrive même plus à lui faire inventer de nouveaux élixirs. Il va falloir que tu fasses quelque chose.

Numera Una mit en porte-voix ses mains dodues aux

doigts couverts de bagues et entonna le signe de ralliement de Cosmo. Quelques sons de corne de brume, quelques clics de la langue.

Elle y ajouta quelques youyous gutturaux pour personnaliser l'affaire.

Les trois camarades attendirent poliment à la porte, mais celle-ci ne s'ouvrit point.

Numera Dua se résolut donc à entrer.

Cosmo vit Polo reposer sur son lit à baldaquin. À moitié endormi, il marmonnait, les yeux clos, la main sur son front dans une position de tragédien. Trois vestes de brocart chamarré l'enveloppaient de vagues de soieries multicolores et un jabot de dentelle protégeait son cou. Ses longs cheveux bouclés couleur de platine recouvraient son oreiller, brillant dans la lumière des bougies comme une cascade de fils d'or pâle.

Polo avait mauvaise mine mais son visage était toujours aussi séduisant. Ses traits composaient un captivant mélange de douceur et de force. Les lignes puissantes de ses pommettes saillantes et de son menton taillé à la serpe contrastaient avec la féminité de sa bouche charnue. Cosmo constata que son grand nez aquilin, presque de la dimension d'un bec, avait tendance à pendouiller sur sa joue, mais vu sous cet angle, il lui donnait une allure d'aigle endormi.

Le jeune chercheur de choses s'avança au chevet de son ami. Il s'assit sur les édredons de satin et murmura à son oreille :

– Polo, réveille-toi.

Le chef des résistants entrouvrit ses paupières un instant

puis les referma aussitôt. Un sourire éclaira son visage ensommeillé.

– *Un ange, imprudent voyageur, Qu'a tenté l'amour du difforme, Au fond d'un cauchemar énorme, Se débattant comme un nageur*, murmura-t-il sans ouvrir ses paupières.

– Polo, reprit Cosmo, en lui attrapant gentiment les épaules, réveille-toi, c'est moi.

L'endormi essuya son nez mou à l'aide d'un mouchoir en dentelle. Il ouvrit enfin les yeux et esquissa un sourire béat.

– Cosmo ! mon ami, tu es revenu ! dit-il en se jetant mollement dans les bras de son camarade.

Il resta immobile la tête contre sa poitrine pendant quelques instants, puis retomba sous son édredon en soupirant.

Cosmo entreprit de le secouer comme un prunier, jusqu'à ce que celui-ci se réveille pour de bon.

– Qu'y a-t-il ? s'écria-t-il. Qu'est-ce qui se passe ?

– C'est bien ce que je voudrais savoir, s'énerva Cosmo. Je ne suis pourtant pas parti bien longtemps ! Réveille-toi, bon Dieu, réagis, renseigne-moi...

Polo lui répondit par un rictus mélancolique et réussit à se hisser sur ses avant-bras.

– Numera Una, ma chérie, pourrais-tu me passer quelques gouttes de « Liaisons dangereuses », ça m'aidera à me réveiller, demanda le chef de la Résistance. Ne t'inquiète pas, c'est juste un stimulant, ajouta-t-il à l'adresse de Cosmo.

– Pourquoi la Reine Blanche a-t-elle déserté son palais ?

Et il n'y a pas que son palais, Hypnopompia est totalement vide. Que s'est-il passé ?

– Pfft...

– Quoi, pfft ?

– Mes informatrices m'ont raconté qu'elle donnait des bacchanales triées sur le volet dans un palais du désert improvisé. Elle gonfle à vue d'œil et ne s'occupe plus du moindre rêve.

– Et personne ne fait rien ?

– La Reine Noire a de plus en plus d'influence, soupira Polo en haussant les épaules. Elle soudoie à gauche, pervertit à droite... Elle a noirci les anges, elle contrôle les cuisines. Elle gagne du terrain à chaque tour de cerceau.

Polo se laissa tomber sur son lit à baldaquin, la main sur son front, reprenant sa position de tragédien.

– Tu fais quoi, là ? demanda Cosmo.

– Je souffre, mon ami, je souffre.

Cosmo ne put réprimer un éclat de rire sincère. Depuis le temps que les deux larrons se connaissaient, il était habitué aux manières théâtrales de son ami. Le naturel revenait au galop, c'était plutôt bon signe.

Le chercheur de choses s'assit au bord du lit en souriant et tapota avec affection le bras du tragédien.

– Cosmo, c'est bien toi... je commençais à croire que toi aussi tu nous avais abandonnés !

– Comment peux-tu dire une chose pareille ? Écoute, mon vieux, je viens de rentrer du Beau Monde et je crois que j'ai peut-être compris ce qui se passe.

Polo reprit son air tragique. Le souffle court, il desserra

son jabot de dentelle, comme pour signifier qu'il avait du mal à respirer.

– Je t'en prie... Je ne supporte plus l'optimisme.

– Il n'y a vraiment pas de quoi être optimiste.

Le chef des résistants s'installa sur plusieurs édredons pour pouvoir écouter confortablement le rapport de son camarade.

– Alors c'est comment, là-haut, ils ont beaucoup changé ?

– C'est bien pire que ce qu'on pensait, répondit Cosmo avec gravité. Polo, ILS NE RÊVENT PLUS.

Un silence épais s'installa entre les deux amis. La bouche de Polo s'ouvrit, ses yeux s'écarquillèrent. Il secoua la tête. Il n'en croyait pas ses oreilles.

– C'est pas vrai ! Ce que tu me dis est impossible. Nous serions tous à l'agonie.

– Enfin, presque plus... beaucoup ne rêvent plus. Il y a une épidémie de perte de rêve dans les grandes villes. C'est pour ça que tout va mal ici. À moins que ce ne soit le contraire. Et puis leur monde est dans un état, je ne peux même pas te le décrire, tu ne me croirais pas.

– Ils font ce qu'ils veulent, je ne veux pas le savoir. Tu connais mon point de vue sur les hommes ! S'ils faisaient quelques efforts, nous aurions un peu plus de plaisir ici-bas. Ça fait déjà un certain temps qu'ils me plombent, tu sais. Je suis bien placé pour avoir une opinion là-dessus, après tout je suis condamné à n'être que la pâle image de leur libido. Ça me désole.

– Oui, enfin, tu connais l'histoire de la poule et de l'œuf.

– Quelle poule ? Tu as vu des belles poules ?

– Laisse tomber... Polo, ils rêvent de moins en moins, mais ça n'est pas tout. Je ne suis pas sûr que tout soit de leur faute. C'est Twain qui m'a mis la puce à l'oreille avec son histoire d'erreur de laboratoire.

– Twain ? Mark Twain ? Lui aussi est revenu ?! Je l'adore, s'enthousiasma Polo.

– Non, Myron Twain. Peut-être un descendant. Il étudie la physiologie du sommeil. Il se passe un drôle de truc là-haut. Une invasion de mouches. Elles ne sont pas transgéniques. Les biologistes se sont montrés incapables d'expliquer leur origine. Des mouches bleues, énormes, extrêmement bruyantes. Twain prétend que ces mouches sont à l'origine de la perte de rêve et des crises de narcolepsie qui les frappent.

– Et alors, s'ils étaient plus soucieux de leur environnement, ce genre de mystère n'arriverait pas.

– Polo, les insectes bleus, bruyants, les dards, ça ne te rappelle rien ?

– Tu penses à l'élevage de scorpions volants ?

– Tout à fait. Les insectes sont une des grandes spécialités de la Reine Noire. Schadenfreud leur avait même consacré un atelier secret pour faire plaisir à sa patronne.

Polo prit sur son étagère une fiole au doux nom de « Fascination obscure ». Il inspecta l'étiquette sur laquelle un dessin à la plume représentait des yeux terrifiants.

– Schadenfreud ! Joli regard diabolique. Séduction assurée. Il a bien écouté mes leçons. J'avais créé ce parfum pour lui dans un moment d'égarement... Tout réside dans le sourcil, ajouta-t-il en imitant le regard de l'étiquette.

– Tu aurais mieux fait de t'abstenir. J'ai l'intuition que

Schadenfreud est à l'origine de l'invasion des mouches. Ils ont dû trouver un passage stable pour les envoyer. À mon avis, elles induisent le cauchemar directement dans les cellules des hommes.

– *Un ange, imprudent voyageur, Qu'a tenté l'amour du difforme, Au fond d'un cauchemar énorme, Se débattant comme un nageur*... C'est bien ce que je te disais !

– Sois sérieux, Polo, c'est plus grave que nous ne le pensions. Le monde réel et le monde de l'imagination sont interdépendants. Ils fonctionnent comme des vases communicants. S'il n'y a plus que des cauchemars dans les rêves des humains, le monde des rêves va devenir exclusivement le monde du cauchemar.

Le visage de Polo s'assombrit.

– Nous y sommes, soupira-t-il. Nous y sommes presque.

– À mon avis, Noire a trouvé la faille. Nous risquons de tous muter, les uns après les autres. Il faut tout de suite enrayer leur stratégie. Polo, il faut que tu m'aides. J'ai besoin d'avoir accès aux renseignements.

– Tout ce que tu voudras. Tu sais que ma cave est le palais du Potin ! L'arme secrète de la Résistance. Qu'est-ce que tu veux savoir : des potins maigres, des potins gras, des potins banals, des potins remarquables ? demanda-t-il en dirigeant sa main gantée vers une bibliothèque d'ouvrages reliés en maroquin rouge.

– Il faut qu'on trouve le maximum d'informations sur la fabrication d'insectes.

Polo se mit à marcher de long en large à travers la cave obscure, soudain investi d'une nouvelle énergie. Cosmo le laissa réfléchir. Il pouvait presque entendre les mécanismes de la réflexion de son ami qui se mettaient en route.

La réponse ne tarda pas :

– Tu devrais aller voir du côté de Sosigène.

– Sosigène ! Quand je pense que j'ai pu être ami avec ce traître.

– Il n'était pas encore traître à l'époque...

– Oui, enfin, juste fourbe.

– Eh bien, figure-toi que le fourbe a pris du galon. En plus de son poste de Grand Tchimir aux laboratoires d'Alchimie du Vivant, Noire vient de le nommer conseil en matière de mutation et d'empoisonnement. Je me demandais ce qui lui avait valu une telle promotion. Le bruit court que certaines de ses expériences ont remporté un vif succès.

Les yeux de Cosmo brillèrent.

– Ceci expliquerait cela. Comment pourrai-je m'infiltrer ?

– La vanité de Sosigène est un puits sans fond. Je pense qu'il sera si excité à l'idée de déployer devant son « ami d'enfance » le luxe et l'ampleur de ses pouvoirs nouvellement acquis que tu n'auras aucun mal à parvenir jusqu'à lui.

Polo prit dans sa poche un osselet frappé du sceau de la Résistance et le tendit à Cosmo.

– Une fois que tu y seras, sache que son scribe est des nôtres. Donne-lui ceci. Il pourra t'aider. Je vais te faire appeler un courant d'air et te donner des directives. Il faut connaître un certain nombre de mots de passe pour entrer dans les quartiers généraux du Grand Tchimir. Numera

Dua va te noter tout ça, nous avons tous les renseignements dans nos Grands Livres.

– Merci, dit Cosmo avant de se lever pour s'en aller.

Polo le retint par la manche.

– Cosmo, fais attention dans la ville. On ne peut plus faire confiance à personne. Et, mon ami, je t'en prie, ne remonte plus chez eux, tant que le Roi Hermès sera parti, on a besoin de toi ici.

Le jeune homme sourit tristement.

Polo sentit anguille sous roche.

– Puis-je te demander pourquoi tu fais cette tête ?

– J'ai rencontré une princesse, murmura Cosmo avec mélancolie.

– Oh, je t'en supplie, ne me raconte surtout pas d'histoires d'amour ! reprit Polo avec irritation.

Il s'approcha du miroir, soudain nostalgique, se moucha bruyamment, tenta d'ordonner ses longues boucles blondes et contempla son image pâlotte, se replongeant avec délectation dans le pathos qu'il semblait tant affectionner.

– Hélas, cet Apollon fané ne s'y intéresse plus. Maudite soit notre époque ! Et vive la Résistance !

Le retour de la Princesse Lulibérine

PEARL et son guide s'étaient rematérialisés dans une vaste crypte.

La jeune femme avait cru un instant que son souhait de s'évanouir s'était exaucé. Quelle ne fut sa déception d'atterrir dans ce sombre décor : la pièce, immense et poussiéreuse, encadrée d'impressionnantes arches de pierre, abritait un amoncellement d'œufs géants rassemblés en son centre. Une odeur de moisissure emplissait l'atmosphère. Les coquilles, recouvertes de peintures multicolores, bougeaient imperceptiblement dans la pénombre.

– Mais qu'est-ce que c'est que ça, sortez-moi de là ! cria-t-elle, à bout de nerfs, en repoussant violemment Oxymoron.

Le nain tournoya, tituba puis s'effondra sur le sol. Pearl se rua vers lui. Non pas que l'état de son improbable guide l'intéressât vraiment, mais si ce petit bonhomme avait comme il le laissait entendre la capacité de la faire sortir de ce trou, il ne valait mieux pas qu'il la lâche.

Il respirait encore mais il était en nage. Ses paupières tremblaient.

Elle entendit le cœur du nain battre à tout rompre.

Pearl le secoua.

– Monsieur Oxymoron, réveillez-vous !

Les yeux du guide roulèrent puis il se releva sur ses coudes.

– Ça ne va pas ? demanda Pearl.

Il sortit un grand mouchoir écarlate de sa poche et en essuya son front luisant de sueur.

– Excusez-moi, je manque d'entraînement. Dans le temps je pouvais transporter des pyramides humaines entières... mais maintenant une jolie demoiselle est un maximum.

Il se leva et se dirigea vers l'étrange nid.

Pearl lui emboîta le pas.

– La dernière fois que j'ai transporté deux personnes, j'ai rétréci de moitié. De moitié !!!

– Monsieur le guide ! murmura Pearl dans son oreille.

– Plaît-il ?

– Je vous en supplie, je ne comprends rien, je voudrais rentrer. Pouvez-vous me transporter jusqu'à la sortie ?

– La sortie ne dépend pas de moi, chère âme. Que les choses soient claires : je fais l'entrée mais pas la sortie.

– Est-ce que vous pouvez me mener à Cosmo ? demanda Pearl dans un dernier sursaut d'espoir.

– Je vous ai bien entendue, ma linotte. Chaque chose en son temps. La visite suit un ordre que l'on doit respecter. Avant toute autre destination, il faut que je réveille les paresseux. C'est une tâche délicate.

Le regard d'Oxymoron fit le tour de la crypte à la recherche de quelque chose. Il s'arrêta sur une des gigantesques colonnes puis se dirigea dans cette direction, faisant signe à Pearl de le suivre.

– Les bougres sont non seulement flemmards, ils sont aussi froussards. C'est cette histoire de portes fermées à double tour, vous comprenez. Ça a déstabilisé un grand nombre d'entre nous. Ils préfèrent se rassembler. C'est une sorte de solidarité névrotique. La peur, chère âme, la peur s'est installée dans leur cœur.

– De quoi ont-ils peur ? s'effraya-t-elle.

– Ils ont peur de manquer, peur d'être déçus, peur de ne pas être à la hauteur. C'est un sentiment anéantissant. La peur les a amenés dans ce dortoir, les empêche de se réveiller, les éloigne de leur activité, en rend même un grand nombre agressifs ! J'essaie de m'y prendre avec joie et bonne humeur, mais c'est très difficile. Si je puis me permettre, il vaudrait mieux que l'on vous cache. Vous comprendrez que dans ce triste contexte, certains de nos sujets n'aiment pas les étrangers. En particulier, les inspecteurs du rêve. Il vaut mieux éviter de les froisser, ils ont très mauvais caractère.

Oxymoron tourna autour de la colonne à la recherche d'une cachette. Des volutes de pierre aux couleurs passées grimpaient autour de sa base, dessinant de profonds sillons. Il repéra quelques motifs effrités formant une petite excavation. Il la désigna d'un frétillement de l'auriculaire.

– Voilà qui fera notre affaire.

Pearl s'agenouilla pour s'y glisser, pas très rassurée.

– Attendez, dit-il en prenant l'étole de soie multicolore enroulée autour du cou de la jeune femme. Laissez-moi faire, il s'agit de votre sécurité.

Il disposa le voile sur sa tête, arrangea le drapé afin qu'il tombe harmonieusement et recula pour mieux apprécier l'effet. On pouvait apercevoir ses grands yeux noirs sous la fine couche de tissu.

– *Maaagnificus*, fit fièrement Oxymoron. Maintenant cachez-vous dans la brèche et ne bougez plus. À tout à l'heure, chère âme.

Pearl se tapit sous les volutes de pierre. Son cœur battait la chamade. Elle fit tout son possible pour se calmer.

Elle se positionna de manière à pouvoir facilement sortir la tête et observer discrètement la suite des événements.

Une horloge aussi haute que les arches trônait au milieu du monticule d'œufs géants. Oxymoron s'en approcha, empruntant un chemin entre les coquilles. Pearl se demanda quel genre d'organisme colossal celles-ci pouvaient bien abriter. Le chapeau claque du guide s'éclipsa derrière le paysage de peintures en courbes, puis réapparut un peu plus loin, alors qu'il escaladait l'amoncellement pour atteindre l'horloge. Il se jeta dans le vide et s'agrippa aux cordes qui descendaient de la pendule, tel un petit moine s'apprêtant à sonner le glas.

Les portillons de l'horloge s'ouvrirent, expulsant une tête de groom dont le cou se tendit hors de sa cachette à la manière d'un polichinelle.

– *Gooood Morning Terra Somnia !* cria-t-il d'une voix de crécelle.

L'appel resta sans suite. Oxymoron se mit à sautiller entre les œufs en frappant aux coquilles les unes après les autres.

Pearl se concentra sur son ouïe. Elle n'entendit que de vagues gémissements, quelques ronflements étouffés.

Le guide continua ce cirque pendant un certain temps.

Soudain il dut perdre patience car il se mit à balancer des coups de ses petits pieds rageurs en traitant les œufs de feignants, de parasites, de mollusques, et autres pétochards pusillanimes.

Il se rua vers la pendule et se balança à la corde de toutes ses forces. La tête de groom resurgit en hurlant, une sirène digne d'une alerte atomique sortit de sa bouche. Pearl s'aplatit dans le sable en se bouchant les oreilles de toutes ses forces.

Le niveau de décibels montait en intensité dans ses conduits auditifs, lui vrillant les tympans. Pressant ses joues contre le sol pour lutter contre la douleur, elle eut la sensation que les entrailles de la terre tremblaient.

Les œufs se mirent à vibrer.

Des fissures se dessinèrent sur leurs coquilles.

Un grondement s'ajouta au bruit de sirène.

Un œuf explosa violemment en un nuage de cendres qui envahit la pièce. Pearl pensa à l'explosion dans l'amphithéâtre du professeur Twain et ferma les yeux, espérant que les mystères du monde des rêves feraient apparaître autour d'elle les bras réconfortants de Cosmo.

Quand elle les rouvrit, les coquilles avaient volé en morceaux, libérant un aréopage de créatures extraordinaires : femmes-fleurs, hommes à cornes, minotaures et bacchantes, nano-personnes et géants, siamois en carapace, unijambistes ailés, robots lilliputiens, vigiles aux nez d'oiseau, hommes-cactus à roulettes et arbres anthropomorphes, monstrueuses courtisanes de plusieurs mètres de circonférence à la peau rose bonbon – et j'en passe – se déployèrent dans la crypte en un ballet chaotique comparable à la mise en liberté des pensionnaires d'un zoo.

Oxymoron, les mains en porte-voix, était monté au faîte de la montagne de coquilles brisées pour échapper à la poussière et au tohu-bohu afin de mieux se faire entendre.

– Du calme ! De l'ordre ! Au deux cent cinquante-quatrième tour de cerceau, passez à vos postes !

Petit à petit, un rang de créatures alla se placer d'un côté de la pièce, sous la houlette d'une brochette de gardes à longs nez en forme de bec criant des ordres d'une seule voix.

Pearl aperçut avec effroi un chauve enfariné armé d'un sabre qui courait à toute vitesse après une femme-fleur, fendant l'air à grands coups de lame. Celle-ci sautillait comme une biche pour éviter de se faire couper ses jambes-tiges. Un binôme de créatures à longs becs attrapa le chasseur hystérique d'un coup de lasso et le ramena dans le rang.

Pearl pensa que ces créatures autoritaires devaient être des sortes de gardes ou de gendarmes, car ils s'évertuaient à organiser le chaos à force d'injonctions menaçantes. Il s'agissait sans doute des inspecteurs du rêve dont avait parlé Oxymoron auparavant.

– Attention aux exploseurs ! hurla le guide.

Avant qu'il n'ait fini sa phrase, deux anges noirs explosèrent en un nuage de suie.

Oxymoron sauta pour se réfugier dans les branches d'un arbre vivant. La créature, brusquement réveillée par la détonation, l'envoya violemment valdinguer. Il atterrit sur le dernier œuf encore intact, brisant sa coquille en mille morceaux.

Un mastodonte au dos hérissé de cornes en sortit, frottant une grosse bosse sur sa tête chauve. Avec une fureur contenue, il saisit Oxymoron par le collet et le souleva à hauteur d'yeux.

– Et alors, microbe, on veut jouer dans la cour des grands ?

– Bon... Bonjour, Bubba, c'est... c'est l'heure d'aller travailler, tenta d'articuler le réveilleur.

– T'as raison, mon petit pou des îles. Faut que je me refasse la main.

Le colosse le gifla de son énorme paume avec application.

– Arrête ! Lâche-moi !

Bubba souleva Oxymoron du sol, le coinça sous son aisselle comme on tient une baguette de pain, et sortit de la salle dans un éclat de rire gras, en continuant à lui assener des baffes.

Pearl, voyant Oxymoron quitter la crypte sous le bras du géant, sortit de sa cachette, paniquée.

Une femme à barbe rousse qui s'employait gentiment à réveiller un arbre enraciné la remarqua aussitôt.

La jeune femme, à deux doigts de s'évanouir de frayeur, retourna se cacher dans sa brèche.

La créature, intriguée, tira son voisin par l'une de ses branches, ce qui acheva de l'extraire de sa somnolence.

– Incroyable... T'as vu ce que j'ai vu !

– *Ma che guarda* ? demanda l'arbre.

Un rayon de lumière dessinait le profil de Pearl dissimulé sous son voile, qui dépassait de la colonne. Le contre-jour dut avoir un effet magique sur l'écran mental de l'observatrice, car soudain, le profil au nez parfait, le regard de jais brillant comme une pierre précieuse, les longues boucles, la moue boudeuse, la pâleur de la peau lui apparurent comme une vision scintillante évoquant la perfection des Coronaria disparues.

Elle s'imagina qu'elle portait un voile pour plus de discrétion et ce dernier point acheva de la convaincre de sa découverte.

Alors que le visage de Pearl disparaissait mystérieusement derrière la volute de pierre, elle s'écria avec fougue :

– Par la barbe de ma mère, j'hallucine ! Je... je crois que j'ai vu un Succubus. À moins que ce soit une Lulibérine.

– Non ?

– Je te jure. Je l'ai vue scintiller ! J'espère que c'est une Lulibérine, tu te rends compte ? Si c'en est une, il ne faut absolument pas la laisser disparaître. Il est de notre devoir de tout faire pour lui être agréable. C'est une découverte révolutionnaire.

– C'est pas possible. Elles nous ont abandonnés. Il n'y en a plus. La Reine Noire a annoncé publiquement que toutes les Créatures de la Passion d'entre les mondes s'étaient définitivement volatilisées !

– Ça devait être de l'intox. Ne dis rien, laisse-moi faire, d'accord ? murmura la femme à barbe rousse, en avançant sur la pointe des pieds vers la princesse inconnue.

Pearl, acculée, décida de surmonter sa peur et sortit de sa tanière la tête haute.

– Bonjour... Je...

– Elle parle ! s'ébaubit l'arbre, qui en prit racine immédiatement tant il était ému.

La Terra-Somnienne dévorait sa trouvaille des yeux, époustouflée.

– Mon Dieu, je n'ose m'imaginer. Êtes-vous un Succubus, ou une Lulibérine ?

– Une Lulibérine, répondit Pearl en levant le menton, espérant avoir fait le bon choix.

– Sacalasca, résistante du ministère déchu de la Passion affectée à la salle du réveil, à votre service, fit-elle solennellement, accompagnant ses paroles d'une génuflexion.

En un clin d'œil, les derniers Terra-Somniens encore présents dans la crypte s'agglutinèrent autour de Pearl, bouleversés par l'arrivée miraculeuse d'une Coronaria de haut rang. La Lulibérine eut un mouvement de recul alors qu'un essaim de mains plumées, griffues et palmées se tendaient vers elle frénétiquement. L'une d'elles arracha son voile.

Sacalasca repoussa violemment la fautive.

– Je vous en supplie, ne me faites pas de mal, implora Pearl.

– Laissez-la, bon sang ! vitupéra la femme à barbe, la Princesse doit être fatiguée après son long voyage !

Celle-ci fit un signe de la main à ses congénères qui se plièrent de concert en un rang de révérences. Pearl rajusta son voile sur sa tête.

– Mes respects, Princesse. Votre beauté nous illumine, ajouta Sacalasca, subjuguée.

Pearl tenta de retourner le compliment, avec autant de naturel qu'elle réussit à en trouver dans son for intérieur.

– Je vous remercie. Vous avez une très jolie barbe, vraiment !

L'intéressée entortilla les longues boucles qui ornaient son menton avec modestie et les rangea sur son épaule afin de pouvoir prendre Pearl par le bras.

La Princesse Lulibérine et son escorte se dirigèrent ainsi hors de la crypte, suivies par la petite assemblée de Terra-Somniens pantois d'émerveillement.

Pearl se concentra pour tenter de déchiffrer les murmures afin d'acquérir un supplément d'information mais ne réussit qu'à saisir des bribes de louanges extatiques.

– Il faut les excuser, fit Sacalasca, ils sont un peu barbares. On n'a pas vu le moindre Succubus, sans parler de Lulibérine, depuis que notre Roi Hermès est parti au Grand Concile. Ça fait déjà cent quatre-vingt-dix-neuf millions deux cent vingt-deux mille cinq cent quatorze tours de cerceau ! C'est très long, vous savez. Vous nous avez beaucoup manqué, conclut-elle en souriant avec émotion.

– Écoutez, madame...

– Je vous en prie, appelez-moi Sacalasca.

– Ma chère Sacalasca, je vous ai entendue. Êtes-vous réellement prête à tout pour m'être agréable ?

– Absolument. Je n'ai qu'une parole.

– S'il vous plaît, il faut m'aider à retourner à New York.

– Retourner un Nouillorque ? Excusez-moi, Princesse, je ne sais pas si nous avons ce genre d'orque en magasin. Je vais me renseigner.

La femme à barbe rousse recula vers la foule de suivants et siffla bruyamment.

– Un Nouillorque pour la Princesse !

Personne ne réagit dans la petite troupe. Sacalasca se retourna vers Pearl avec déférence.

– Votre Altesse, je pense qu'il est urgent de vous mener à la Foire aux Délices. Ils vous attendent depuis si longtemps !

– La Foire aux Délices ?! Oh, par pitié ! Je ne veux ni foire ni délices, j'aimerais juste trouver la sortie.

Sa protectrice prit Pearl en aparté et baissa la voix.

– Ils sont aussi *ex-trê-me-ment* bien renseignés, si vous voyez ce que je veux dire, fit-elle en appuyant cette information d'un clin d'œil. Je suis sûre qu'ils vous trouveront tous les Nouillorques que vous désirez.

– Restez avec nous, nous avons besoin de vous ! murmura l'arbre en rougissant.

– Majesté, reprit Sacalasca, vous pouvez nous faire confiance. Nous mettrons à votre disposition nos plus beaux sujets. Nos mâles les plus réputés. Vous n'aurez qu'à choisir !

– Cosmo y sera ? demanda Pearl, sautant sur l'occasion.

– Vous connaissez Cosmo ? Le chercheur de choses ?

Pearl acquiesça d'un signe du menton.

– Vous avez bon goût. Aaah ! le joli Cosmo, s'extasia Sacalasca, l'air rêveur. Le Beau Monde nous l'a volé, malheureusement. Il est possible qu'il nous ait abandonnés. On dit même qu'il est tombé amoureux et qu'il ne reviendra plus.

Pearl eut un pincement au cœur mais se reprit tout de suite.

– Vous êtes sûre ? Mes sources me disent qu'il est rentré !

– Mais son ami Polo sera là. Polo est toujours là. Si Cosmo est rentré, il en sera le premier informé.

– Son ami ?

Sacalasca se pencha vers l'oreille de Pearl.

– C'est le chef de la Résistance, murmura-t-elle. Vous pouvez avoir une absolue confiance en lui.

*

Tapi dans les chemins dérobés que lui avait indiqués Polo pour rejoindre les quartiers généraux de Sosigène, Cosmo ruminait sa tristesse. Contrairement à ce qu'il espérait, la passion qu'il ressentait à l'égard de Pearl n'avait pas disparu en replongeant dans son propre univers. La distance n'avait pas amoindri sa peine. L'avoir quittée si vite, et si mal, le déchirait. Il éprouvait une difficulté folle à se concentrer. Lui qui souhaitait ramener un peu de lumière, un peu d'espoir à Terra Somnia, s'était trouvé bien incapable de donner vie à sa propre flamme, de rendre à cette jeune femme tout l'amour qu'il lisait dans ses yeux.

Pourquoi diable était-il tombé amoureux dans un autre monde que le sien ?

Cosmo arriva au pied des galeries de l'ancien conservatoire de la Divine Fantaisie. Il suivit les conseils d'Apollon et escalada dans l'ombre les colonnades pour atteindre les toits. En parcourant cette dernière partie du chemin dans les hauteurs, il éviterait tous les mouchards dont étaient remplis les abords de Psychopompia, la cité qui abritait les quartiers du cauchemar.

Il parvint sur les tuiles usées et souffla quelques instants.

Ne me raconte surtout pas d'histoires d'amour ! avait dit Polo avant même qu'il n'aborde le sujet. Qu'aurait-il pu raconter à son ami, eût-il souhaité écouter sa confession ? Pearl était une parenthèse enchantée, une âme sœur par-delà les mondes qui l'avait apaisé, inspiré, motivé, sans même le savoir, puisque, paralysé par leur irréconciliable différence, il ne s'était pas senti le droit de lui exprimer ses sentiments. Il aurait pu décrire à Apollon la délicatesse du visage de sa bien-aimée, sa peau plus douce que de la soie, son joli corps aux proportions de tanagra, la superbe manière qu'elle avait d'éclater de rire, la finesse de son esprit, l'étendue de sa culture... Mais si Apollon avait voulu savoir plus en détail ce qui s'était passé entre eux, il n'aurait pas eu grand-chose à dire. Bien sûr, il y avait ce baiser inimaginable, digne des passions qui confinent au divin, mais la suite était si consternante qu'il n'aurait jamais osé la raconter. Il revit dans son esprit le visage atterré de Pearl quand il l'avait plantée sur le trottoir de la 82e Rue pour rejoindre les couloirs du métro.

Aurait-il pu faire autre chose ? Il n'avait pas trouvé de

meilleure solution que de disparaître comme un lâche, nimbé d'un mystère minable bien éloigné de la complicité qui les avait rapprochés pendant son incursion dans le Beau Monde. Il ne lui laisserait sans doute qu'un piètre souvenir, un mélange de frustration et de dépit. Il n'y avait rien de glorieux dans tout ça.

Il se leva sur les tuiles glissantes et repartit le long de l'édifice délabré.

Il fallait se reprendre. Oublier. Se lamenter ne servirait à rien. Se concentrer sur l'urgence et oublier ce baiser magnifique.

Cette passion n'avait pas de sens, sa place était bien ici-bas, se faufilant comme une ombre dans les hauteurs désertées d'Hypnopompia, avançant dans le marasme de son monde pour faire face à son devoir de chercheur de choses.

Cosmo imagina une petite boîte, l'ouvrit dans son écran mental et tenta d'y consigner pour toujours le souvenir de sa princesse. Il ferma la boîte à clé, l'enfouit au plus profond de lui-même et décida de se concentrer coûte que coûte sur son activité.

Suivant consciencieusement sa feuille de route, il glissa comme un chat sur la toiture jusqu'à l'emplacement exact indiqué par Polo : l'édifice du conservatoire était mitoyen du mur d'enceinte qui délimitait les deux villes. Là, il guetta patiemment l'arrivée du courant d'air organisé par la Résistance qui devait lui permettre de rallier les nouveaux locaux octroyés à Sosigène.

Les plans urbains de Psychopompia avaient beaucoup changé. La ville était truffée de sens uniques, de sens interdits, de non-sens, de sens inverses et de sens dessus dessous, conçue pour ne jamais y trouver son chemin. Le courant d'air particulièrement agile et futé choisi par Polo lui permettrait de se déplacer à travers ce labyrinthe rapidement, mais aussi dans la plus grande discrétion, en évitant gardes et caméras de surveillance.

Inutile que les systèmes de renseignement de la Reine Noire soient immédiatement au courant de son retour au royaume.

LE CABINET PSYCHOPOMPE

Le Cabinet Psychopompe était sans conteste l'endroit où Noire se sentait le plus vivante, entourée de son œuvre : l'intégrale de ses cauchemars.

Depuis sa plus tendre enfance, elle archivait ses créations dans cette chambre secrète qui était devenue un véritable musée en matière d'inspiration néfaste. La collection s'enroulait autour de la haute pièce cylindrique le long d'une étagère sans fin, véritable spirale de modèles de rêves infernaux qui atteignait une altitude vertigineuse – on pouvait à peine en apercevoir le plafond.

Noire rangeait ses cauchemars par ordre d'efficacité.

La disposition avait changé à travers les âges par la force des choses, le point de vue d'une Reine, si puissante soit-elle, se transformant au fil des ans, comme celui de quiconque. Ses centres d'intérêt avaient évolué, affinant sa cible.

Dans sa jeunesse, Noire affectionnait les cauchemars de désagrément du type symbolique, comme la noyade sans fin, l'étouffement, le ramollissement des dents, les attaques d'incubes, la répétition de la mémoire traumatique sous forme de métaphore poétique, bref des rêves empoisonnant les hommes de manière individuelle et restreinte.

Quelques-unes de ses créations de cette époque connurent tout de même leur heure de gloire, inspirant un nombre considérable de tyrans, de militaires véreux et autres inventeurs pervers. Néanmoins, au bout d'un certain temps d'expertise, Noire jugea que leur potentiel destructeur était limité, mettant à mal la puissance vitale des hommes uniquement à un niveau personnel, et n'eut de cesse de parvenir à inventer des cauchemars globaux, qui s'étendraient à l'inconscient collectif comme une immense tache d'huile.

D'année en année, elle s'employa à développer un oniro-monde du néfaste dont la caractéristique serait la puissance d'invasion, opérant comme une épidémie qui mènerait à une hégémonie irréversible du démoniaque. Bien entendu, il ne fallait pas pour autant lésiner sur le cauchemar individuel, qui demeurait indispensable à la réceptivité des hommes, mais le but de Noire était clairement de faire du monde des humains une société de la peur globale, ingérable, si puissante qu'il serait impossible d'envisager une fin aux angoisses qui la rongeraient à petit feu.

Les modèles des grands cauchemars contemporains – explosions de destruction massive de toute sorte, multiplication irréversible d'organismes inconnus, mutilation de la nature et mutilation des populations, surdité généralisée –, ses favoris, étaient donc rangés à sa hauteur comme autant de trophées ou de preuves de sa magnificence qu'elle pouvait admirer tout à son aise, alors que les prototypes les moins menaçants se trouvaient au faîte de l'étagère en spirale, remisés à des altitudes qui les rendaient très difficiles d'accès.

Une grande table de travail était réservée à ses recherches actuelles, auxquelles elle travaillait en général pendant ses longues heures d'insomnie. Son dernier gadget, l'insecte propagateur multifonction, y était présenté sous une cloche en verre. Noire était particulièrement fière de ce magnifique vecteur d'angoisse, chef-d'œuvre de technologie transonirique.

Le contenu du Cabinet Psychopompe devant rester secret, Noire avait instauré une règle très efficace : elle faisait arracher les yeux à ses techniciens de surface, dont la tâche périlleuse était de maintenir une propreté impeccable dans cette tour verticale sans se casser la figure – malgré leur cécité – des grandes échelles qui permettaient d'atteindre le plafond de cette immense structure circulaire.

De temps en temps, un de ses travailleurs tombait des hauteurs, s'écrasant comme une crêpe au rez-de-chaussée. L'ignoble Schadenfreud, son bras droit, était alors chargé de recruter et de vider les orbites des nouveaux élus avant de les envoyer au turbin. Si étrange que cela puisse paraître à toute personne équilibrée issue d'un autre monde, c'était un honneur de s'occuper de la maintenance psychopompe.

Se faire arracher les yeux par Noire était une véritable distinction témoignant de l'attachement d'un sujet à sa Reine, une preuve de mérite sacrificiel pour ses sujets qui étaient dévoués corps et âme à sa cause.

Cette mutilation n'était qu'une des multiples marques de valeur qui comptaient à la cour du cauchemar.

Par exemple, tous les chanceux que Noire invitait dans le Cabinet Psychopompe, quelle qu'en soit la raison, devaient se faire trancher la langue ou les mains après leur passage dans ce haut lieu culturel afin de garder secret son contenu. On appelait cette distinction la manchette muette.

Les techniciens n'étaient pas les seules victimes de ces amputations, il y avait aussi des courtisans, des flatteurs, et même des curieux originaires d'autres dimensions.

Noire concevait et supervisait elle-même les modèles de cauchemars. Ceux-ci se présentaient sous forme d'hologrammes ou d'automates, selon les époques et les sujets, ils étaient la plupart du temps miniaturisés et nécessitaient pour leur élaboration une armée de techniciens, triés sur le volet pour leurs capacités intellectuelles et manuelles.

Ces derniers travaillaient selon des plans de la Reine, dans des ateliers séparés, sous haute surveillance. Chaque atelier n'exécutait qu'une fraction spécifique du modèle, dans l'ignorance absolue du reste du projet. Fragmenter le savoir faisait partie de sa stratégie hégémonique : il était hors de question que ses travailleurs soient au courant de la totalité de ses conceptions. Chaque mise en œuvre n'était donc connue dans sa globalité que par la Reine et par son bras droit, le Grand Chambellan Herr Schadenfreud. Ce fourbe sans scrupules était au service de Noire depuis des millions de tours de cerceau. Son dévouement absolu, ses grandes qualités en matière de méchanceté, sa perversité et sa capacité d'abattage lui avaient assuré une longévité à son poste jamais égalée dans le royaume.

Le jour où Noire avait pris connaissance du curriculum vitae de Herr, elle avait été charmée par la signification de son patronyme, dont celui-ci se vantait dans la colonne « Objectifs ». Schadenfreud signifiait « le plaisir que l'on prend à observer la détresse d'autrui ». Ce trait d'esprit lui avait valu de marquer immédiatement des points auprès de sa Reine. Celle-ci fut en outre séduite par l'apparence de ce grand escogriffe. Son regard diabolique creusant son visage veule avait quelque chose de formidablement désagréable. Schadenfreud avait su peaufiner ce physique immonde au fil du temps. À chaque tour de cerceau, il se faisait plus osseux, perdait en harmonie et gagnait en laideur. Son incroyable méchanceté et son hypocrisie hors du commun étaient devenues palpables, affichées sur son visage comme un étendard qui lui conférait une autorité exceptionnelle. Le chambellan était un fin stratège et un bourreau de travail. Mais les qualités qui lui avaient sans doute valu d'être resté si longtemps aux côtés de sa Reine étaient son immense talent de manipulateur et son art consommé de la flatterie. Le dernier stratagème inventé par Schadenfreud pour renforcer sa position privilégiée tout en glorifiant la mégalomanie de Noire avait consisté à la persuader de faire rédiger sa biographie officielle.

La Reine du Cauchemar s'était d'abord montrée réticente : afin de respecter le secret dont elle entourait son œuvre, elle serait obligée de couper les mains, les langues et les yeux d'une pléthore de scribes, au moins à chaque session, ce qui risquait de faire désordre, chaque manchette muette – sans parler des manchettes aveugles –, ayant tendance à laisser des traces tenaces dans ses appartements.

À force de persévérance, Herr Schadenfreud l'avait convaincue de l'importance tant historique que politique du projet.

Le Grand Chambellan organisa donc un long casting de scribes avant de choisir un couple de siamoises particulièrement sournoises. Leur dévouement à Noire sembla aussi considérable qu'évident quand elles-mêmes proposèrent, lors de leur premier entretien, de subir une double manchette, muette et aveugle, dès que leur mission serait terminée. Noire et Schadenfreud acceptèrent leur candidature.

Les siamoises se dénommaient les sœurs Bile. Leur teint glabre, leurs dents pointues, leurs cheveux rares et leurs yeux sans couleur enfoncés dans des orbites profondes leur conféraient un charme de parfaits laiderons qui convenait tout à fait à leur tâche. Elles étaient par ailleurs extrêmement brillantes et possédaient une culture de la peur et de la tyrannie démesurée.

Elles venaient interviewer Noire chaque matin dès son réveil, au moment où son esprit tordu avait atteint son potentiel maximum.

La Reine prit un grand plaisir à leur raconter dans le détail son enfance et sa jeunesse, à expliquer le puissant désir d'hégémonie qu'elle avait nourri en secret pendant des années, l'incroyable force créative et intellectuelle que la frustration lui avait procurée, ajoutant une nouvelle corde à son arc de haine à chaque seconde de sa longue vie.

Chaque matin, après ses ablutions à l'eau bouillante qui recouvraient ses immenses bras décharnés de cloques bleutées, la souveraine aimait commencer sa journée par une courte séance de restauration de ses anciens cauchemars. Cette petite gymnastique lui permettait de mettre son énergie en route dans la légèreté, tout en maintenant un contact ténu avec les origines de son inspiration. Elle appelait ces moments privilégiés ses escapades poétiques.

Noire était concentrée sur son établi, vérifiant les mécanismes minuscules de l'*Infirme Cupidon*, une de ses premières œuvres d'importance, lorsque Herr Schadenfreud annonça l'arrivée des sœurs Bile à l'interphone.

Elle retendait le bras de l'automate délicat, bloquant son arc au point de tension optimal. La Reine admira le tremblement au niveau des cervicales du célèbre angelot, les gémissements précédant la torsion du cou qui ferait régresser le mouvement, empêchant la flèche de partir. La séquence se répétait inlassablement, accompagnée d'un grincement de disque rayé insupportable.

– Voilà... Trèèèès bien. Cette tension ne sera JA-MAIS soulagée.

Cupidon hurlait, en larmes, le cou tordu et le bras paralysé. Il trouvait à chaque fois la force de redémarrer son mouvement, mais se retrouvait inévitablement coincé, victime d'une douleur atroce.

Schadenfreud fit son entrée flanqué des siamoises Bile armées de leur grimoire.

Il fut une fois de plus frappé par la magnificence de sa reine. Sa peau bleutée maculée d'escarres, ses immenses yeux couleur d'acier pleins de malveillance, sa stature de géante décharnée (elle atteignait les quatre mètres cinquante), ses traits saillants encadrés d'une cascade de boucles métalliques d'une froideur glaçante, l'expression de dédain avec laquelle elle observait le petit ange en pleine séance de torture lui réchauffèrent le cœur.

Noire approcha sa longue main osseuse gantée de toile d'araignée vers l'arc délicat de son automate sans le toucher.

– L'arc est la tension d'où jaillissent nos désirs, déclara-t-elle d'un ton professoral, sans adresser le moindre regard de bienvenue à ses visiteurs. Mais ces désirs-là n'ont jamais vu, ni ne verront jamais le jour. Depuis l'instant même où j'ai créé cette merveille, il y a des millions de tours de cerceau, les désirs de ses utilisateurs s'entrechoquent, se tire-bouchonnent, implosent dans la corde sans jamais, JAMAIS pouvoir s'en échapper.

Les sœurs Bile applaudirent avec enthousiasme en opinant du bonnet.

– Mes respects, Votre Méchanceté, fit Herr Schadenfreud, à plat ventre.

La Reine cracha un crapaud en direction du Grand Chambellan, le frappant au visage.

– Roule-toi trois fois par terre, face de raie, éructa la souveraine.

Schadenfreud s'exécuta, émerveillé.

– Personne n'entre ici sans me témoigner son respect en bonne et due forme. Tu ne fais pas exception à la règle, zoophyte...

Faute de pouvoir se rouler par terre étant donné leur anatomie, les siamoises se recroquevillèrent sur le sol.

– Relevez-vous, ricana Noire en balançant un coup de pied dans le flanc de celle de gauche.

Les sœurs Bile redressèrent leurs visages fendus de deux sourires édentés.

La Reine enleva ses gants et les jeta au visage de Schadenfreud qui fut bouleversé par autant d'attention.

– Vous préciserez aux techniciens que l'*Infirme Cupidon* doit être IM-PÉ-RA-TI-VE-MENT huilé tous les cinquante mille tours de cerceau.

– Je n'y manquerai pas, Votre Méchanceté, répondit-il, un genou en terre.

Les sœurs Bile s'approchèrent de l'établi pour y admirer une seconde œuvre tout à fait intrigante.

Une statuette au corps recouvert de strates semblables à des feuilles d'artichaut tournait sur elle-même autour d'un axe imaginaire en essayant d'attraper son extrémité sans y parvenir. Elle accélérait de plus en plus, créant une image très angoissante.

– Tout à fait charmant, remarquèrent les siamoises d'une seule voix. C'est aussi une œuvre de jeunesse ?

– J'appellerais plutôt cela une délicieuse broutille, un babillement d'enfant, un amuse-gueule, mais je dois dire que j'ai une affection particulière pour ce mouvement sans fin.

Noire se dirigea vers sa table de travail et désigna la cloche abritant son modèle d'insecte propagateur, maintenant dissimulé par un drap noir.

– Schadenfreud, passons aux choses sérieuses ! Emportez ce nouveau prototype à l'atelier du Grand Tchimir. Les instructions sont à l'intérieur. Je compte sur l'extrême discrétion de ses équipes. N'hésitez pas à les menacer de manchette totale. Je ne tolérerai aucune bavure. Allez, du balai, rompez !

La Reine convia les sœurs Bile dans son salon d'observation et s'installa sur un imposant trône de métal, dominant la pièce de ses quatre mètres cinquante.

Autour d'elle, des écrans de surveillance tapissaient les murs du sol au plafond, lui permettant de garder un œil omniprésent sur les activités du royaume.

Noire se versa un grand verre de jus de chaussette, s'en gargarisa bruyamment puis l'avala cul sec.

Les sœurs Bile s'installèrent à ses pieds, leur grimoire posé sur leurs genoux cagneux.

– Où en étions-nous ? demanda la souveraine.

– Vous nous exposiez votre théorie du temps, répondirent les siamoises.

– Oui, le temps, en effet. Je pourrais dire que le temps est un facteur crucial dans l'élaboration de mon grand œuvre. Le temps renforce tout. C'est une arme sans égal. J'ai fait preuve d'une immense patience, pour acquérir ma force de frappe, la profondeur de ma réflexion, ainsi qu'une maîtrise de la réactivité.

– De la réactivité, Votre Altesse ?

– Il est absolument indispensable de savoir quand frapper, pour pouvoir frapper efficacement. Les effets les plus profonds, les stratégies les plus irrémédiables sont toujours fomentés dans la longévité. En revanche, il faut savoir se jeter dans l'action quand le moment est propice, immédiatement et sans hésitation.

– Pourriez-vous être plus précise, Votre Méchanceté ?

– Il suffit de reprendre mon exposé en ce qui concerne le phénomène de déséquilibre qui sévit maintenant à travers le monde. Pendant très longtemps, ma sœur Blanche et moi-même avons travaillé avec beaucoup d'acharnement à l'inspiration créative des humains, de manière tout à fait parallèle. Nous leur avons chacune insufflé de formidables illuminations. Je me suis rendu compte très tardivement que toute ma mission résidait dans un combat implacable entre la puissance d'inspiration de ma sœur et la mienne. C'est très simple. Tout un chacun sait que le mal et le bien se complètent et permettent l'équilibre. Cet état de fait se reflète malheureusement dans tous les domaines. L'amour a besoin de la haine, la lumière de l'obscurité, la découverte se nourrit de l'obstruction, la démocratie de la tyrannie... La liste est longue, on pourrait continuer ad infinitum. Tout l'équilibre des mondes est basé sur cette notion d'opposition. Pas d'opposition, pas d'harmonie, c'est évident. Avant le départ de mon père au Grand Concile des Dieux, j'ai eu, grâce à l'oracle Robert, une révélation de la plus haute importance : le bien a besoin du mal, mais par contre, la réciproque est fausse. Le mal n'a absolument pas besoin du bien. Ma nouvelle stratégie m'est donc apparue très simplement : pour que le mal gagne, il suffit d'éradiquer le bien.

– Brillantissime ! Quelle simplicité, quelle clairvoyance ! s'écrièrent les sœurs Bile.

– L'entreprise était facile à formuler, mais beaucoup plus difficile à mettre en œuvre, je l'avoue. Vous savez à quel point l'harmonie était l'ultime cheval de bataille d'Hermès. Toute tentative de déstabilisation dans ce domaine aurait été parfaitement vaine en sa présence. Force est de reconnaître que j'ai fait alors preuve de génie, en m'appuyant sur ma théorie du temps et sur mon infinie patience.

– Votre sagesse nous illumine.

– Je vous remercie. Je savais qu'Hermès devait bientôt aller passer ses sept ans de réflexion au Grand Concile des Dieux. C'était inéluctable. Je n'étais pas sûre de la date exacte, serait-ce au XXIe siècle, au XXIIe siècle ? Il était clair que ça allait arriver dans ces eaux-là. J'ai donc laissé Blanche prendre de l'avance dans les rêves des hommes. Elle les a immensément inspirés au début du XXe siècle, oui, vraiment, je dois avouer qu'elle a fait un travail remarquable dans tous les secteurs : que ce soit la science – avec la relativité et la mécanique quantique, la théorie du chaos –, ou les fabuleuses découvertes de la médecine, antibiotiques, génétique, et cetera, sans parler de l'industrie. Et la communication ! Et la révolution artistique, culturelle, sociale, les grandes utopies, oui, vraiment, le XXe siècle a été exceptionnel.

– Vous n'en avez pas souffert ?

– Mais pas du tout ! Voyez-vous, mon forte étant la vision à long terme comme je vous l'ai préalablement expliqué, j'ai tout de suite vu qu'elle traçait ma voie sans le savoir. Il me suffisait d'attendre juste le temps nécessaire pour que ces grandes découvertes puissent se retourner comme des crêpes et devenir des dangers indicibles, des supports formidables pour les pires cauchemars que je pouvais imaginer. Je laissais donc faire tranquillement alors que toute la population du monde réel, ainsi que celle du monde des rêves, jubilait comme des benêts sur les miracles nés de leurs rêves immenses. Ni dans une dimension, ni dans l'autre, ces imbéciles n'avaient conscience qu'ils étaient en train de baisser leur garde, nourris par cet idéalisme débile. Évidemment, pendant ce temps, j'ai continué à remplir mon rôle le plus naturellement du monde, avec beaucoup d'application, empoisonnant les cerveaux disponibles de cauchemars d'une envergure certaine qui ont engendré les grandes guerres, les tyrannies, les épidémies... Seulement, ça n'était que la partie visible de l'iceberg, je savais bien que les rêves avec lesquels Blanche les avait enflammés allaient les mener à une complexité ingérable, qui les dépasserait, les perdrait, préparant inéluctablement mes champs d'action futurs. Non, je vous assure, c'est extrêmement excitant d'observer tant de bonne volonté courir à sa perte !

– Pourriez-vous préciser votre pensée : comment Blanche et ses victimes...

– Victimes ! l'interrompit la Reine, dans un grand éclat de rire. Excellent ! C'est très juste, Blanche a fait des victimes au lieu de faire des heureux !

– Comment Blanche et ses victimes, donc, ont-elles préparé vos champs d'action ?

– Voyez-vous, le changement étant exponentiel, j'ai laissé Blanche inspirer les hommes d'un nombre impressionnant de trouvailles révolutionnaires, et à la fin du siècle, quand tout a pris un essor fabuleux, et qu'ils entraient en pleine ère de confusion, là, j'ai préparé mon plan Effet Pervers. Mon plus grand concept. Dès le départ d'Hermès, j'ai balancé la sauce : j'ai profité de ce terrain exceptionnel pour transformer leur rêve presque atteint en un cauchemar sans fin. Une merveilleuse tache d'huile interplanétaire. D'une certaine manière, j'ai laissé Blanche s'embourber dans sa grande bonté et sa naïveté légendaire. Mon but est maintenant que cette tache d'huile infeste toutes les dimensions. Il n'y a pas que les hommes, voyez-vous, qui soient la cible de ma stratégie hégémonique, il y a aussi notre monde. Il fallait donc profiter de ce paradigme, de ce glissement immonde du cauchemar qu'ils cultivaient sans même s'en rendre compte, pour nous nourrir à notre tour. C'est très simple, c'est mathématique, nos mondes sont interdépendants. Plus le cauchemar s'étend chez eux, plus la société des merveilles devient essentiellement la société du cauchemar. Le cauchemar appelle le cauchemar, c'est ma théorie.

– Fulgurant ! s'exclamèrent les sœurs Bile, émerveillées.

Pour une fois, elles se mirent à prendre la parole de manière individuelle.

– Votre Méchanceté, si vous le permettez, je crois qu'il faut explorer l'antithèse de ce trait de génie, osa la siamoise de gauche.

Noire se renfrogna. Comment cette péronnelle osait-elle s'opposer à ses dires ?

– C'est une figure de rhétorique indispensable, clarifia Bile de droite. Pour que votre grand œuvre soit indiscutable, il faut que nous vous soumettions des idées contraires à votre proposition, afin que vous puissiez les réfuter.

La Reine du Cauchemar s'accorda un temps de réflexion.

– Considérez ceci comme un jeu, une manipulation du lecteur... C'est d'ailleurs le terme exact : un véritable jeu d'enfant pour votre souveraine intelligence, ajouta Bile de gauche, la plus diplomate.

Noire sourit sournoisement.

– Soit, essayons, dit-elle. Je serai ravie de me plier à ce petit exercice.

– Votre Altesse Immondissime, nous savons tous que le rêve a une fonction d'adaptation chez les humains. Les images qu'ils reçoivent de notre monde sont censées leur permettre d'augmenter leur potentiel individuel. Cet état de fait doit quand même laisser la possibilité à certains d'entre eux d'être soudain inspirés par un nouvel espoir, ou une nouvelle conviction tellement puissante qu'ils pourraient retrouver leur capacité à inverser la vapeur et entamer des actions pour redéfinir leur équilibre.

– Mademoiselle Bile, vous oubliez un élément crucial de notre histoire – et donc de la leur : dès le départ d'Hermès, mes agents ont rendu impossible aux Coronaria l'accès à Terra Somnia. Plus de Coronaria, plus de passion. Les hommes sont incapables d'améliorer quoi que ce soit sans accès à la passion. C'est certes la maîtrise, l'intelligence, le talent qui leur permet d'aller jusqu'au bout de leurs actions, mais c'est malheureusement pour eux la passion, et seulement elle, qui met le feu aux poudres de leur inventivité. Sans amour profond, violent et soudain, qu'il s'agisse de l'amour d'une personne ou d'une idée, ils sont tout à fait incapables de donner naissance aux grandes choses positives qu'ils affectionnent tant.

– Votre Perversité, nous sommes très impressionnées par votre lucidité en ce qui concerne la culture du rêve.

– Vous m'en voyez fort aise, très chères Bile, mais franchement, comment pourrais-je inspirer la destruction, si je ne comprends pas la construction ?

– Mais par haine, Votre Épouvantable Méchanceté !

– La haine est notre flamme à nous. C'est pourquoi nous n'avons nul besoin ici-bas de la moindre Coronaria sous aucune forme que ce soit. Je remercie le Néant que le départ d'Hermès m'ait permis ce formidable renversement de situation. Sous sa coupe, mes poings étaient liés. Il était plus fort que moi. Il a fallu qu'il parte...

Noire marqua une pause. Les sœurs Bile lurent dans le regard de leur souveraine une émotion qu'elles n'y avaient jamais vue auparavant. Cet éclat soudain évoquait une immense admiration contrecarrée par une haine farouche. Les siamoises eurent le souffle coupé quand elles aperçurent un semblant de larme poindre au bord de ses yeux exophtalmés.

– Comprenez, c'est mon père ! soupira-t-elle.

À ce point de la conversation, une activité inhabituelle sur un des écrans retransmettant les rues d'Hypnopompia attira l'œil gauche de la siamoise de droite.

Une créature recouverte de voiles était portée en triomphe par une cohorte de Terra-Somniens dans la ville basse.

La sœur Bile tourna le visage vers l'écran avec curiosité. Une petite procession de Terra-Somniens, guidée par Sacalasca qui se dandinait gaiement, encadrée par des hommes-tambours se démenant sur des percussions pleines de vie, dansait dans la rue dans un tourbillon de pétales de roses.

Noire, qui s'était lancée dans une auto-analyse de son complexe d'Œdipe, avait complètement relâché son attention et monologuait, le regard dans le vague, en revenant sur les difficultés de son enfance dues à l'immense admiration qu'elle vouait à son père bien qu'il fût un être d'une grande bonté. Alors que la souveraine insistait sur ce point douloureux, sur cette contradiction insupportable dont elle avait été victime pendant si longtemps, Bile de droite gigota, balançant un coup au foie à sa sœur afin qu'elle considère l'action qui se déroulait sur les écrans.

Celle-ci fut si surprise par la scène qu'elle en fit tomber son grimoire.

Le bruit attira l'attention de Noire qui interrompit l'exposé de ses problèmes de filiation et rugit bruyamment.

Les siamoises relevèrent la tête dans sa direction, pétrifiées.

La Reine les mitrailla du regard avant de leur adresser une question terrifiante :

– Pouvez-vous me répéter le dernier paragraphe ?

Les sœurs se dévisagèrent en tremblant. Bile de droite,

qui était la plus courageuse, trouva la force de prendre la parole :

– Votre Immonde, Perverse, Terrible Méchanceté !

– Je vous écoute, relisez-moi mes dernières pensées, face de cloporte multiple ! vociféra-t-elle.

– Votre Souveraine Cauchemardesque, si je puis me permettre, vous devriez regarder l'écran numéro 92, fit-elle d'une voix tremblotante.

Noire tourna son regard dans la direction évoquée. Ses énormes yeux en sortirent littéralement de leurs orbites : la procession dépassait maintenant les arches du labyrinthe d'Hypnopompia. Le sol était recouvert de pétales de roses, l'atmosphère scintillait, et deux femmes-fleurs portaient des banderoles où était inscrit l'incroyable slogan : BIENVENUE ET LONGUE VIE À LA NOUVELLE LULIBÉRINE.

La Reine s'en étrangla. Elle déclencha la sirène d'alarme. Il fallut quelques secondes à Schadenfreud pour arriver ventre à terre, suivi par une cohorte de gardes patibulaires.

– À vos ordres, Votre Méchanceté.

– Qu'est-ce que c'est que ça ? demanda-t-elle d'une voix glaciale en désignant l'écran sacrilège.

– Euh... C'est une procession.

– Une procession de joie, si je ne m'abuse !

– Ma Reine, ça doit être un petit sursaut d'espoir, ça arrive encore, vous savez. Vous m'avez dit vous-même qu'il ne fallait pas les réprimer complètement.

– Zoome, tête à claques !

– Pardon ?

– Zoome sur la créature !

Schadenfreud s'approcha de la console de contrôle et

transforma l'image en gros plan. Pearl, le visage recouvert de son voile multicolore, se laissait porter sur les épaules de l'arbre. Les branches en forme de gingembre s'agitaient gaiement autour d'elle. On apercevait son magnifique sourire sous l'ombre de soie colorée, ses dents brillaient comme des perles de lait. Une pluie de pétales tombait dans les rais de lumière.

– Je rêve ! fit Noire.

– Ça doit être une opération théâtrale des résistants, une tentative de... de poésie, bafouilla Schadenfreud. Encore un coup de Sacalasca, regardez-la, elle est en tête de ce groupe d'imbéciles. Vous savez bien que les Lulibérines n'ont plus accès au royaume.

– *Cogito ergo es*, l'interrompit la Reine.

– Pardon ? fit le Grand Chambellan avec un air niais qui ne lui était pas coutumier.

– Je pense, donc tu es, tête de fiel, si je ne pense pas, tu n'es rien. Donc, tu ne peux penser que lorsque je te dis de le faire. C'est compris, face de raie ?

– Oui, Votre Méchanceté.

– Que cette petite tentative de déstabilisation s'appuie sur une supercherie ou non, il faut absolument la contrecarrer.

À ce moment précis, une femme-fleur qui défilait dans la procession balança une pierre dans la caméra qui enregistrait la scène, interrompant la transmission.

– Bande de minables ! hurla Noire, hors d'elle. Utilisons tous nos champs d'action, et pronto ! Où est l'oracle Robert ?

– Toujours dans ma poche, Votre Méchanceté, comme vous me l'avez demandé.

La Reine claqua des doigts.

Robert, une femme noueuse avec une tête de gorgone, habillée d'un tailleur pied-de-poule recouvert de bijoux, sortit de la poche de Schadenfreud, comme le génie sortit de la lampe d'Aladin.

Elle croisa ses jambes élégamment, suspendue dans l'atmosphère, et esquissa une révérence, baissant son visage en accompagnant son geste d'un moulinet de la main à l'attention de la Reine Noire.

– Extralucide des cieux aux abîmes et à travers les mondes, vos questions sont déjà des réponses. Robert, pour vous servir, Votre Tortueuse Altesse Divine.

– Robert, j'ai une mission pour toi. Les plus puissantes divinités étant au Grand Concile, il devrait être très facile de modifier les présages des divinités mineures, n'est-ce pas ?

– Un jeu d'enfant ! Mais dans quel but, si je puis me permettre ? demanda Robert en ajustant son chignon.

– Nous allons attaquer sur plusieurs fronts. Il faut tuer le mal dans l'œuf immédiatement. Schad, allez prendre des renseignements sur cette mascarade et sécurisez immédiatement le Laboratoire du Vivant. Expédiez-moi sur-le-champ une cohorte de mouches dans le Beau Monde. Et quand je parle de cohorte, comprenez bataillon, grande manœuvre, pléthore dévastatrice. Enfin, Robert, je ne veux pas que cette stupide incartade de la Résistance ait une quelconque incidence sur les rêves des hommes. Vous savez bien que les divinités donnent des conseils précieux aux humains à travers leurs oracles. Alors nous allons profiter de la situation pour IN-TER-CEP-TER les visions de ces romanichels de pacotille, modifier leurs prémonitions et garder le panorama général aussi sombre que possible.

Robert roula des yeux avec jubilation.

– Avec un plaisir non dissimulé, ma Reine des Reines. Vous pouvez être sûre qu'aucune voyante, astrologue, numérologue, liseuse de cartes n'échappera à ma perversion chiromancique. Vous me voyez ravie de cette délicieuse perspective.

L'oracle disparut en fumée après avoir salué sa souveraine.

Noire pria les sœurs Bile d'interrompre la session. Elle profita de l'occasion pour souligner la haute réactivité dont elle venait de faire preuve afin de renforcer ses théories du matin.

– Nous ne laisserons pas l'espace au moindre écart de conduite. Le mot d'ordre est le contrôle absolu ! Laissez-moi seule. Je vais réfléchir. Schadenfreud, je vous laisse trois mille tours de cerceau pour revenir avec un rapport détaillé.

Le Chaînon Manquant

La salle de jeux était le nerf de la guerre à la Foire aux Délices.

Polo n'y venait plus jamais – ça l'éreintait littéralement de monter les escaliers qui menaient de sa cave dorée aux salons du rez-de-chaussée – mais Numera Una et Numera Dua se tenaient toujours à la disposition des quelques clients qui espéraient raviver la flamme chancelante qui s'éteignait dans leur for intérieur.

Marthe et Tartempion faisaient partie de ces forcenés. Ce jeune couple charmant, quoiqu'un peu anémié, réunissait une femme-fleur sans parfum et un archer au chômage. Ils se rendaient assidûment à la Foire aux Délices chaque matin pour une leçon particulière. Malheureusement un peu handicapés par l'environnement déprimé, ils n'auraient néanmoins manqué leur cours pour rien au monde.

Ce matin étant un matin pair, Numera Una était aux manettes de leur apprentissage, pendant que Numera Dua préparait en cuisine des desserts magiques pour le petit déjeuner, selon les recettes que lui avait suggérées Polo.

Le baiser de base était au programme de Marthe et Tartempion.

– On ne pourrait pas passer à quelque chose de plus olé olé ? demanda Tartempion, qui avait peur de s'ennuyer.

– Absolument pas, répondit sa préceptrice barbue, vous êtes loin de maîtriser le sujet. Le baiser est un point de départ incontournable, mon cher ami, il est hors de question de lâcher l'affaire tant que vous n'avez pas trouvé la vibration magique, l'harmonie enivrante qui vous fera basculer dans le Tutti Quanti découlant – en temps normal – de cet exercice.

Marthe alla s'asseoir sagement sur la méridienne de satin violet placée au centre du petit salon drapé de velours cramoisi.

Numera Una frappa des mains et tous les chandeliers alentour s'allumèrent comme par magie, baignant la salle de jeux d'une lumière caressante. La femme à barbe tira sur la queue de Mortadelle, l'énorme chat de la maison qui portait maintenant une tiare de brillants en forme d'étoile et des colliers de pierres précieuses dignes de la Castafiore. L'animal à poils longs se mit à chanter une mélodie d'une voix de sirène, installé sur son tabouret.

Tartempion s'approcha de sa dulcinée, s'agenouilla à ses côtés et, après lui avoir timidement pris la main, plongea sur ses lèvres entrouvertes comme un voleur.

Numera Una leva les yeux au ciel. Le jeune archer écoutait vraiment très mal les instructions. Il devait avoir un problème d'attention, à moins qu'il ne soit dur d'oreille. Elle avait pourtant été extrêmement claire – et d'ailleurs très fidèle au chapitre cinq des Mémoires de Polo : commencez par effleurer le dos de la créature que vous convoitez, approchez-vous très doucement en ayant l'air de tourner autour du pot respectueusement, et cetera, et cetera, hésitation, regard enflammé, abandon, et quand finalement les sens de l'autre sont vrillés par l'attente et l'anticipation, quand on peut enfin lire dans son regard qu'elle est assoiffée à n'y plus tenir, alors, et alors seulement, on peut tenter le plongeon. Seules quelques stars intergalactiques de la gaudriole réussissent à rendre folles leurs conquêtes en un quart de seconde, en un battement de cils, certainement pas ce jeune archer empoté, impatient, et totalement inexpérimenté.

La femme à barbe préféra ne rien dire et les laissa continuer leurs travaux pratiques. Elle prit une grosse loupe sur la table et s'approcha du couple enlacé.

Les longs pétales orangés qui entouraient le cou gracile de Marthe dissimulaient l'action. Numera Una en dégagea un délicatement, puis un deuxième, immisçant son visage à travers la corolle afin d'inspecter l'exercice. Elle s'approcha du baiser en l'observant à travers sa loupe.

Tartempion sembla déconcentré, il n'arrêtait pas de balancer des regards latéraux à son professeur dont l'énorme œil – aux cils si longs qu'ils auraient pu appartenir à un chameau – le fixait à travers le verre grossissant.

– Mets-y un peu d'émotion, enfin, on dirait que tu essaies de déboucher un évier !

Tartempion arracha ses lèvres de celles de Marthe, et maugréa, vexé par la remarque de la femme à barbe.

– Si tu crois que c'est facile, entre les vocalises mielleuses de Mortadelle et ton regard de bœuf à deux centimètres !

– On m'a demandé le répertoire classique, je vous fais le répertoire classique, zut alors ! s'insurgea l'animal chantant.

Mortadelle sauta de son tabouret et se dirigea vers la sortie en grognant, offusqué.

– Mortadelle ! s'écria Numera Una de sa voix la plus autoritaire.

– De toutes les manières, j'ai toujours dit que le répertoire des sirènes était parfaitement grotesque et pas du tout adapté à notre époque. En plus je suis un chat, au cas où tu n'aurais pas remarqué. Demande-moi de ronronner une berceuse, de rugir comme un fauve mélomane, mais pas de faire la sirène, nom d'un chien ! Si tu me laissais un peu de liberté, j'envoûterais qui je veux, dans ta salle de jeux à la noix ! répondit l'animal avant de disparaître par la chatière découpée dans la porte.

– À ton aise, prétentieux ! rétorqua Numera Una. Bon, reprenez, ça n'est pas grave, on va continuer sans musique.

À ce moment-là, une rumeur de tambours battants et de chants de joie traversa les murs calfeutrés de la Foire aux Délices.

Numera Una et ses deux élèves tendirent l'oreille, surpris.

Ils entendirent des youyous, des pas enjoués se rapprocher d'eux, puis la porte s'ouvrit sur Sacalasca, l'air triomphal et le visage fendu d'un sourire radieux. Bien qu'elle eût fermé les portes derrière elle, on entendait toujours les percussions et les exclamations de la procession de joie.

– Mais qu'est-ce que c'est que ce boucan ? vitupéra Numera Una. Il y a des gens qui essaient de s'aimer ici, on travaille !

– J'ai une de ces surprises pour vous, chef ! répondit Sacalasca en frétillant.

– Tiens donc ! Les surprises sont de retour au royaume.

Tartempion et Marthe se levèrent de leur canapé et ajustèrent leurs vêtements, un tantinet gênés.

– Nous étions en plein cours de baiser envoûtant, tu nous déranges.

– Eh bien, quand tu vas voir ce que je t'amène, tu vas changer d'avis, ma chérie ! Est-ce que Numera Dua est aux fourneaux ?

– Oui, elle est en train d'essayer de préparer une Charlotte à la Fougue.

– Ça tombe bien. Et le piano mécanique, ils peuvent nous jouer quelque chose, pour l'occasion ?

– Ne commence pas, Sacalasca, s'énerva la patronne, je fais de mon mieux pour que tout continue à fonctionner dans la Foire aux Délices. Mon piano est en pleine forme, tu le sais très bien !

Pour prouver ses dires, elle balança un coup de pied rageur à l'instrument. Les visages de porcelaine sortirent de son couvercle et se mirent à chanter. Ils prirent quelques secondes pour s'accorder mais finirent par être tout à fait synchronisés.

Sacalasca conduisit Numera Una vers son fauteuil préféré.

– Assieds-toi, j'aimerais que tu profites au maximum de cet instant divin. Vous aussi, prenez place, ajouta-t-elle à l'attention de Marthe et de Tartempion, toujours plantés au milieu de la salle de jeux, les bras ballants.

– Faites-moi confiance, fermez tous les yeux bien fort, et rouvrez-les à mon signal. Vous n'allez pas être déçus du voyage ! fit Sacalasca mystérieusement avant de sortir de la pièce.

Quelques instants plus tard, elle revint avec Pearl à son bras. La jeune femme avait toujours son voile de soie multicolore drapé sur la tête. Son corps était enroulé dans son filet anti-mouches constellé des pétales de roses que la procession lui avait lancés pendant tout le trajet.

Les suivantes de la Lulibérine se rassemblèrent dans l'encadrement de la porte en chuchotant, le visage illuminé par un authentique sourire extatique.

– Ça suffit ! leur intima Sacalasca. Restez dehors pour l'instant !

La femme à barbe rousse emmena religieusement sa trouvaille et l'installa sur une petite estrade au milieu de la pièce pour mieux ménager l'effet de surprise.

Elle fit un clin d'œil à Pearl, qui tentait de toutes ses forces de rester crédible dans sa nouvelle peau sacrée de Lulibérine.

– Allez-y, chef, vous pouvez ouvrir les yeux, chuchota Sacalasca dans l'oreille de Numera Una.

Pearl était assez terrifiée par l'éventuelle réaction de la patronne. Comment allait-elle répondre à sa présence ?

Une fois de plus, l'enthousiasme retrouvé et l'atmosphère d'émotion palpable durent opérer une sorte d'hallucination collective, car dès que Numera Una ouvrit les paupières et découvrit la jeune femme voilée, elle en eut les larmes aux yeux, en resta bouche bée, puis n'hésita pas à se prosterner à ses pieds.

Marthe et Tartempion s'esclaffèrent d'une seule voix, paralysés par la surprise. Les bougies autour de la pièce se mirent à trembler, aussi chavirées que les autres créatures présentes dans la salle de jeux. Mortadelle revint par la chatière et se mit à ronronner bruyamment. L'animal fut d'ailleurs le moins timide du groupe car il vint sans plus attendre se frotter contre les chevilles de la Lulibérine.

– Alors, qu'en dites-vous, chef ? demanda fièrement Sacalasca.

Numera Una se releva. Elle ne trouvait pas les mots. Elle était purement et simplement émerveillée.

– Incroyable... Quel beau spécimen !

La patronne de la Foire aux Délices s'approcha de Pearl, lui fit une petite révérence puis lui demanda la permission de lui ôter son voile. Pearl acquiesça d'un hochement du menton. Elle enleva elle-même le foulard qui la couvrait jusqu'à la taille d'un coup de tête fort gracieux.

Les Terra-Somniens présents dans la pièce, tous en proie à leur hallucination collective, virent le visage de la jeune femme apparaître telle une myriade d'étoiles et le mouvement de ses cheveux soyeux emplit la pièce comme une vague magique, un tourbillon, avant de se dissiper.

Numera Una en tomba à genoux d'émotion.

Marthe et Tartempion s'affalèrent l'un sur l'autre dans un fauteuil, les larmes aux yeux.

– Princesse ! Quel bonheur, quel honneur de vous avoir de nouveau parmi nous. Je croyais que je n'aurais plus jamais l'occasion d'admirer une...

– Vous êtes le chef, si je comprends bien ? l'interrompit Pearl avec autorité.

Numera Una fut un peu désarçonnée par le ton de sa voix.

– Absolument, répondit-elle. Enfin, le chef après Apollon.

– Apollon ?

– Peut-être le connaissez-vous sous son nom réservé aux intimes : Polo.

– Polo, oui, bien sûr... Madame la patronne, vous m'avez l'air infiniment plus raisonnable que vos camarades, reprit Pearl d'une voix douce.

– Raisonnable ? s'attrista Numera Una. Je ne sais pas comment je dois prendre cette remarque !

– Comme un compliment, trancha la Princesse. Je recommence, vous qui avez l'air raisonnable, je vais vous dire la vérité.

Pearl marqua une pause, planta ses yeux dans ceux de la patronne barbue, puis lui dit, sur un ton impérial :

– Je m'appelle Pearl et je ne suis pas une Lulibérine.

Contre toute attente, Numera Una éclata d'un rire sincère. Après avoir ri aux larmes pendant quelques minutes, elle baisa les mains de Pearl qui la regardait avec consternation.

– Formidable, ça n'a même pas changé ! fit la femme à

barbe avec émotion. La séduction est de retour avec son cortège de délicieux mensonges ! L'amour est enfin revenu en Hypnopompia. Je vous vénère ! ajouta-t-elle en battant des cils.

Les créatures amassées sur le pas de la porte poussèrent des cris de joie et applaudirent à tout rompre, tandis que les coucous du piano mécanique se lançaient dans un morceau de gospel endiablé.

Numera Dua entra dans la pièce, un plat d'argent à la main.

Elle fut tellement surprise par ce qu'elle vit qu'elle trébucha par terre, pulvérisant la Charlotte à la Fougue, qui mourut au champ d'honneur, aux pieds de la Nouvelle Lulibérine.

Numera Una s'esclaffa de bonheur.

– Ça n'a pas la moindre importance, ma chérie, regarde ce que le destin nous envoie, nous n'avons même plus besoin de ton gâteau magique. Marthe, Tartempion, soyez gentils, ramassez-moi ça pendant que nous allons présenter la Princesse à notre cher Apollon.

*

Cosmo, arrivé à bon port, se faufila dans les bâtiments somptueux de la Mutation et de l'Empoisonnement. Il franchit sans mal chaque nouveau poste de surveillance, grâce à l'exactitude des mots de passe communiqués par les services de renseignement de Polo.

Quand il arriva aux bureaux du Grand Tchimir, situés au cœur verrouillé de cette luxueuse forteresse de recherche, les secrétaires ne purent interpréter sa présence que comme une marque d'importance. Le chercheur de choses profita de leur surprise pour les devancer et entra dans le bureau de son ancien camarade sans frapper.

Sosigène avait été son ami, il y a des millions de tours de cerceau, avant que celui-ci ne vire casaque. Ils s'étaient connus à l'école des chercheurs. Cosmo étudiait dans le département « Choses » et Sosigène dans la branche « Transformation ». C'était un élève très doué. Il avait un talent inné pour appréhender la métamorphose des corps et des éléments sous toutes leurs formes et s'était illustré très rapidement comme le chef de file dans la création de mutations visionnaires. Véritablement précurseurs aux sciences du Beau Monde, ses travaux étaient sans aucun doute à l'origine des plus ébouriffantes découvertes des hommes. Quel gâchis d'avoir perverti son génie en le mettant au service de la vectorisation du cauchemar ! Cosmo découvrit avec un pincement au cœur l'incroyable luxe dans lequel le traître exerçait maintenant ses talents. Chaque détail du bureau aussi grand qu'un terrain de football était en métal précieux. Au plafond, des dômes de cristal s'ouvraient sur des cieux virtuels représentant des orages électriques.

Sosigène était au téléphone, en apesanteur, face à une immense baie vitrée donnant sur un laboratoire où s'affairaient des centaines de techniciens. Un coquillage vissé à l'oreille, il parlait à l'un de ses collaborateurs avec autorité.

– Le nouveau modèle que vient de nous livrer Noire est un véritable jeu de Lego à l'échelle atomique. Ces micromachines se reproduisent comme des virus ou des bactéries, elles ont le pouvoir de faire des copies d'elles-mêmes. La programmation est délicate. Je m'en occuperai personnellement. Ces fulgurantes bestioles manipulent leurs propres atomes à l'échelle individuelle.

Se rendant compte de la présence de Cosmo, Sosigène raccrocha et atterrit élégamment sur la moquette en soie sauvage. Il se dirigea vers le nouveau venu à bras ouverts, non sans avoir obscurci d'un geste prompt la baie vitrée. Il s'empressa également de camoufler de son drap noir le modèle de mouche envoyé par la Reine, posé sous cloche sur son bureau. Cosmo, fin observateur dont l'œil était sans conteste le plus rapide du royaume, eut parfaitement le temps d'enregistrer la présence de l'objet.

– Cosmo, un revenant ! Que me vaut l'honneur de ta visite ?

– Je voulais te féliciter pour ta nomination au poste de Grand Tchimir. Je suis impressionné par mon... vieil ami.

– Ça devait arriver un jour ou l'autre, répondit Sosigène, avec un petit sourire tordu. Mais serais-tu en train de me flatter ? Tu cherches peut-être du travail ? ajouta-t-il, non sans ironie. Je le comprendrais, il n'y a plus grand-chose à se mettre sous la dent à Hypnopompia.

Sosigène tapota affectueusement l'épaule du revenant et fit signe à ses sbires de dégager.

– Montre-toi, tourne-toi, fit Cosmo, flagorneur, feignant d'admirer le costume du Grand Tchimir.

– Cousu de fils d'airain. Tu remarqueras que j'ai le même couturier que Schadenfreud, Pénélope's. Pas mal, non ?

Cosmo s'approcha de la cloche recouverte du drap noir.

Sosigène s'interposa immédiatement entre son visiteur et l'objet secret.

– Ne commence pas à fourrer ton nez partout, dit-il avec un sourire narquois.

Il entoura les épaules de son ancien ami de ses grands bras fourbes.

– Cosmo, je suis ravi de te voir, dit-il d'une manière qui aurait pu être interprétée comme sincère. D'ailleurs, continua-t-il, je dois t'avouer que si tu étais prêt à changer de camp, je t'engagerais sur-le-champ. J'aurais grand besoin d'un chercheur de choses de ta trempe à mes côtés.

– Tu sais bien que nous n'avons pas les mêmes centres d'intérêt.

– Justement, il n'y a que les imbéciles qui ne changent pas d'avis.

– C'est un point de vue. Essayons de le vérifier. Me ferais-tu les honneurs de ton domaine ?

– Nous pouvons aller dans les ateliers principaux si tu le souhaites. Peut-être réussirai-je à te tordre le bras. Par quel département préfères-tu commencer ? La Cuisine Vénéneuse, la Chimie Néfaste, la Climatologie Dévastatrice ou la Robotique Perverse ?

*

À la vue d'Apollon, allongé mollement sur son lit à baldaquin le nez plongé dans un inhalateur, Pearl fut pour le moins surprise. Elle s'attendait à ce qu'un chef des résistants soit plus reluisant.

– Vous ne savez pas lire ? C'est marqué NE PAS DÉRAN-

GER, marmonna Polo, d'une voix déformée par l'instrument nasal, sans redresser sa tête dissimulée par les longues boucles d'or pâle.

Sacalasca, à qui avait été dévolu l'honneur de lui présenter la Lulibérine, s'approcha de son maître, tentant de contenir son excitation.

– Polo, une Princesse Lulibérine vient d'arriver.

Le concerné releva son visage, les yeux à moitié clos.

– Écoute, ma chérie. C'est très gentil de ta part d'essayer de m'égayer mais ça n'est pas la peine d'inventer des sornettes pareilles.

Il replongea son nez dans l'inhalateur.

– Excusez-le, murmura Sacalasca, très ennuyée, à l'attention de Pearl qui attendait dans l'ombre.

Elle s'approcha de nouveau de son chef et lui chuchota à l'oreille :

– Maître, la Princesse est là pour vous, auriez-vous l'obligeance de l'obliger.

Il répondit d'un grognement.

– Elle est à la recherche de Cosmo, pour tout vous dire...

Polo releva la tête d'un coup sec. Il remit son nez en place, soudain pris de panique.

– Sacrebleu ! mais ce doit être la princesse dont Cosmo parlait ! Mais il ne m'a pas dit qu'elle était ici-bas ! Vite, Sacalasca, va me chercher mon costume en peau d'alouette. Cachons l'inhalateur ! Et la soupe au camphre ! Oh, mon Dieu ! s'exclama-t-il en se ruant vers son miroir en pied.

Il se tapota les joues, plongea une énorme houppette de plume dans un bol de poudre de riz et s'en tamponna le visage.

Sacalasca toussota, mal à l'aise.

– Si je peux me permettre, auriez-vous l'amabilité de vous approcher, chère Princesse ? demanda-t-elle à Pearl en accompagnant sa requête d'une génuflexion.

Polo vit la Lulibérine sortir de l'ombre dans le reflet du miroir. Sidéré, il en lâcha son rose à joues.

– Mes respects, fit Pearl avec une pointe d'espièglerie dans le regard.

– Par tous les dieux ! s'ébaubit le chef de la Résistance avant de s'agenouiller. Sacalasca, laisse-nous, s'il te plaît, ajouta-t-il sans quitter des yeux la créature voilée.

La femme à barbe rousse s'inclina avant de prendre congé sur la pointe des pieds.

Apollon rajusta ses vêtements en s'excusant, enleva sa vieille écharpe pour la remplacer par un jabot en dentelle d'or et se drapa dans une étole brodée de pierres précieuses pour se donner un semblant de magnificence.

Recomposé, il s'approcha d'elle.

– Ô, vision divine ! Apollon, pour vous servir, dit-il d'une voix sirupeuse en lui jetant un regard de braise.

Pearl fut prise d'une terrible envie de rire. Elle fit un effort énorme pour se contenir. Le chef des résistants frisait le grotesque. Quand son nez tomba mollement sur sa joue, elle réussit malgré tout à parler.

– Euh... votre nez...

– Excusez-moi, fit-il en le redressant.

Il la prit par la main, comme pour danser un menuet, et la conduisit vers une bergère en velours mordoré. Alors qu'elle allait parler, il posa son doigt sur les lèvres de la jeune fille, et doucement, l'invita à s'asseoir.

– Chut, chut, ma belle, ne dites rien. Laissez-moi désirer le son de votre voix encore quelques instants.

Il claqua des doigts. La lumière baissa et les candélabres de la chambre s'allumèrent comme par magie.

– Pour vous, ma flamme rejaillit. Vous êtes ma braise, la déesse qui me sauvera de la sécheresse de l'âme.

– Monsieur Polo, il faut que vous m'écoutiez.

– Mais je suis tout ouïe, ma câline Pasionaria.

– Écoutez, je ne suis pas celle que vous croyez.

Polo se jeta à ses genoux.

– Je brûle, les flammes me dévorent. Au feu !

Pearl le repoussa violemment. Alors qu'il s'écroulait dans les coussins, elle se releva, furieuse.

– Bon, ça suffit maintenant ! Vous êtes tous complètement cinglés.

Il s'aplatit de nouveau à ses pieds et saisit sa cheville avec délicatesse. Elle tenta de se dégager, en vain, car il s'accrochait à sa jambe comme une arapède.

– S'il vous plaît, Apollon, je...

Il se leva d'un bond en déclamant :

– Depuis des milliers de tours de cerceau, j'attends le retour des Coronaria avec un dévouement sans pareil.

Il s'éclaircit la gorge :

– Viens-tu du ciel profond ou sors-tu de l'abîme,
Ô Beauté, ton regard, infernal et divin,
Verse confusément le bienfait et le crime,
Le destin charmé suit tes jupons comme un chien,
De Satan ou de Dieu, qu'importe ? Ange ou sirène,
Qu'importe si tu rends, fée aux yeux de velours,

Rythme, parfum, lueur, ô mon unique reine !
L'univers moins hideux et les instants moins lourds...

L'émotion écrasait la cage thoracique du chef des résistants. Il sentit un violent vertige lui monter à la tête, tournoya sur lui-même pour ne pas contrarier le mouvement, et finit par s'affaler mollement sur son lit à baldaquin. Dans sa chute, son toupet se décolla et tomba à terre, laissant son crâne dénudé.

Quand Pearl vit les boucles d'or pâle voler sur le tapis, elle comprit très vite que l'incident pouvait lui servir de monnaie d'échange. Elle s'empara du toupet abandonné avant que son propriétaire ne s'en rende compte. Polo, renversé sur sa couche, reprit sa position préférée, celle du tragédien. Alors qu'il passait sa main tremblante sur son front, il réalisa que ses cheveux d'or n'étaient plus là.

La disparition de son postiche eut un effet des plus stimulants sur sa personne. Soudain toute mollesse, toute apathie disparut. La panique dut lui retendre le système nerveux car il rebondit sur ses pieds tel un polichinelle à ressorts pour s'approcher de Pearl avec une autorité dont il n'avait pas fait preuve depuis fort longtemps.

– Rendez-moi ça ! ordonna-t-il.

– Arrêtez votre cinéma et écoutez-moi ! répondit la jeune femme sur le même ton inflexible, gardant le toupet planqué derrière son dos.

– Je vous en supplie. Je ne puis supporter cette humiliante nudité.

– Je vois que la vanité est aussi de mise dans le Pays des Merveilles !

– Comment osez-vous ?

– Allons, ça n'est que votre crâne. Si vous voulez mon avis, le problème du nez est bien plus grave, fit-elle en redressant son appendice qui recommençait à tomber sur sa joue. Il faudrait que vous soigniez ça au plus vite. Ça ne me paraît pas du tout normal, même ici.

Polo commença à se demander qui était cette créature. Aucune Lulibérine ne se comporterait de la sorte. Il en avait connu suffisamment pour savoir qu'elles s'exprimaient toujours sur le registre de la séduction, jamais dans la franchise ni la compassion. Non, jamais au premier abord. Elles jouaient de leurs charmes dévastateurs, de leurs délicieux mensonges, de l'effet intense de leur mystère, mais certainement pas de leur sincérité. Le jeu des Coronaria n'était pas celui-là. Leur rôle consistait à souffler sur les braises de leur interlocuteur pour dominer la vie de leur esprit.

À la limite, cette créature aurait pu être un succube qui usait du mensonge avec maestria. Mais il y avait plus de chances qu'il s'agisse d'une démone déguisée, d'une espionne envoyée par Noire pour semer le doute et rapporter des informations.

Polo lui enleva son foulard, son filet constellé de pétales de rose, et la détailla de la tête aux pieds. La créature avait un corps très bien fait, des yeux brillant de promesses, un visage ravissant, mais tout de même, elle était drôlement mal attifée pour une princesse. Pas de peau d'ange, pas de scintillement munificent, pas d'atours couleur du temps.

– Qui êtes-vous ? demanda Polo, les mains sur son crâne. Aucune Lulibérine de ma connaissance ne se comporterait de la sorte.

– Je m'appelle Pearl, je suis une... femme, un être humain. Je viens de New York, je...

– Vous hésitez, Princesse, seriez-vous en train de mentir ? Seriez-vous une démone, ou juste un succube particulièrement manipulateur ?

– Rien de tout ça, monsieur Apollon. Je recommence, je m'appelle Pearl, je suis linguiste, j'ai rencontré votre ami Cosmo à la conférence du professeur Twain au musée des Sciences. Je l'ai suivi, et voilà.

– Comment ça vous l'avez suivi ? Vous êtes une espionne ?

Pearl sortit un objet métallique de sa poche.

Polo, sur ses gardes, recula d'un pas.

– Écoutez, voilà un passe pour le métro. J'ai des baskets aux pieds. Ça m'étonnerait fort que vos Princesses Lulibérines prennent le métro en baskets... Je viens de New York, Amérique du Nord, planète Terre... Je suis Pearl, et j'habite au Palais de Vénus !

– Attendez, vous m'embrouillez, là. Qu'est-ce que Vénus vient faire là-dedans ? Vous savez que Vénus était une Lulibérine avant de devenir une déesse ?

– Non, je ne le savais pas, mais de toute manière, je ne connais pas Vénus, j'habite juste au Palais de Vénus, qui est une pension pour pauvres filles en difficulté comme moi, située en dessous du pont de Brooklyn, et qui est très mal nommée, car hormis le fait qu'elle n'abrite que des femmes, elle n'a strictement rien à voir avec Vénus !

Polo dévisagea de nouveau Pearl, paralysé par la confusion.

– C'est vrai que vous n'êtes pas du tout habillée comme

une princesse. C'est étrange que personne ne l'ait remarqué.

– Ils avaient tellement envie d'en voir une !

– Une quoi ?

– Une Lulibérine, une Coronaria, ou je ne sais quoi. Vous savez, parfois le désir rend aveugle. Je suis bien placée pour le savoir, ajouta-t-elle en se laissant tomber sur le canapé.

Pearl se prit le visage dans les mains, murmurant qu'elle n'en pouvait plus, qu'elle voulait rentrer, que Cosmo aille au diable.

Polo n'entendit pas la dernière proposition. Son cerveau était subitement entré dans un mode de réflexion intensif, il arpentait sa chambre de long en large. Il finit par s'approcher d'elle et lui prit le poignet tendrement.

– Ne me touchez pas ! cria Pearl.

– Calmez-vous, mademoiselle du Palais de Vénus, je ne vous ferai aucun mal.

Il s'assit à côté d'elle, lui épongea le front, et entreprit de lui parler avec beaucoup de douceur pour tenter de convaincre la jeune femme de la stratégie qui venait de poindre dans son cerveau soudain éveillé.

Polo se lança dans un long développement sur la pénible crise qui frappait Terra Somnia. Il expliqua dans le détail l'entreprise hégémonique de la Reine Noire, la théorie de Cosmo sur les vases communicants, et enfin la confession du jeune chercheur de choses qui était resté dans le monde réel plus longtemps que prévu car il était tombé amoureux. Il remarqua que le regard de Pearl se rallumait, il était évident que c'était d'elle qu'il s'agissait. Puis il continua son exposé, mettant l'accent sur la gravité de la situation pour chacun des mondes, et supplia la jeune femme de l'aider.

– Mais comment le pourrais-je ?

– C'est très simple, vous pourriez être notre Chaînon Manquant. Vous pourriez très bien mettre le feu aux poudres d'un revirement insoupçonné.

Pearl ne comprenait pas un traître mot de sa stratégie.

– Si toute la population croit, comme ça pourrait être bientôt le cas, que vous êtes une Lulibérine, nous aurons certainement l'occasion de profiter de l'inévitable confusion et de l'enthousiasme retrouvé pour gagner du temps et déjouer certains plans de la Reine Noire. Cosmo est parti à la recherche du Laboratoire des Mouches. Grâce à vous, nous pourrions lui ménager une marge de manœuvre.

Apollon parvint à convaincre la jeune femme de l'urgence de l'affaire. Elle n'avait toujours pas réussi à décider si elle était coincée dans un rêve, une hallucination, ou une réalité parallèle, mais quoi qu'il en fût, la perspective d'avoir un rôle à jouer sur l'avenir de l'inconscient collectif l'enthousiasma.

La stratégie de Polo consistant à rendre publique la présence de la Nouvelle Lulibérine, il fallait commencer par habiller Pearl : à un moment ou à un autre, une fois que leur esprit perverti par le désir et l'espoir aurait cessé de leur jouer des tours, les Terra-Somniens finiraient bien par la voir comme elle était vraiment. Il ne pouvait prendre ce risque.

– Non, ça compromettrait complètement nos plans.

Apollon prit délicatement sa nouvelle protégée par la main.

– Passez derrière le paravent. Je m'occupe de tout.

La fausse Lulibérine s'exécuta.

– Mes princesses adorées m'ont toutes laissé un souvenir, les petites chéries...

L'ex-Ministre des Passions ouvrit un placard rempli de vêtements et d'accessoires somptueux. Il prit un costume en cuir gravé, rebrodé à l'or fin. Dès qu'il fut sorti de son rangement, une musique sauvage s'évada de sa doublure.

– Glenda... Ah, Glenda, mon amazone mélomane, quel tempérament ! Je l'avais surnommée Cravache. Ça lui allait comme un gant.

Il lança le costume à Pearl.

– Vous n'auriez pas une tenue un peu plus légère ? Je n'ai pas l'habitude de porter de la peau.

– Vous portez pourtant la vôtre avec beaucoup d'élégance, rétorqua Polo en lui tendant un costume de soie plissée inspiré des redingotes de pirates.

Il précisa à la jeune femme que cet habit couleur du temps était une rareté qui changeait de ton selon la lumière, selon les expressions du visage, selon les désirs de son propriétaire.

– Voilà qui me paraît parfait. La veste vous va à ravir. Elle possède des pouvoirs magiques. Elle appartenait à Stella, la dernière Lulibérine, qui m'a fait jurer de ne m'en servir que pour une occasion exceptionnelle.

Apollon compléta la tenue de haut-de-chausses en cuir qui donnaient à Pearl un petit air d'amazone, de culottes nacrées épousant ses longues cuisses comme des bas de soie, d'une coiffe à boucles de velours dont les oreillettes extensibles protégeraient son ouïe sensible en cas de besoin. Il ajouta dans ses poches un certain nombre de mouchoirs à mirages à utiliser pour faire diversion, lui tendit des gants de peau de turc qui l'aideraient à tordre le cou de n'importe quel agresseur sans la moindre difficulté et un fouet paralysant qui pourrait également se montrer d'une grande utilité pour se tirer de toutes sortes de situations délicates.

– Je ne vous demanderai pas ce que vous et Stella faisiez avec vos fouets paralysants et vos gants de turc ! s'amusa Pearl.

– Je vous laisse le soin d'imaginer ce que vous voulez, répondit Polo, enjoué.

Il recula pour admirer sa création. La jeune femme était magnifique. Il lui lança un nuage de poudre à scintiller et l'aspergea de « Fascination envoûtante », un de ses élixirs les plus efficaces.

– Ça alors, Princesse ! Vous allez faire un de ces effets ! fit-il en la menant devant le miroir en pied.

Pearl sourit en découvrant l'extraordinaire personnage qu'elle incarnait maintenant. Le costume l'avait véritablement changée. Elle se sentit investie d'une force inhabituelle, d'un magnétisme tout à fait excitant, d'une puissance multiforme qu'elle ne connaissait pas.

– C'est normal, mademoiselle Pearl, n'oubliez pas que ces atours ont appartenu à des Coronaria du plus haut rang. On ne les endosse pas innocemment. Vous avez maintenant hérité du spectre de leurs pouvoirs, vous comprenez ? J'espère que vous en ferez bon usage.

Il l'attrapa tendrement par les épaules et murmura dans son oreille :

– Regardez-vous. Respirez votre munificence, Pearl ! Vous êtes le dernier, l'ultime espoir de la Résistance !

Le Laboratoire du Vivant

L'APPARENCE, mon ami, l'appétence, l'eau à la bouche, voilà ma révolution !

Cosmo ne pouvait s'empêcher de dévorer des yeux les mets voluptueux dressés sur le chariot de présentation. Les préparations de Sosigène étaient véritablement hypnotiques : leur simple vue éveillait un désir irrésistible, ensorcelant les papilles. Il ressentait déjà les saveurs successives du feuilleté aérien, la chair craquante des venaisons chasseresses lui égayait la gorge de mille saveurs, il salivait à l'image moelleuse du fondant au soufre sous sa ganache à la sauge.

– Ces mets ont une puissance d'évocation folle. Tu as réussi à me donner faim.

– Et pourtant, celui-ci est un poison violent, celui-là vous ramollit les dents instantanément, et le troisième vous liquéfie son homme. Le mangeur fond, littéralement. Amusant, non ? Il éclata d'un rire joyeux. C'est d'abord grâce à mon concept culinaire que j'ai séduit notre souveraine : le plaisir des yeux. Le succube comestible, le démon dévastateur dissimulé sous l'exquise apparence. Les préparations qui sortaient de ses cuisines étaient totalement rétrogrades. Cafards en brochettes, vésicules de baleine à l'huile de vidange, molaires cariées sur leur lit de limaces... J'ai mis le holà ! Non, avec des horreurs pareilles, on vendait la mèche. Par les temps qui courent, il faut faire du nul, du vénéneux caché sous une divine carapace. Je t'avouerai que cette idée m'est venue du Beau Monde, ils ont poussé le concept assez loin ! Toi qui en reviens, tu as dû remarquer qu'ils sont devenus les rois de la supercherie : tout dans l'enveloppe, rien à l'intérieur. Obsession du contenant, nullité du contenu. De la poudre aux yeux. J'ai poussé le concept plus loin. J'en suis à la prochaine génération : excellence à l'extérieur, poison à l'intérieur. Le guet-apens visuel. C'est beaucoup plus efficace que le dégoût, qui reste sans surprise, même s'il est désagréable.

– Intéressant.

– La perversité est mère de toutes les inventions, en ce qui me concerne ! Noire a adoré, elle m'a accordé tous les moyens que je voulais. Mes installations sont à la pointe de la technologie. Et puis, je ne te cacherai pas que ma force, dans la situation actuelle, est la modernité de ma structure mentale : je cumule les connaissances. Il y a peu de chercheurs de ma trempe. Spécialiste en entomologie, visionnaire en matière de chimie, cuisinier émérite, mes multiples talents doublés d'un génie certain pour la transcendance m'ont mené là où j'en suis. Voilà comment je suis devenu ministre, mon vieux, mon statut et mon laboratoire ont été gagnés à la sueur de mon front !

– Tu n'as guère besoin de te justifier, fit Cosmo. Tu as toujours été un transformateur brillant.

Le Grand Tchimir embrassa son domaine, balayant fièrement l'espace d'un mouvement de la main. La vaste cuisine grouillait de marmitons, de rôtisseurs, de flambeurs, d'éminceurs, de toutes sortes d'ouvriers qui s'agitaient, courbés sur leur tâche, frétillant des tables de travail aux fourneaux, des chambres froides au feu, des fioles aux alambics, des poudres vénéneuses aux bouillons empoisonnés.

Sosigène observait avec plaisir et fierté le visage de Cosmo, qui semblait très impressionné par cet étalage de faste culinaire. Le nouveau ministre avait décidé de commencer sa visite par ses extraordinaires Cuisines Vénéneuses. Il espérait ouvrir l'appétit de Cosmo par cette alléchante mise en bouche. La Climatologie Dévastatrice, très théâtrale, viendrait ensuite. Il gardait les autres départements, moins ludiques, plus pointus, pour plus tard. La Chimie Néfaste, la Robotique Perverse exigeraient un intérêt plus affûté de la part de son visiteur.

– Et ton travail sur les insectes, ça avance ? demanda Cosmo.

Sosigène fut surpris par la question.

– Depuis quand t'intéresses-tu à l'entomologie ?

– Je m'intéresse à tout, Sos, tu le sais.

– J'ai créé un nouveau département, le Laboratoire du Vivant, qui marie la Chimie Néfaste et la Robotique Perverse, pour s'occuper de nos bestioles adorées. J'aurais pu l'appeler « Entomologie de Création », mais j'ai préféré rester modeste ! Tout ce qui sort du labo est une nouveauté. Je n'en dirai pas plus, il est classifié top secret. Ta curiosité m'enchante, mon ami. Serais-tu en train de chercher quelque chose ?

– Allons, Sos, pas de paranoïa. Si tu veux me convaincre de l'intérêt de tes éventuelles propositions d'embauche, il faut bien que tes champs d'action parviennent à m'impressionner.

Le Grand Tchimir avait une obsession : la discipline, indispensable à l'avancée rapide de tout travail, de surcroît en groupe. Afin que ses préparations gastronomiques voient le jour en temps et en heure, un colosse, le corps tatoué du sceau de la Reine Noire, régnait sur la cuisine, menaçant, marquant la cadence sur un énorme tambour de maître galérien.

Les deux ex-amis passèrent à côté d'une table où une brochette de chauves enfarinés pulvérisaient au sabre un radis bleu géant. Leurs gestes étaient impeccablement coordonnés. Le claquement des lames qui s'abattaient simultanément sur le plan de travail évoquait le couperet d'une guillotine. Une poudre nauséabonde voletait autour du billot. Des gémissements suivaient chaque tranchage. Sosigène se rendit compte du désarroi de Cosmo qui semblait en chercher la source.

– Ce ne sont que les racines... La tormentille vénéneuse est extrêmement douillette.

Il tira sur la queue de l'énorme radis bleu qui hurla de douleur.

Sosigène s'en amusa, gloussant gaiement.

– Que j'aime la plainte des tormentilles, de bon matin dans mes cuisines...

– Je ne suis pas sûr que ça me fasse très envie, fit Cosmo.

– Tu as raison, la farine qui résulte de cette opération est un poison dévastateur ! précisa-t-il en gloussant de plus belle.

Sosigène claqua des doigts. Un garçon de salle prit le plat de poudre bleue gémissante et traversa la cuisine en pleine activité. Le Grand Tchimir convia Cosmo à le suivre. Ils passèrent devant des rôtisseurs qui s'activaient sur de jeunes animaux hybrides, bébés licornes, minotaure sous la mère, dragons de lait. Des étagères remplies de liquides, poudres et autres pâtes multicolores longeaient le mur ouest de la pièce.

Des cuisiniers cornus œuvraient aux fourneaux et aux alambics, touillant, cuisant, distillant, mesurant, sous la surveillance des gardes à longs becs. Des femmes enfarinées, entourées de gaze, roulaient de tout leur long sur un immense morceau de pâte, véritables rouleaux à pâtisserie vivants.

– Toute notre recherche est axée sur le processus d'invasion, selon les ordres de la Reine Noire. L'invasion par voie culinaire fonctionne selon un mode de séduction tout à fait banal : la promesse du beau répond à la soif de plaisir, déclenchant ainsi la convoitise.

– Tout ça m'a l'air en effet bien tentant, je l'avoue.

– Allons, allons ! Le Beau Monde aurait-il déteint sur ton incorruptible personne ? Te laisserais-tu séduire ?

Sosigène éclata d'un rire sincère, puis reprit ses théories :

– Depuis la nuit des temps, jamais la technique de la

poudre aux yeux n'a été aussi efficace. Les hommes d'aujourd'hui n'ont aucune vision à long terme. Nous empoisonnons leur inspiration avec une facilité déconcertante. Ma maestria en la matière m'a valu les faveurs de Noire. Pardon, de notre Souveraine Méchanceté.

– Les faveurs de Noire ? Je te trouve bien peu respectueux ! Par quelle torsion de l'esprit oses-tu en référer à ta Reine par son petit nom ? demanda Cosmo avec espièglerie.

Sosigène rougit et baissa le nez pour dissimuler sa réaction.

– Diantre ! Je me suis toujours douté que tes talents de séduction étaient aussi puissants que discrets, mais alors là, tu m'en bouches un coin ! murmura-t-il à l'oreille du Grand Tchimir, feignant l'admiration pour lui arracher des confidences. De quel genre de faveurs veux-tu me parler ? Toi, et la Reine... Ça alors, mon Sosigène, qu'est devenu le jeune homme si timide d'antan ?

– Il a pris de la bouteille, répondit l'intéressé d'un ton suffisant.

Sosigène gonfla le torse comme un coq et releva le visage dans l'autre sens pour que son regard ne trahisse pas ses sentiments. Il changea de conversation sans plus tarder, interpellant une de ses employées.

– Poisse, ordonna-t-il en s'adressant à une minuscule laborantine décharnée, veuillez m'appeler Otcho, et au pas de course, ma mignonne.

La petite Poisse courut hors de la cuisine. Elle était tellement chétive qu'on entendait s'entrechoquer ses os.

– Pourquoi est-elle si maigre ? demanda Cosmo.

– Poisse a l'honneur de tester pour nous. Nous lui donnons des doses homéopathiques, pour que son organisme dure le plus longtemps possible. Elle s'étiole à petit feu. Délicieuse perspective, non ?

Sosigène frappa dans ses mains.

Poisse revint ventre à terre, suivie d'un jeune homme enturbanné portant son matériel de scribe sous le bras.

Le nouveau venu posa son papyrus, ses plumes et son tabouret à terre et baisa la main de Sosigène.

– C'est bien, mon garçon... Cosmo, je te présente Otcho, mon scribe attitré.

Le chercheur de choses reconnut le résistant dont lui avait parlé Polo. Il esquissa un salut discret tout en détaillant son visage. L'autre lui sourit avec bienveillance.

– Otcho, veuillez prendre note.

Sosigène s'approcha d'un énorme gâteau bleu trônant sur une estrade recouverte de nappes brodées de fils d'or.

Il revêtit sa blouse de chimiste et se tourna vers son invité.

– Cosmo, regarde bien cette création, c'est un chef-d'œuvre qui marquera l'histoire. Personne ne s'attend à un tel stratagème.

Les yeux du Grand Tchimir s'embrasèrent d'un éclat effrayant. Il leva lentement les bras. Toute activité cessa, un silence de mort envahit les cuisines.

Le garçon de salle, tremblant, tendit à Sosigène le plat de radis bleus pulvérisés, et prit congé après avoir multiplié les courbettes.

Le Grand Tchimir ferma les yeux, solennel. On n'entendait pas un souffle, les travailleurs avaient cessé de respirer, suspendus à ses gestes. Après quelques inspirations profondes et sonores, Sosigène commença enfin sa dictée, d'une voix de stentor :

– Saupoudrez avec malveillance les étages supérieurs de la pièce montée de tormentille en état de haine...

Il saupoudra le gâteau en grinçant des dents.

Le scribe nota les informations avec application sur son papyrus.

Le maître de céans prit une fiole et en versa le contenu sur l'impressionnante pâtisserie qui devint incandescente.

– Ajoutez du nectar bombastique de nitroglycérine, jusqu'à ce que la pâte enfle, créant la surprise, empreinte d'un potentiel explosif aussi insoupçonné que dévastateur. Ni les yeux ni les papilles du gourmand ne suspecteront la malédiction qui menace ses entrailles. Aveuglé par l'alléchante apparence... L'Ultime Soufflé.

La surface du gâteau prit feu. Sosigène ferma les yeux en psalmodiant. Une extraordinaire sérénité gagna alors son visage, une expression d'inaliénable extase semblable à celle des fanatiques.

Cosmo profita de ce moment d'absence du Grand Tchimir pour glisser au scribe le sceau de la Résistance que lui avait confié Polo. Otcho s'empressa de le dissimuler dans les replis de son turban.

– Étonnant, fit Cosmo, prenant l'air impressionné. Et à qui destines-tu cette explosive délicatesse ?

Cosmo ne put entendre la réponse : soudain, une puissante rafale de vent balaya l'atmosphère en éteignant la surface du gâteau. Tandis qu'un tourbillon envahissait la cuisine, des milliers de notes de musique virevoltèrent, leur souffle magique prenant possession de l'espace.

– Les Violons de la Passion ! hurla Poisse, qui s'évanouit sur place.

Des cris de surprise se mêlèrent à la fascinante mélodie qui s'amplifiait, subjuguant l'assemblée.

Le prélude de cordes légères comme un souffle se doubla d'un chœur de sirènes, une nappe de piano vint rythmer la mélodie bientôt enrichie de flûtes célestes et de sons de clochettes. Les violons se multiplièrent enfin, jusqu'à devenir une vague immense, un raz de marée auquel nul tympan ne pouvait résister, bouleversant les auditeurs jusqu'au plus profond de leur âme.

L'hymne aux Coronaria n'avait pas retenti depuis si longtemps, tous en avaient oublié l'insolente beauté.

Toute activité cessa instantanément, les visages renfrognés des galériens culinaires firent place à des faces extatiques, des bouches bées, des corps arrêtés net dans leurs mouvements, littéralement paralysés par la surprise.

Sosigène, stupéfait par cette divine symphonie, en tituba, s'affalant dans le premier étage de son vénéneux gâteau.

Une panique extraordinaire s'ensuivit. Des assistantes masquées se ruèrent sur lui avec des extincteurs.

Cosmo n'eut pas le plaisir de s'amuser de l'incident : l'arrivée subite des Violons de la Passion l'avait rendu aussi perplexe que le reste de l'assemblée. De quoi s'agissait-il ?

Peu à peu, la mélodie s'estompa, puis disparut, laissant quelques notes joyeuses suspendues çà et là dans l'air brillant.

Il fallut quelques instants au Grand Tchimir pour se ressaisir.

Quand ses assistantes eurent nettoyé sa blouse, après s'être copieusement brûlé les mains, d'autres l'aspergèrent de fluide réfrigérant. Alors que Sosigène reprenait enfin possession de son autorité, aboyant des ordres à ses subalternes paralysés, la voix de Schadenfreud retentit dans les haut-parleurs, convoquant le Grand Tchimir sur-le-champ à la Salle Gorgone, le bureau de Noire réservé aux stratégies d'urgence.

Sosigène se fit apporter sa cape d'apparat et se changea sur place, tentant de cacher sa nervosité.

– Il s'agit d'une réunion de routine, je suis sûr que je n'en ai pas pour longtemps, fit-il à l'attention de Cosmo avec un sourire jaune.

Le chef du Laboratoire du Vivant prit Otcho en aparté et lui ordonna d'occuper son « invité » jusqu'à son retour. Faisant un effort incommensurable pour ne pas se départir de son apparente légèreté, il fit volte-face, et adressa un clin d'œil au chercheur de choses.

– Cosmo, je te laisse avec mon scribe. Il va t'emmener dans les salles de climatologie. Attends-moi, je tiens à ce que nous terminions la visite ensemble, et surtout, ne t'avise pas de goûter nos croquembouches, je m'en voudrais de te voir disparaître avant même d'avoir tenté de te débaucher ! fit-il, un rictus déformant ses lèvres. J'espère que le laboratoire te convaincra : basculer du côté du monstre est chose aisée, et ô combien gratifiante. L'heure est venue que tu accomplisses enfin ton immense potentiel, ajouta-t-il avec une gravité calculée.

*

La nouvelle du retour de la Lulibérine s'était propagée en un tournemain. Polo avait eu recours à une supercherie des plus simples : la diffusion soudaine et intensive des Violons de la Passion, qu'on n'avait pas entendus depuis le départ de sa chère Stella.

Le chef de la Résistance, s'étant toujours montré extrêmement soucieux de la conservation culturelle, avait enregistré en secret des passages entiers de cette manifestation divine. Polo choisit les enregistrements les plus sublimes, les plus envoûtants, les plus palpitants et les entrelaça les uns aux autres pour obtenir un effet digne d'une tornade. Quelques-uns de ses agents s'occupèrent discrètement, et à toute vitesse, de vérifier leurs connexions aux ondes et les Violons de la Passion furent diffusés en grande pompe dans tout Terra Somnia.

Le tour était joué.

La population fut si surprise par cet inattendu concert que personne ne se demanda s'il se déroulait en direct.

Polo doubla cette puissante stratégie d'un efficace bouche-à-oreille.

Les divines harmonies de cordes depuis si longtemps disparues envoûtèrent le royaume entier en quelques magnifiques minutes, invitant de très grands vents à se déchaîner. Nul n'échappa à l'insolent tourbillon. De Cosmo aux sbires de Schadenfreud, du compteur du temps au valet Léopold, des oracles aux sans-coquille, des anges exploseurs à la cour exilée de la Reine Blanche, du Grand

Tchimir à la Reine Noire, tous sentirent dans leur cœur que l'heure de l'improbable avait enfin sonné.

Polo n'était pas peu fier. Il s'empressa d'apparaître sur le seuil de la Foire aux Délices, vêtu de ses plus beaux atours, au bras de la Princesse Pearl.

L'impromptue visiteuse était sublime dans son nouveau personnage, subitement investie des pouvoirs de toutes les Coronaria réunies. Une foule de Terra-Somniens affluait maintenant dans les rues avoisinantes, impatiente de pouvoir au moins apercevoir la Lulibérine de retour au royaume.

Toutes les fenêtres, portes, chatières, vasistas, balcons, baies et grilles des bâtisses alentour s'étaient instantanément ouvertes sous l'impact de la curiosité de leurs habitants, redonnant au quartier son aspect ouvert, joyeux et accueillant.

– Vive Hypnopompia ! crièrent les spectateurs d'une seule voix, avant de jeter des tombereaux de pétales de roses vers les héros du jour.

Polo leva le bras pour demander le silence.

La rumeur de liesse qui parcourait la foule se tut rapidement. Le chef des résistants ne s'était pas exprimé en public depuis qu'il avait été démis de ses fonctions de ministre, pas plus d'ailleurs qu'il n'était sorti de sa cave.

Sa présence publique était presque aussi réconfortante à leurs yeux que l'incroyable retour d'une Lulibérine.

– Qu'elle est belle ! s'extasia un spectateur.

– Et elle a l'air si décidé, renchérit l'autre.

– L'espoir est de retour, ajouta un troisième.

Polo arborait un sourire ému. Il prit enfin la parole quand le silence fut d'or.

– Mes chers amis, nous sommes en train de vivre un moment historique. L'improbable a sonné à notre porte. Je vous présente la Princesse Pearl, dont la présence en Hypnopompia n'a d'autre raison d'être que de nous rendre ce qu'on nous a volé : la passion, l'enthousiasme et l'espoir.

– Je resterai auprès de vous jusqu'à ce que justice s'ensuive, dit Pearl.

Polo fut charmé par la courageuse remarque de sa Lulibérine d'opérette. Pearl fronça les sourcils, réalisant ce qu'elle venait de dire. Ç'avait été plus fort qu'elle. Mais même si cette apparition publique sous ces atours magiques représentait pour elle une expérience originale, son héroïsme s'arrêterait là. Elle n'avait pas la moindre intention de jouer les Robin des Bois au Pays des Merveilles, et elle partirait dès qu'elle trouverait la sortie, voilà ce qu'elle pensait.

– Princesse, votre verve m'impressionne ! fit Polo dans le creux de son oreille.

– J'ai pas fait exprès, c'est sorti tout seul.

– Ça doit être la veste.

– Comment ça la veste ? s'inquiéta Pearl.

– La veste de Stella. Elle vous inspire. Stella était jusqu'au-boutiste. À l'extrême. Elle a sans doute investi une petite partie de vous-même.

– Vous voulez dire que Stella se permet de parler par ma bouche ?

– Non, Princesse...

– Personne ne nous entend, arrêtez de m'appeler princesse.

– Il faut vous habituer, tout le monde va dorénavant s'adresser à vous de la sorte, lui murmura-t-il en lui baisant affectueusement la main. Pour revenir à votre question, je pense que c'est vous, mademoiselle Pearl, qui empruntez la bouche de Stella. Elle vous donne une franchise de cœur qui confine à l'héroïsme dont vous avez toujours rêvé.

– Apollon, s'il vous plaît, ayez l'obligeance de m'épargner votre psychologie de bas étage.

– VIVE HYPNOPOMPIA ! scanda la foule. VIVE LA PRINCESSE PEARL !

Les cris de joie mirent fin à leur aparté. Apollon et la princesse agitèrent doucement leurs mains à l'intention du peuple, alors que les femmes à barbe, en pleine excitation, se dirigeaient vers eux en poussant une gigantesque boîte en bois à roulettes.

Numera Una s'approcha de Pearl et lui fit une révérence.

– Princesse, j'aimerais avoir une photo de notre maître Apollon avec la Nouvelle Lulibérine... pour nos archives. C'est un grand jour dans l'histoire d'Hypnopompia !

– Je vous accorde ma divine permission, répondit Pearl, jouant le jeu.

Numera Dua ouvrit le soufflet de l'appareil à l'aide d'une manivelle. Pearl et Polo prirent la pose, bien centrés devant le portail de la Foire aux Délices. Les spectateurs installés à leurs balcons lâchèrent dans la direction du couple des nuages de poussière d'étoile scintillante. Mortadelle sauta sur l'épaule de Pearl et lui miaula une chanson d'amour.

– Numera Dua, un peu de lumière, s'il te plaît...

L'assistante photographe officielle remisa sa barbe derrière son épaule et fit jaillir une immense flamme de sa bouche écarlate, tandis que sa patronne immortalisait ce moment magique à l'aide de l'extraordinaire appareil optique.

La liesse était telle que personne ne se rendit compte qu'un sinistre escadron de guerriers, guidé par Schadenfreud, fendait la foule compacte. Dans un grand mouvement de cape, l'immonde bras droit de Noire s'arrêta devant les héros du jour. Ses sbires se positionnèrent en demi-cercle autour de lui, menaçants.

Le Grand Chambellan, les dents crispées dans un sourire hypocrite, s'approcha de Pearl, levant les bras d'un geste convivial.

– Soyez la bienvenue, Princesse, votre présence parmi nous est un enchantement, gloussa-t-il sans conviction. Sa Majesté la Reine Noire m'a envoyé à votre rencontre. Elle flamboie d'impatience à l'idée de vous rencontrer.

Apollon, protecteur, s'interposa immédiatement entre Pearl et le Grand Chambellan.

– En vertu de ses droits hypnopompiques, la Princesse refuse, fit-il avec autorité, nez à nez avec Schadenfreud.

– Merci de votre aide, grommela le fourbe, vous pouvez disposer.

Polo ne bougea pas d'un cil. Schadenfreud claqua des doigts. Bubba, le plus imposant de ses sbires, attrapa le chef des résistants par le collet et l'envoya dans le décor.

Un silence glacé envahit l'atmosphère. Pearl eut un mouvement de recul. Schadenfreud la prit fermement par le bras.

Oxymoron, qui était venu comme tout le monde assister au spectacle, se sentant d'autant plus concerné qu'il en était partiellement responsable, courut au secours de Polo.

– Ne t'inquiète pas pour moi, ma mollesse me protège des coups ! Suis-les, il ne faut surtout pas que tu perdes la trace de la Princesse. Vite, je compte sur toi.

Oxy s'élança discrètement derrière Pearl qui s'éloignait dans la foule au bras du Grand Chambellan, escortée par les guerriers. Les supporters de la Passion, bien qu'étant repoussés avec violence par les sbires de Schadenfreud, ne flanchèrent pas, criant à s'en faire exploser les poumons des messages d'encouragement et d'optimisme à l'intention de la Nouvelle Lulibérine. Pearl fut assez surprise de sa propre réaction. Elle ne fut pas effrayée par ce renversement de situation. Au contraire, une nouvelle motivation teintée d'un sentiment de justice envahit son cœur.

Schadenfreud ne tarda pas à reprendre la parole de sa voix de crécelle rouillée :

– Que nous vaut l'honneur de votre magnifique présence ? Nous sommes aussi flattés qu'étonnés de votre arrivée au royaume !

*

Pendant que Sosigène se dirigeait dare-dare vers le palais de Noire, Cosmo profita de sa visite d'agrément pour obtenir des informations d'Otcho. Ils continuèrent leur visite dans le département de la Climatologie Désastreuse pour ne pas éveiller de soupçons.

Le scribe résistant alla directement dans la salle de désertification, pour plus de discrétion. Une fois aux confins de la steppe virtuelle, il cria le plus fort possible pour appeler les gardes. Personne ne répondit. Ils pouvaient parler librement. Ce désert expérimental n'était pas encore sonorisé.

Otcho fournit alors au chercheur de choses toutes les explications dont il était capable. Ils en vinrent rapidement au problème des mouches. Il savait qu'un labo était dédié à leur fabrication. Pour plus de sécurité, celui-ci était décentralisé. Nul ne connaissait sa position géographique, hormis Sosigène, Schadenfreud, et bien sûr la Reine Noire. Ce nouveau haut lieu de la recherche psychopompe avait été construit dans le plus grand secret, sans doute profondément enfoui sous les dunes du désert pour abriter le département que Sosigène appelait l'Entomologie de Création.

– Je suis sur cette enquête depuis plusieurs milliers de tours de cerceau, et j'ai à peine avancé. J'ai ouï dire que le Grand Tchimir avait trouvé une manière révolutionnaire de rematérialiser des agents dévastateurs de l'autre côté, mais je n'ai pas réussi à en savoir plus.

Otcho se souvint d'avoir pris des notes à propos d'une nouvelle configuration de mouche. Il ne s'en était pas alarmé, pensant qu'il s'agissait de théories fantaisistes à l'usage du futur. Il creusa sa mémoire de scribe, et y trouva une phrase clé : *le nouvel insecte ne perd dans son transfert aucune de ses propriétés, vise à paralyser leur sommeil, à vider leur potentiel inconscient, et donc à les priver de leur génie.*

– J'ai pris ça pour une divagation d'inventeur.

– Je me demande comment il est parvenu à les faire

passer dans le Beau Monde. Quoi qu'il en soit, il faut les arrêter.

– La tâche est immense. L'organisation du gouvernement du cauchemar compartimente, muselle et oppose. Il faudrait s'insinuer dans chaque atelier, mobiliser tous ses travailleurs, officiels ou officieux, fanatiques ou victimes. Je ne sais pas comment on pourrait y arriver. J'ai peur que l'immonde souveraine n'ait atteint un stade de non-retour.

Le chercheur de choses suggéra de fouiller les locaux de la Mutation et l'Empoisonnement sur-le-champ, peut-être réussirait-il à trouver des indices quant au Laboratoire du Vivant. Le scribe conseilla le contraire à Cosmo : il valait mieux attendre Sosigène pour s'y rendre sans éveiller les soupçons. D'autant qu'il ne parviendrait probablement pas à s'approcher de fabrications d'importance sans persuader le Grand Tchimir qu'il était prêt à travailler sous ses ordres. Le seul moyen d'arriver à désamorcer quoi que ce soit était malheureusement d'infiltrer l'organisation. Leur ancienne amitié faciliterait la chose. Il fallait prendre son mal en patience.

– Je ne sais pas si nous avons le temps d'être patients !

– Viens, nous ferions mieux de continuer notre visite, la présence prolongée d'étrangers dans la steppe est proscrite par le patron. Je t'emmène aux Orages Électriques, nous pourrons finir par les Inondations.

Cosmo et Otcho se dirigèrent vers la sortie du désert virtuel.

Quand ils arrivèrent à la réception, ils furent surpris de noter la présence d'un escadron gardant l'entrée.

Otcho demanda s'il y avait un problème.

– Nous sommes en alerte orange, répondit le garde, stoïque.

– Et pourquoi donc ? demanda Cosmo.

– C'est le retour de la Lulibérine. L'état d'urgence a été déclaré par la Reine Noire.

Cosmo se renseigna en allant dans le sens du poil.

– L'état d'urgence ? Mais c'est une blague ? On est en état d'urgence parce qu'une malheureuse Créature de la Passion est parmi nous ? Comment un tel détail pourrait-il constituer une quelconque menace contre l'extraordinaire puissance de la Reine Noire ?

– Les ordres sont formels.

– Vous ne prenez tout de même pas cette histoire de Violons de la Passion au sérieux. C'est forcément un canular !

– La nouvelle s'est répandue comme un feu de paille.

– Quelle nouvelle ?

– Ils l'ont identifiée. Heureusement, le Grand Chambellan et ses hommes l'ont interceptée.

– Interceptée, déjà ? Formidable ! ajouta Cosmo en prenant l'air réconforté. Mais où ?

– À la Foire aux Délices.

– Chez Apollon.

– D'où vient la Princesse ? s'enquit Otcho.

– On n'en sait rien. Il n'y a pas d'explication quant à son entrée dans le territoire. La rumeur parle d'intervention divine.

Cosmo éclata d'un rire joyeux, feignant l'ironie pour cacher son excitation.

– La Princesse a-t-elle un nom ?

– Son nom a fait le tour de Terra Somnia plus vite que

le battement d'une aile de papillon, répondit le premier garde.

– Princesse Pearl, précisa le second, très excité.

Un orage de particules envahit les iris de Cosmo. Il eut la présence d'esprit de baisser le regard pour cacher la stupeur, l'excitation et la confusion profonde qui le submergèrent quand il entendit le nom de sa bien-aimée.

– Pearl..., ne put-il s'empêcher de murmurer.

– Pearl, c'est bien ça, répondit le premier garde qui interpréta le murmure du chercheur de choses comme une question. Il paraît qu'elle a illuminé Hypnopompia, ajouta-t-il avec ironie.

– Mais pas d'inquiétude, le Grand Chambellan n'a pas chômé. Ils l'ont déjà cueillie et l'ont emmenée chez Son Altesse Immondissime.

Otcho blêmit.

– Ne vous alarmez pas, Otcho, ajouta le garde sur un ton rassurant. Vous savez bien que personne ne sort indemne de chez notre illustre Reine Noire. Ils vont la cauchemardiser sur-le-champ. Les tours de cerceau de l'intruse sont comptés.

LES MURS ONT DES OREILLES

HERR Schadenfreud, sa cape garance volant derrière lui, entra au pas de charge dans le Palais Psychopompe.

Le hall laqué noir, bordé de colonnades métalliques en forme de squelettes s'élevant jusqu'aux cieux, donnait l'illusion d'avoir pour plafond les abîmes.

– Bienvenue au Gouvernement du Cauchemar, annonça Schadenfreud en plissant ses petits yeux sinistres, vous êtes ici dans la célèbre Salle des Âmes Perdues.

L'atmosphère était glaçante. Les pilastres semblaient animés par une respiration suspecte. L'un d'eux se pencha vers Pearl comme le cou vertébré d'un dragon sans tête. Schadenfreud repoussa l'intrus d'un moulinet de la main. La colonne se redressa immédiatement. Le Grand Chambellan fut ravi de constater la frayeur qui paralysait la Lulibérine. L'atmosphère menaçante avait eu tôt fait de lui faire perdre de sa superbe, d'autant que les colosses qui l'escortaient respiraient une force contre laquelle elle ne se sentait certainement pas capable d'essayer l'efficacité de ses gants en peau de turc ou de son fouet paralysant. La bouffée d'héroïsme qui l'avait envahie comme un coup de sang lors de l'arrivée de Schadenfreud commençait à lui faire cruellement défaut. Il allait falloir jouer en finesse pour se tirer de ce sinistre traquenard. Pearl serra dans ses poings les mouchoirs à mirages précieusement consignés dans ses poches, en espérant qu'ils aient des vertus de porte-bonheur.

Un bruit lointain de frappes métalliques grandit à ses oreilles, s'ajoutant au rythme agressif des bottes de l'escadron de sbires martelant le sol de marbre noir.

Schadenfreud ouvrit les portes qui menaient à la salle suivante. Le staccato métallique devint insupportable. Pearl tira ses oreillettes de velours pour se protéger l'ouïe. Le Grand Chambellan s'arrêta devant un rideau qui tombait du plafond, obstruant la vue. Il fit mine de se recueillir. Pearl put lire l'inscription brodée sur le drapé en lettres de sang : SILENCE, ON COMPTE, ATTENTION, MANCHETTES.

– Voici l'Antichambre du Calcul, annonça Herr Schadenfreud de sa voix de crécelle glaciale, relevant les pans du rideau cérémonieusement.

– Cher chambellan, articula Pearl avec difficulté.

– Plaît-il ?

– Pourriez-vous m'indiquer ce qu'est une manchette ?

– Mais bien sûr, princesse, il s'agit d'une coutume de la maison. Les écarts de conduite sont punis par un tranchage pur et simple des mains, de l'appendice lingual, ou par une extorsion des globes oculaires, selon les corps de métier, ou selon le rang des concernés.

Un frisson d'effroi parcourut l'échine de la jeune femme.

Elle baissa ses oreillettes d'un cran et tenta d'explorer sa vision latérale : de part et d'autre de la pièce, des centaines de créatures décharnées à la peau métallique organisées en binômes s'affairaient à un étrange rituel. Chaque couple était constitué d'une première personne coiffée d'un boulier tapant inlassablement sur d'étranges machines à calculer, tandis qu'une deuxième déplaçait à toute allure les billes sur la tête de son partenaire en annonçant des chiffres dans un murmure effrayé. Ils semblaient tous encore avoir leurs mains. Ceux du bas, muets, avaient-ils une langue ? Certains n'avaient plus d'yeux, ne gardant que l'obscure cavité osseuse qui les avait jadis contenus.

Schadenfreud précisa que leur cécité les rendait plus efficaces.

– Excusez mon ignorance, mais que calculent-ils ? demanda Pearl, tentant de feindre la désinvolture sans y parvenir.

– La Reine tient absolument à tenir des comptes précis, répondit Schadenfreud, l'air mystérieux.

Pearl s'approcha d'un couple de comptables.

– Allons, Princesse, votre curiosité ne vous honore pas. Il est un peu tôt pour une manchette, ne pensez-vous pas ? grommela-t-il entre ses dents.

Le Grand Chambellan jubila tant sa remarque avait frappé la Lulibérine d'épouvante. Elle claquait déjà des dents.

– Ces travailleurs sont au service du Ministère du Calcul. Tout ce qui se compte appartient à la Reine Noire, Princesse, même le nombre de vos erreurs...

*

Cosmo faussa compagnie à Otcho sans se donner la peine de lui donner d'explication. Le scribe eut à peine le temps de lui transmettre un plan et les mots de passe qui lui permettraient de fouiller les locaux de Sosigène. Le chercheur de choses laissa tomber mouches, orages électriques, résistance et renseignements généraux et se jeta sans plus tarder sur un courant d'air pour rejoindre le quartier général.

Le scribe interpréta ce curieux comportement comme une urgence à élucider le mystère de la Lulibérine. Il n'avait pas tort : le sens des priorités de Cosmo avait été bouleversé par l'hypothèse que cette princesse fût Pearl, sa Pearl. Son intuition, écrasante, avait déjà formulé une effrayante possibilité : elle l'avait suivi, avait été enlevée par la Reine Noire et se trouvait en danger.

Le nom de la Lulibérine pouvait n'être qu'une coïncidence, mais il fallait qu'il en ait le cœur net, ou il serait incapable de continuer sa tâche en pleine possession de ses moyens.

Quand Cosmo arriva à la Foire aux Délices, il vit immédiatement le portrait officiel hissé au-dessus du portail, surplombant une foule de créatures qui attendaient en psalmodiant, agenouillées dans la rue comme dans un temple.

Il sentit une douleur lui traverser la poitrine.

C'était bien Pearl, portant les atours des plus rares Coronaria, qui posait auprès d'Apollon. Ce dernier, malmené par les gardes, dévasté par l'enlèvement de sa fausse princesse, était de nouveau alité dans sa cave.

– Schadenfreud l'a enlevée, eut-il du mal à articuler, tant son nez s'était ramolli.

Le sang du chercheur de choses ne fit qu'un tour. Le destin de son monde, ses convictions politiques, toutes ses préoccupations d'ordinaire incontournables s'effacèrent en un instant pour répondre à l'urgence : il fallait la tirer de ce traquenard.

Il décida de s'envoler sans plus attendre pour le palais de Noire, avec comme seule arme son intelligence, malgré les violentes oppositions du chef des résistants.

– Oxymoron l'a suivi, dit Polo pour réconforter son camarade.

– Tu crois que cette demi-portion pourra faire le poids contre la sécurité de la Reine du Cauchemar ! Mais tu as perdu la tête ?!

– Oxymoron est doué de télétransportation, pas toi. Et dans l'état émotif où tu es, tu risques d'agir sans réflexion, d'anéantir toute chance de la récupérer, sans compter les risques que tu encours toi-même. Ne penses-tu pas que l'immonde souveraine qui nous gouverne serait ravie de savoir ce que tu as appris là-haut ? Cosmo, attendons, Noire ne se débarrassera pas de Pearl tout de suite, elle a besoin d'elle.

– Et pourquoi donc ?

– Mais pour lui soutirer des renseignements, pour médiatiser sa présence à son propre bénéfice ! Crois-moi, nous ferions mieux de réfléchir calmement à une stratégie pour la récupérer.

Cosmo ne souffrit aucune discussion. Son intuition, impérieuse, l'appelait auprès de Pearl. Il était le seul responsable de cette tragédie.

Il partit sans hésitation vers le palais de Noire pour la récupérer.

*

L'escorte de colosses resta en poste à l'extérieur du Cabinet Psychopompe. Herr Schadenfreud installa Pearl dans le célèbre atelier des archives du Cauchemar.

– La Reine est en réunion exceptionnelle dans la Salle Gorgone. Elle vous prie de l'attendre ici. Elle a pensé que vous apprécieriez ses œuvres. Peu d'invités ont eu l'honneur d'observer cette collection unique. Vous êtes dans l'épicentre de la culture psychopompe, autour duquel tout gravite et se joue. Appréciez ce moment privilégié, Princesse. À tout à l'heure.

Schadenfreud prit congé, laissant son invitée au centre de l'immense rotonde aux étagères remplies d'horreurs.

Pearl releva ses oreillettes pour mettre son ouïe à contribution.

Une lointaine conversation ne tarda pas à lui parvenir du haut. Elle jeta un œil aux étranges modèles miniatures de songes sinistres, prit son courage à deux mains et entreprit de gravir une des échelles qui permettaient d'accéder aux étagères supérieures pour se rapprocher du son.

Après quelques ajustements, Pearl se trouva exactement en vis-à-vis de la Salle Gorgone. Elle avait grimpé une centaine d'échelons, atteignant le tiers vertical du Cabinet Psychopompe, quand elle entendit la voix de la Reine Noire, sonore et métallique, de l'autre côté du mur :

– Je suis extrêmement déçue, Schadenfreud. Vous m'aviez garanti l'extinction pure et simple de toute Coronaria à Terra Somnia.

Pearl décida de dégager le modèle de cauchemar qui se trouvait entre elle et la paroi, pour pouvoir se rapprocher de la conversation. Il en émanait une chaleur menaçante. Elle mit ses gants de turc et poussa sans aucun mal l'automate brûlant. La peau des gants libéra une petite fumée âcre, mais se cicatrisa immédiatement. La jeune femme n'en ressentit pas la moindre douleur. Elle se glissa sur l'étagère pour parvenir le plus près possible du mur. Elle colla son oreille contre la paroi lisse qui la séparait de l'information, comme elle le faisait dans l'orphelinat de son enfance, quand elle devait se tirer de situations menaçantes.

– La présence d'une Lulibérine est incompréhensible, il ne peut s'agir que d'une intervention divine, répondit Schadenfreud.

– Intervention divine ?! On est en pleine science-fiction ! Il faut savoir comment elle est entrée.

– Elle vous attend dans le Cabinet Psychopompe.

– Très bien, dès que mon petit Sosigène m'aura exposé ses propositions, on ira lui tirer les vers du nez.

– La présence de cette princesse donne de l'espoir au

peuple, Votre Immonde Méchanceté. Nous ne sommes pas préparés, fit le Grand Chambellan avec beaucoup de courage : il ignorait dans quelle sorte de fureur une telle confession allait plonger la souveraine.

Il s'aplatit au sol, anticipant sa rage. Elle ne s'énerva pas.

– C'est très simple, nous allons l'ériger en exemple. Nous lui ferons une série de manchettes à la hauteur de son rang, et l'exposerons sur la place publique pour que tous ces imbéciles en prennent de la graine. D'ailleurs il est temps d'innover. La manchette est trop banale, nous allons la hacher, c'est plus spectaculaire et plus inattendu. Je pense qu'on devrait débiter ses jolies jambes en chair à pâté et forcer ses suivants à en manger les lambeaux.

– Bonne idée, Votre Méchanceté, répondit Schadenfreud sur le ton de l'évidence.

– Je ne t'ai pas demandé ton avis, face de raie. Fais entrer Sosigène.

Le Grand Tchimir pénétra dans la Salle Gorgone d'un pas énergique, une magnifique rose noire à la main. La Reine Noire sourit avec une certaine émotion en le voyant. Il se jeta à ses pieds sans plus attendre.

– Votre Divine Altesse, fit le Grand Tchimir d'une voix sirupeuse, mon cerveau est à votre entière disposition.

Il souffla sur la rose noire qui se transforma instantanément en une nuée de minuscules araignées.

Charmée, elle attrapa les insectes qui se dispersèrent dans sa main et remontèrent avec espièglerie jusqu'à son décolleté.

– Sosigène, mon petit cloporte démoniaque...

– Votre Tempétueuse Méchanceté, Votre Perversité Électrique, Votre...

– Viens-en au fait, mon chéri, nous sommes un peu pressés.

– Il faut frapper fort.

– Mais encore ? sourit la Reine Noire, qui avait une confiance absolue en l'imagination dévastatrice de son protégé.

– L'heure est venue, annonça-t-il, solennel. La fin de l'ère du rêve est proche.

– Nous le souhaitons tous.

– Il faut utiliser l'arrivée indécente de la Lulibérine pour mettre un terme au règne de Blanche.

– Blanche ? Mais que vient-elle faire là-dedans ?

– Un tel choc renverserait l'énergie due au retour de la Lulibérine. La ville est en transe, Votre Immonde Méchanceté. Vous avez besoin de secouer l'opinion publique. Il faut que Blanche disparaisse.

– Tu sais bien qu'elle s'est déjà plus ou moins évaporée : elle est en exil.

– Son « évaporation » est insuffisante. Il faut s'en débarrasser de manière radicale, insista Sosigène avec une gravité inhabituelle.

– Radicale ? Tu connais mes sentiments pour cette... ridicule baudruche, mais tout de même, je pensais que l'intoxiquer comme nous l'avons fait suffirait à l'anéantir.

– Votre Altesse Immondissime, pourquoi pensez-vous que je la prépare depuis des mois ?

– Ton ambition me surprend, Sosigène, répondit la Reine, désarçonnée.

– Ça fait des milliers de tours de cerceau que nous intoxiquons votre sœur avec succès. Elle est obèse, ainsi que tous ses courtisans. Les cellules graisseuses, ainsi que de multiples autres toxines, ont remplacé ses neurones. Il ne reste plus dans son cerveau qu'une capacité de réflexion réduite par mes soins à la taille d'un petit pois. Se goinfrer et se laisser aller à toutes sortes d'ivresses sont devenus ses seuls et uniques centres d'intérêt. Notre stratégie s'est montrée tellement efficace qu'elle a elle-même déserté son palais pour pouvoir tranquillement s'adonner à la débauche au milieu du désert.

– Mon petit Sosigène, venons-en aux faits, veux-tu ?

Sosigène inspira profondément. Son heure de gloire était venue.

– Votre Unique Méchanceté, j'ai mis au point un nouveau mets aussi révolutionnaire qu'insoupçonnable : l'Ultime Soufflé.

La souveraine le regarda sans comprendre. Le Grand Tchimir plissa les yeux de volupté.

– Blanche explosera. L'accident sera spectaculaire. Tous ses courtisans seront déchiquetés en même temps qu'elle. Nous retransmettrons cet extraordinaire spectacle sur les ondes en direct. Il est temps d'éradiquer la Reine du Rêve. L'arrivée de la Lulibérine vous offre une opportunité fabuleuse : nous lui ferons porter le chapeau. Il faut retourner la passion qu'elle suscite. Utiliser le sentiment de justice qui anime soudain notre population en le renversant comme un gant. Faire de ce divin personnage un démoniaque traître insoupçonné.

Noire regardait le Grand Tchimir bouche bée. Sous le choc. Son grand moment était-il enfin arrivé ?

– La disparition de Blanche balaiera toute autre minuscule distraction qui pourrait entraver votre funeste invasion. La Lulibérine sera hachée menu, comme vous l'avez suggéré, et exposée en pâture sur la place publique à l'intention de ceux qui l'avaient vénérée.

Un sourire extatique traversa le visage décharné de la Reine du Cauchemar.

– La société du rêve sera instantanément anéantie.

*

Le courant d'air déposa Cosmo en bas de l'allée bordée de cyprès qui menait au Palais Psychopompe. L'imposant édifice, sombre mais majestueux, était composé d'une myriade de flèches gothiques qui jaillissaient vers le ciel d'encre.

Noire avait fait fabriquer il y a fort longtemps un microclimat pour enrober ses quartiers. L'atmosphère ténébreuse et glaciale ne laissait, par une mystérieuse opération d'obstruction optique, jamais apparaître le soleil qui baignait le reste du royaume.

Cette nuit permanente, ce clair-obscur bleuté, la grandeur du palais surplombant la ville basse dégageaient un magnétisme certain.

Aussi discret qu'une ombre, Cosmo gravit le chemin tapi au bord des champs de tormentilles qui s'étendaient de part et d'autre. Quand il arriva près de l'immense grille d'entrée, il grimpa silencieusement, tel un caméléon, le long d'un cyprès qui montait vers les cieux.

– Les grands esprits se rencontrent, entendit-il chuchoter quand il arriva à mi-hauteur du majestueux conifère.

Oxymoron, grignotant des pommes de pin, était installé confortablement sur une branche.

– J'ai besoin de prendre des forces, dit-il la bouche pleine, la Princesse compte sur moi.

Cosmo le salua chaleureusement et s'assit à ses côtés pour prendre le temps d'élaborer une stratégie.

*

Sosigène, motivé par l'impact inespéré que ses propositions avaient sur sa souveraine, continua sur sa lancée :

– Je suggère que nous nous concentrions sur l'éradication de Blanche. La prochaine génération de mouches peut attendre, Votre Altesse. D'autant que je suis en train de perfectionner leur stabilité.

– La Société du Rêve anéantie, enfin ! fit Noire avec emphase.

Son cerveau s'était instantanément mué en un puits de vengeance sans fond.

– L'Ultime Soufflé est prêt, Votre Méchanceté. Il vous suffit d'en ordonner la livraison.

– Il n'y aura plus de retour possible, plus de retour possible..., répéta la Reine, illuminée. L'heure de mon hégémonie a sonné.

La souveraine se leva, marcha sur le dos de Schadenfreud dont elle avait totalement oublié la présence, puis se mit à arpenter la Salle Gorgone. Sa peau bleue s'illumina d'un éclat inhabituel.

– Tu es un génie, dit-elle à Sosigène, les yeux brillants d'émotion.

Noire convia le Grand Tchimir à mettre son plan en œuvre sur-le-champ.

– Blanche sera livrée dans l'heure, confirma-t-il.

Pearl décolla ses oreilles du mur, réalisant la densité du bourbier dans lequel elle se trouvait. Le bilan était clair : elle était en train de se noyer au cœur même du pire cauchemar jamais conçu dans l'histoire de l'imagination humaine.

Elle se déplia le plus silencieusement possible et abandonna son courageux espionnage pour dévaler l'échelle.

L'angoisse lui écrasait la poitrine. Ses oreilles se mirent à bourdonner. Bien qu'il n'y eût pas d'eau autour d'elle, elle eut la sensation de se noyer. Prise de panique, elle se lança sans plus de précautions vers la sortie.

Elle força la porte du Cabinet Psychopompe, se servant de ses gants de turc comme d'un bélier. Se retrouvant nez à nez avec Bubba, le plus costaud des gardes chargés de sa surveillance, elle envoya puissamment son poing magique en direction de son torse d'ogre. Celui-ci fut propulsé dans les airs, se retrouvant littéralement accroché au lustre. Un second sbire lui tombait déjà dessus. La Princesse Pearl renouvela la manœuvre avec succès. Elle ressentit une vive douleur aux poignets, mais gagna en confiance. Alors qu'elle s'élançait vers la sortie comme une flèche, elle vit le reste de la cohorte se ruer sur elle. Jugeant que le gant de turc n'était pas suffisant, elle fit claquer violemment son fouet à leur endroit. Ils furent paralysés sur-le-champ.

Pearl reprit son souffle, ils ne bougèrent toujours pas.

Comment allait-elle se tirer de là ? Si au moins cet absurde nain au chapeau claque pouvait la télétransporter !

Ne sachant que faire, elle prit un mouchoir à mirages et le lança en l'air.

Une image apparut devant ses yeux. Oxymoron lui tendait la main. Pearl eut un pincement au cœur. Des larmes jaillirent de ses paupières. Elle se retourna. Les horribles gardes étaient toujours paralysés, les yeux exorbités, la bave solidifiée comme des stalactites leur pendant des lèvres.

– Mon Dieu, laissez-moi me réveiller !

Dieu ne se manifesta pas. Elle se tourna vers le mirage.

– Oxy ! Si tu pouvais être vraiment là !

Elle dirigea la main vers l'image qui ondulait devant elle, et à sa grande surprise, sentit la joue du nain sourire sous ses doigts. Elle se jeta sur lui et continua à toucher le petit guide avec enthousiasme, palpant sa veste, ses mains, ses jambes. Finalement elle se mit à genoux et le prit dans ses bras avec ferveur.

– Oxy, mon Oxy, emmène-moi où je veux aller ! murmura-t-elle, les larmes aux yeux. Je croyais qu'il s'agissait d'un mirage !

– Tout à fait, les mouchoirs à mirages servent à faire apparaître ce que l'on souhaite et vous m'avez souhaité, chère âme. On m'avait justement confié la lourde tâche de vous ramener au quartier général, mais franchement, le labyrinthe et les dangers du Palais Psychopompe sont au-dessus de mes forces actuelles. Je suis donc ravi que vous ayez fait la moitié du travail pour moi. Princesse ? fit-il en lui tendant le bras.

Pearl prit la main du nain à queue-de-pie une microseconde avant que les gardes patibulaires se déparalysent pour se jeter sur eux.

Il était trop tard, ils avaient disparu.

Les mastodontes écrasèrent leurs faces d'ogres sur le sol de jais.

Blanche

Oxymoron et Pearl se rematérialisèrent au pied du cyprès, devant les grilles menaçantes du Palais Psychopompe.

La jeune femme reconnut le ciel d'encre et les sinistres abords des quartiers de la Reine Noire. Son soulagement en fut immédiatement effacé.

– Qu'est-ce que tu as fait ? s'écria-t-elle. Qu'est-ce qu'on fait là ?

Le guide essuya son front baigné de sueur et indiqua le cyprès dont le feuillage ondulait de manière suspecte.

– Nous sommes exactement où vous vouliez aller, Princesse.

Avant qu'il ait fini sa phrase, Cosmo atterrit souplement sur le sol bleuté, sautant comme un animal discret de la touffeur de l'arbre.

Il s'approcha d'elle lentement. Un feu d'artifice explosait dans ses yeux.

Sans réfléchir, elle se jeta dans ses bras.

Oxymoron tourna le dos, sans doute par pudeur.

Cosmo serra Pearl de toutes ses forces, puis la couvrit de baisers, happant ses joues en murmurant des mots doux. Ses paupières, son front, ses lèvres gonflées comme un fruit d'été, lui firent oublier tous les dangers.

Assoiffé, Cosmo respira dans la bouche de Pearl, s'enivra de son oxygène. Le temps s'arrêta.

– C'est pas pour dire, les amis, mais c'est un tantinet dangereux de rester par ici, murmura Oxymoron en chatouillant les jambes des amoureux pour attirer leur attention.

Cosmo relâcha son étreinte, prit Pearl par la main. Il la dévorait des yeux, incapable de prendre la parole. Elle était si belle, plus belle que jamais. Il replongea sur ses lèvres et l'embrassa encore, et encore.

– Ma Princesse, murmura Cosmo dans son oreille, l'émotion l'étreignant à lui en faire exploser le cœur.

Malgré sa stupeur, les oreilles de Pearl étaient restées en état d'urgence. Elle entendit le pas de charge de sa terrorisante escorte martelant la Salle des Âmes Perdues.

– Ils arrivent, hurla-t-elle, rattrapée par l'effroi.

Oxy tirait maintenant sur leurs jambes de toutes ses forces.

– Allons-y, sapristi ! Éjectons !

La jeune femme se dégagea des bras de Cosmo.

– Tu peux nous transporter de nouveau ? demanda Cosmo à Oxymoron.

– Je ne sais pas, maître. J'ai peur de ne pas en avoir la force.

Le bruit du pas de charge se rapprochait dangereusement.

Pearl, prise de panique, se mit à dévaler l'allée bordée de cyprès, fonçant vers la ville basse.

– Je ne courrai jamais aussi vite que vous, fit Oxy en claquant des dents.

L'escadron de gardes était maintenant derrière la porte. Ils entendirent les verrous grincer, puis se libérer les uns après les autres.

Cosmo prit Oxymoron dans ses bras et se lança à la poursuite de Pearl. Courant à toute vitesse, il la rejoignit en un clin d'œil.

La jeune femme était hors d'haleine. Quand il l'attrapa par la main, elle se retourna, blême.

À ce moment ils entendirent l'énorme portail céder sous la pression des gardes. Ils étaient maintenant des dizaines, poussant des hurlements terrifiants, telle une horde de barbares lancés pour le carnage.

Oxymoron serra très fort le bras de Cosmo et cria à Pearl de lui prendre la main.

– Ne bougez plus, seul Oxymoron peut vous emmener où vous voulez aller.

Il chuchota une formule magique, en se concentrant très fort.

Rien n'arriva.

Pearl compressait les os de la minuscule main du nain rouge, terrassée par la peur.

– Oxy, je t'en prie. Emmène-nous le plus loin possible.

– Je ne sais pas où aller. Je ne peux pas transporter si je ne connais pas la destination.

– Loin, Oxy, mon Dieu, le plus loin possible ! Ils se rapprochent ! Aux confins du désert, chez la Reine Blanche, cria-t-elle, se rabattant sur la première idée qui lui vint à l'esprit.

Les gardes chargeaient dans l'allée, toutes lances dehors, bavant, ahanant. La silhouette décharnée de Schadenfreud, sa cape rouge carmin volant dans un vent de fureur, se dessina dans l'encadrement du portail.

– Ramenez-les-moi vivants ! hurla-t-il.

Pearl brandit son poing libre alors que Bubba se rapprochait. Il était si près qu'elle pouvait entendre le souffle puissant s'expulsant de ses naseaux furieux.

Tandis que les gardes de tête prenaient leur élan pour plonger sur eux comme des ogres affamés, Oxymoron poussa un cri de loup, dans un dernier effort.

Les fugitifs atterrirent aux confins du désert dans un nuage de poussière. Cosmo sentit Pearl à ses côtés. Il regarda autour de lui, essayant de trouver Oxymoron, mais il ne parvint pas à le localiser dans le tourbillon de sable que leur chute avait provoqué.

La jeune femme, en état de choc, se leva comme une automate et se mit à marcher en direction de nulle part.

– Pearl ! Où vas-tu ?

– Chez la Reine Blanche.

– Mais on ne sait même pas où elle est !

– Elle doit bien être dans le coin puisque c'est ici qu'on a atterri.

– Et qu'est-ce que tu lui veux à la Reine Blanche ?

– Tu devrais le savoir, toi qui es chercheur de choses ! lança-t-elle avec rage.

– Pearl ! Reviens ! cria Cosmo.

Il lui courut après et l'attrapa par la manche.

– Tu veux bien m'expliquer ce qui se passe ?

La fureur monta aux tempes de Pearl. Elle se retourna violemment.

– Dis-moi, ça serait plutôt à toi de m'expliquer ce qui se passe ! Pourquoi... Pourquoi m'as-tu entraînée dans ce trou ? demanda-t-elle en levant son poing de turc.

– Mais... je ne t'ai pas demandé de me suivre ! protesta Cosmo, complètement désarçonné.

– C'est dément ! continua Pearl, hors d'elle. Comment as-tu pu me faire ça, Cosmo ? Mme Wolski doit penser que je suis morte ! D'ailleurs, c'est un miracle que je sois encore vivante. Ils voulaient me hacher !

– Mais qu'est-ce que tu racontes ? dit-il en essayant de la prendre dans ses bras.

Elle le repoussa.

– Oh, allez, Cosmo... Tu t'es servi de moi ! Tu n'es qu'un sale égoïste ! Cosmo la regardait s'agiter, abasourdi. Vraiment, j'aurais mieux fait de me casser la jambe le jour où je t'ai rencontré.

Ils entendirent une petite voix venir du sol.

– Dépêchez-vous, dépêchez-vous, la Reine Blanche va éclater !

Alors qu'ils baissaient le visage de concert ils aperçurent Oxymoron, de la taille d'une souris, qui gigotait dans le sable pour capter leur attention.

Pearl se baissa et le prit dans ses mains.

– Oxymoron, qu'est-ce qui t'est arrivé ? lui demanda-t-elle, soulevant le minuscule guide jusqu'à son visage.

– J'ai rétréci. Vous êtes trop lourds. Mais ma taille importe peu, il faut vous dépêcher, la Reine Blanche va éclater, c'est vous qui l'avez dit, Princesse !

– Blanche va quoi ? demanda Cosmo, incrédule.

– Oui, figure-toi, TA Reine va éclater, et c'est moi qui vais porter le chapeau et me faire hacher menu, répondit Pearl. Cette espèce de chimiste cinglé va la faire exploser avec son gâteau de malheur, le rêve avec, l'imagination avec, et ils ont précisé qu'il n'y aurait plus de retour possible ! PLUS LE MOINDRE RETOUR POSSIBLE !

Cette fois-ci, Pearl s'écroula dans les bras de Cosmo.

– Où est la Reine Blanche, Oxy ? demanda-t-il, frappé par l'urgence de la situation.

– Je n'en sais rien, maître, s'époumona le petit guide qui venait de retomber à terre. Peut-être que la Princesse peut interroger un de ses mouchoirs à mirages, si je peux me permettre.

Cosmo, reprenant ses esprits, plongea sa main dans la poche de Pearl, prit un morceau de tissu satiné et le jeta en l'air.

Un bouquet de cerfs-volants apparut quelques dunes plus loin.

– Allons-y, ordonna-t-il avec autorité.

Les voiles multicolores flottaient au vent, arrimées à de grandes nacelles d'or à la manière des montgolfières.

Un type avec un casque d'aviateur qui ressemblait au croisement d'un général et d'un chameau, le poitrail couvert de médailles, ronflait, assis à un guichet où l'on pouvait lire sur un panneau : CAMP DE LA REINE BLANCHE – ALLER SIMPLE.

– *Maaagnificus*, fit Oxymoron, reprenant du coup quelques centimètres.

Cosmo prit le guide – qui n'était toujours pas plus haut que trois pommes – dans ses mains et le tendit à Pearl.

– Mets-le dans ta poche, il y sera plus en sécurité. On ne voudrait pas qu'il tombe quand on sera dans les airs.

Elle enveloppa le minuscule Oxymoron entre ses deux derniers mouchoirs à mirages, et l'installa dans les replis de sa veste.

Le chercheur de choses prit sa Princesse par la main et courut jusqu'aux cerfs-volants. Ils passèrent le pilote endormi et montèrent dans la nacelle. Cosmo s'empressa de larguer les amarres.

Les cerfs-volants s'élevèrent dans l'azur.

*

L'Ultime Soufflé était en route.

La Reine du Cauchemar était bouleversée. L'heure tant attendue du pouvoir absolu devenait soudain une réalité palpable, elle pourrait dans quelques tours de cerceau embrasser sa gloire et savourer les fruits de siècles de patience.

Avant tout, elle souhaita féliciter Sosigène en bonne et due forme. Schadenfreud étant parti malmener la Lulibérine avant de la lui ramener, elle pouvait enfin profiter d'un moment d'intimité avec son petit génie, comme elle l'appelait affectueusement.

Noire avait une manière très personnelle d'exprimer les sentiments qui l'attiraient irrésistiblement vers Sosigène. Elle transformait régulièrement son affection pour lui en séances de tortures qui reléguaient le marquis de Sade au rang d'un enfant de chœur.

La Reine sentit l'inspiration amoureuse la submerger. Mutilation, suffocation, écartèlement ? Comment allait-elle aujourd'hui imposer son empreinte physique à son protégé ? Quel vice insoupçonné allait jaillir de son cœur pour créer la nouveauté ?

Alors qu'une myriade de possibilités défilaient dans son cerveau, elle sentit une fièvre roborative prendre possession de son être entier.

Sosigène ne tarda pas à sentir la température monter dans la pièce. Il s'agenouilla, indolent, pour signifier sa soumission à sa souveraine.

Dès que le Grand Chambellan eut quitté les lieux, Noire s'empressa de pendre l'objet de son affection par les pieds et le coinça en sandwich entre une double planche à clous verticale, en ayant pris soin de laisser son visage dégagé. Elle s'en approcha, caressa ses pommettes saillantes à l'aide d'une plume de vautour, puis, quand elle put voir les veines de ses tempes se gonfler de sang, elle lui écartela la bouche aussi largement que possible et lui arracha lentement les molaires, une à une, afin de lui manifester toute sa tendresse.

Au moment même où il allait s'évanouir, elle le redescendit pieds sur terre, exsangue, pantelant et fasciné, pour déguster avec elle les dents sanguinolentes.

Ce fut un grand moment de communion. L'intensité de cette célébration spontanée fut malheureusement interrompue par de violents coups de sonnette.

Schadenfreud s'annonça à l'interphone.

– Que nous veut ce sinistre crétin ? s'irrita Noire, frustrée de mettre déjà fin à cette savoureuse parenthèse.

Le Grand Chambellan fit son entrée dans la Salle Gorgone.

– J'espère que tu as une bonne raison de nous déranger, éructa-t-elle, le mitraillant du regard.

Quand il vit le sourire édenté et l'air béat de Sosigène, lorsqu'il perçut la fièvre qui jaillissait des yeux de Noire, Schadenfreud prit soudain conscience du lien puissant qui était en train de se tisser entre la souveraine et le Grand Tchimir. Un indicible sentiment de jalousie, la crainte de perdre son pouvoir se mêlèrent à la peur qu'il avait d'annoncer l'évasion de la princesse.

Le Grand Chambellan était encore plus blême que d'ordinaire. Ses lèvres violacées vibraient, ses yeux de fouine tressaillaient, secoués par des tics inhabituels. Il s'aplatit par terre. Noire et Sosigène échangèrent un regard interrogatif. Son grand corps prostré se mit à trembler, trahissant son immense détresse.

– La Lulibérine s'est échappée, Votre Altesse, murmura-t-il, s'étranglant d'émotion.

La Reine rugit. Sosigène en avala une dent. Un éclair électrifia la pièce.

– Relève-toi, inénarrable cloporte !

Schadenfreud s'exécuta courageusement.

– Cosmo l'a enlevée.

– Cosmo ? Le fouineur de choses ? Ce vide-ordures est revenu ?

– Oui, Votre Méchanceté.

La Reine Noire rugit de plus belle. Un orage de bave macula le Grand Chambellan. Sosigène se lova aux pieds de la souveraine et lui lécha la voûte plantaire pour la calmer.

– Votre Tyrannique Immondice, ne laissez pas la fureur l'emporter sur l'urgence, je vous en conjure. L'heure de votre souveraineté absolue est proche. La disparition de Blanche est imminente. Le décompte a commencé.

Il appuya sur le transmetteur qui le reliait à son centre d'opérations et augmenta le volume. Il ne restait plus que quelques centaines de tours de cerceau avant l'explosion.

Le visage de Noire s'illumina quand elle entendit les nombres décroître dans le haut-parleur de poche de son génial protégé.

– Calmez-vous, ma Reine, il ne faut pas laisser une vulgaire Lulibérine vous distraire de votre stratégie hégémonique.

La souveraine tendit sa longue main décharnée vers le crâne de Sosigène et le tapota affectueusement.

– Soit. Tu es la voix de la sagesse. Que me suggères-tu ?

– Je propose que vous lanciez l'alerte rouge, fit le Grand Tchimir avec un sourire édenté, pendant que Schadenfreud envoie ses guerriers aux trousses de l'intruse.

Schadenfreud ne réussit plus à contenir sa haine. Il explosa.

– Occupe-toi de tes mouches et de tes recettes de cuisine, tu es Grand Tchimir, et pas Grand Chambellan, à ce que je sache ! De quel droit te permets-tu de suggérer des initiatives d'ordre stratégique ?

– Mais parce que je le lui ai demandé, face de raie, répondit la Reine avec un calme ne présageant rien de bon.

Sosigène lui adressa un sourire angélique et asséna un regard plein de sarcasme à Schadenfreud qui souffrit en silence.

– Schadenfreud, ton incapacité dépasse les bornes, nous réglerons ça ultérieurement.

– Mais Votre Altesse...

– Ferme-la, pycnocarpe, tu es bon à rien. Si tu ne veux pas être dégradé immédiatement, exécute donc les propositions de mon petit Sosigène, et pronto ! Lance le niveau d'alerte maximum. Je veux que toutes les unités spéciales soient en faction. Barrages, manchettes à gogo, combats de rue, cataclysmes, la totale. Ma guerre civile a commencé. Va immédiatement au temple retrouver l'oracle Robert et ordonne-lui de localiser illico cette ridicule Princesse. Nous nous occupons du reste, n'est-ce pas, mon petit cloporte ?

Bien que le Grand Chambellan fulminât de jalousie, il parvint à garder son sang-froid.

– Et Cosmo, Votre Illustre Cruauté ? ajouta-t-il pour avoir l'air de ne pas perdre le nord.

– Bonne question. Voilà une mission dont tu peux t'occuper. Que tes sbires le dépècent dès qu'ils auront mis la main dessus. Et qu'on accroche ses morceaux à la Princesse, elle sera ravissante avec une traîne de chair et d'os.

– Nous vous les ramènerons hachés, en lamelles, en dés,

en brochettes, Votre Méchanceté ! fit Schadenfreud. Mon honneur est en jeu.

– Ta vie, batracien. Je te donne cent mille tours de cerceau pour les présenter au peuple sur la place publique, pas un de plus, conclut-elle avec un calme glacial.

Pour témoigner sa gratitude, elle balança un coup de pied dans les joues douloureuses de Sosigène, qui en cracha une canine. Il se prosterna à ses pieds avec dévotion.

– Sosigène, mon petit chéri, retourne au laboratoire, va donc perfectionner les corrupteurs cellulaires, qu'on puisse les envoyer dans le Beau Monde dès que cette bouffonnerie aura pris fin. Laissez-moi seule !

Schadenfreud et Sosigène quittèrent le palais en multipliant les courbettes.

– Tu ne perds rien pour attendre, fit Schadenfreud entre ses dents, avant de disparaître dans un grand mouvement de cape.

*

Ce court voyage dans les airs avait permis à Pearl et Cosmo de retrouver leur calme ainsi que de se retrouver l'un l'autre.

Dans d'autres circonstances, c'eût été une expérience divine. L'air caressait leurs peaux émues, les voiles multicolores des cerfs-volants fendaient l'azur, le soleil rose se dessinait derrière quelques nuages parfaits. Ils ne parlèrent pas pendant de longues minutes, submergés par le bonheur d'être l'un contre l'autre.

Après mille baisers tendres, Cosmo décrivit à sa bien-aimée les paysages qui auraient défilé jadis sous leur nacelle. Des forêts de haricots géants aux reflets bleutés s'élevaient jusqu'aux nuages. On y trouvait des sources tropicales où les nénuphars étaient tellement accueillants qu'on pouvait y construire des maisons entières, des jardins volants habités de papillons-poètes, des élevages de roses sans épines aux parfums d'ivresse.

Oxymoron, qui avait presque atteint sa taille initiale, interrompit ces réminiscences bucoliques d'un cri de joie :

– Camp de la Reine Blanche à bâbord !

Cosmo ne put s'empêcher d'embrasser les lèvres satinées de sa Princesse une dernière fois. Les amoureux se penchèrent et découvrirent une vision extraordinaire : une tente scintillante de la taille d'un palais, accrochée à des colonnes de sucre d'orge, entourée de feux d'artifice, se dressait au beau milieu du désert mordoré.

Les cerfs-volants entamèrent un virage vers le terrain d'atterrissage, où étaient parquées la Montgolfière Royale et d'immenses bulles de savon miroitantes, principal mode de transport de la cour. Des banderoles multicolores hissées sur des mâts de cocagne annonçaient : BIENVENUE AU PALAIS DU DESSERT.

Alors que les trois voyageurs posaient enfin le pied à terre, des bouffons corpulents en costume d'apparat les accueillirent de cascades de rires et d'acrobaties maladroites.

Un joyeux brouhaha et une musique guillerette jaillissaient de la tente, à l'entrée de laquelle on pouvait apercevoir musiciens et danseurs s'agiter en cadence. Pearl,

Cosmo et Oxymoron, anxieux, s'empressèrent à l'intérieur du Palais d'exil.

Le chercheur de choses fut rassuré quand il vit sa Reine, énorme et imposante, dominer de sa grande taille le banquet gargantuesque qui réunissait sa cour.

L'Ultime Soufflé n'avait pas encore frappé. Blanche, tout comme ses nombreux courtisans, était en vie, et en pleines formes. Tous les morceaux étaient là, aussi gras fussent-ils ! Cosmo fut si réconforté de la voir entière qu'il lui fallut quelques instants pour réaliser à quel point son apparence avait changé : la Reine du Rêve, dont le physique de grande poupée de porcelaine était jadis ravissant, s'était métamorphosée de manière alarmante, gonflée comme un ballon. Sa jolie bouche en cœur parfaitement dessinée semblait être avalée par ses joues dont la peau, tendue et rebondie, brillait comme un phare, surplombant d'énormes épaules de lait et un décolleté aux formes mafflues évoquant deux collines enneigées prêtes à engloutir les plus aventureux.

Il n'y avait pas que la Reine qui atteignait des records de grosseur. Tous les courtisans présents, tous les danseurs, musiciens, soubrettes, maîtres d'hôtel, bardes et magiciens semblaient avoir été choisis pour leur corpulence et leur capacité d'ingurgitation. Un certain nombre d'entre eux, alanguis au beau milieu des tables recouvertes de délices et de pâtisseries de toutes sortes, se roulaient littéralement dans la crème ou léchaient mutuellement leurs vastes flancs dans de grands éclats de rire.

Pearl observait cette outrancière débauche de gourmandise, partagée entre la surprise, l'écœurement, et le sentiment de bonne humeur contagieuse que dégageait l'assemblée. La goinfrerie générale gardait malgré tout un aspect bon vivant, ludique et généreux. Une gaieté irrésistible vous prenait par les tripes dès que vous aviez posé un pied dans le royaume de Blanche. Un sentiment de chaleur clownesque, de convivialité ivre, s'infusait en vous comme s'il eût été un élément chimique propre à l'air qu'on respirait sous la tente.

Blanche trônait au milieu de sa société gourmande.

Pearl trouva cette grosse géante adorable, bien que d'un aspect assez peu solennel pour une Reine. Plus imposante et encore plus grande que sa sœur, elle portait un corset de nuages laissant à nu ses énormes épaules luisantes et une magnifique robe qui semblait taillée dans des cascades d'eau fraîche. Les pans irisés dégringolaient comme des vagues à ses pieds. Une toute petite couronne d'étoiles était posée de guingois au faîte d'un imposant chignon de boucles argentées. Son regard d'ange dominait son visage rebondi, ses longs cils d'argent papillonnaient gaiement. Elle dégageait un magnétisme hypnotisant qui transmettait instantanément une envie de rire, de danser, de se jeter avec bonheur dans les bras de son voisin. C'est d'ailleurs plus ou moins ce que faisait l'assemblée réunie à ses pieds, autour de la table déployée de part et d'autre de la souveraine. Danses endiablées et cascades de rires orchestrées par des bouffons joufflus soufflant dans des instruments ressemblant à des cornemuses donnaient le ton de ce goûter charivarique.

Visiblement, malgré l'intoxication profonde dont elle était victime, Blanche n'avait pas oublié les bases de son éducation. Le tragique, quel qu'il fût, n'avait aucune prise sur elle. Dès qu'il pointait le bout de son nez, elle s'employait à le contrer dans la joie. Depuis sa plus tendre enfance, la Reine des Rêves avait montré un talent pour la fête et les plaisirs. Au départ, cette manière d'être ne relevait ni de la naïveté ni de l'insouciance. Au contraire, Blanche était tout à fait consciente que la légèreté qu'elle insufflait au monde constituait une force inédite, un outil extrêmement précieux capable de dynamiter les pires noirceurs. Tout ce que la souveraine avait jamais construit, ou inspiré, était conçu pour s'arracher à l'emprise de la souffrance.

Les substances qu'elle ingurgitait depuis des mois à son insu, grâce à la malveillance de sa sœur et aux talents de Sosigène, lui avaient malheureusement fait perdre ses buts, mais visiblement pas ses moyens : elle avait fabriqué dans ce microcosme une atmosphère de gaieté si puissante que Cosmo en eut les larmes aux yeux. Quel gâchis, pensa-t-il. Tous les talents de Blanche étaient maintenant pervertis par ses sens déboussolés, réduits à satisfaire cette société de compulsion gourmande. Sa cour ne pensait plus qu'à consommer en vase clos. On n'inventait plus des délices pour inspirer les autres, on s'en goinfrait névrotiquement.

Cosmo chassa ses réflexions philosophiques et se concentra sur l'action. Il fallait leur faire entendre raison.

Le visage de Blanche s'éclaira d'un sourire rayonnant quand elle vit arriver Pearl, Cosmo et Oxymoron. Elle en lâcha son goûter et se mit à applaudir.

– Oooooh ! *Benvenuta, benvenuta !* J'ai entendu vos divins violons, Princesse. Quel bonheur ! Quelle surprise ! je suis si heureuse de voir une Lulibérine de retour dans mon royaume !

Les courtisanes qui s'affairaient à ses pieds se dégagèrent pour laisser approcher les nouveaux venus. La grosse Reine était occupée à lancer d'énormes parts de gâteau dans le gosier des courtisans maladroits qui se pressaient autour d'elle pour gagner le concours de délices. Chaque fois qu'elle ratait sa cible, elle éclatait de rire. Pearl arriva à ses pieds. Elle intercepta la friandise dégoulinante de crème juste avant que celle-ci eût atteint la bouche ouverte d'une courtisane à la peau rose bonbon.

Toute l'activité s'arrêta.

Blanche considéra Pearl avec circonspection, interloquée par tant d'audace. Elle marqua une hésitation, sourit, puis applaudit à tout rompre.

– Joli coup, Princesse. Magnifique ! Prenez-en de la graine, continua-t-elle à l'endroit de ses courtisans, c'est exceptionnel ! Je suis charmée de voir que le désir peut encore engendrer la précision, la justesse... ou serait-ce l'envie, tout simplement ?

Elle pouffa joyeusement, applaudit de nouveau.

Tous les courtisans l'imitèrent, battant des mains dans une clameur assourdissante.

– Majesté, fit Cosmo, tentant de prendre la parole.

Blanche ne l'entendit pas, trop occupée à engouffrer quelques religieuses au chocolat attrapées au vol.

– Écoutez, mon chou, je ne vous trouve pas bien épaisse pour une championne de l'attrapage de tarte, reprit-elle à l'attention de Pearl. Vous avez du chemin à faire pour ce qui est des centimètres !

Elle dessina une ligne horizontale le long de sa ceinture pour illustrer ses paroles. Sa circonférence était impressionnante.

– Mais oui ! Tour de taille, tour de joue, tour de doigt, tour de cœur ! Le tour doit être généreux ! Dora, je vous en prie, régalez donc nos invités, ils en ont grand besoin !

– Votre Altesse, reprit Cosmo, un ton plus haut. Vous êtes en danger, il faut mettre fin immédiatement aux festivités.

Dora arriva aux pieds de la Reine, suivie de deux serviteurs portant un immense plateau d'argent. Ceux-ci aboyèrent de concert :

– L'Ultime Soufflé !

Le chercheur de choses reconnut avec horreur le gâteau dévastateur de Sosigène. Les sulfureux étages de crème bleu tormentille étaient déjà passablement entamés.

– Par Hermès ! s'écria-t-il avec horreur.

– Qui a mangé de ce gâteau ? s'enquit Pearl d'une voix autoritaire.

Des mains se levèrent autour de la pièce, suivies de gloussements d'appréciation.

– Pas moi ! fit Blanche d'une petite voix fluette. Je gardais ce rarissime et délicat cadeau de ma sœur pour la fin. À dire vrai, j'en suis tout émue.

La Reine s'éventa le visage.

La musique et le brouhaha cessèrent d'un coup d'un seul. Une larme de joie roula sur ses joues. Blanche ouvrit sa bouche en cœur et se mit à chanter une mélodie de son invention avec une voix de sirène.

Un petit courtisan replet tout de dentelle vêtu grimpa le long de ses jupes, s'apprêtant à lui servir son redoutable destin sur un plateau d'argent.

– ARRÊTEZ !!! hurla Cosmo.

Blanche, surprise, laissa tomber sa part de gâteau qui s'écrasa mollement dans la bouche de son serviteur.

– Pardon ?! fit-elle, le regard interrogatif.

– Majesté, arrêtez de manger, tout de suite !

La Reine des Rêves dodelina de la tête, se lécha les babines et claqua des doigts pour commander un nouveau service.

– Mais mon enfant, il faut que je garde ma ligne ! dit-elle avant d'éclater d'un rire gargantuesque.

Les courtisans du banquet, ingérables, se mirent à frapper leurs cuillers sur leurs assiettes d'argent, puis s'enfoncèrent les uns les autres au fond du gosier d'énormes cuillerées de l'effroyable pâtisserie.

Bien que le tintamarre lui vrillât les tympans, Pearl trouva la force de se ruer sur un couple alangui dont le mâle inconscient léchait avec volupté la crème dégoulinante qu'il avait étalée sur les joues de sa compagne.

– Écoutez-moi, Majesté, insista Cosmo.

– Ah, mon chou, n'insistez pas !

Pearl et Oxymoron, consternés, tentaient d'arracher les plats de gâteau bleu que se passaient les convives. Nul ne les prenait au sérieux. Un courtisan à rayures entreprit de les chatouiller à l'aide d'une plume, un autre leur versa des coupes d'hydromel en trinquant vers le ciel.

– ARRÊTEZ !! hurla Cosmo. Vous êtes tous en danger !

Son ton dut soudain être convaincant, car les musiciens cessèrent de jouer. La Reine jeta un œil plein de convoitise à sa part de gâteau, fit la moue, dévisagea Cosmo, puis son visage se décomposa subitement.

Cosmo suivit la direction du regard de Blanche et découvrit avec horreur une courtisane couleur pistache dont le ventre déjà énorme était en train d'enfler comme une baudruche.

– ATTENTION, ÇA VA PÉTER ! hurla Oxymoron avant de se jeter sous la table.

La courtisane explosa comme un ballon. Des morceaux de gâteau volèrent dans tous les sens – à moins que ce ne fût des lambeaux de la pauvre victime. Les convives se mirent à hurler de terreur.

Cosmo dégringola l'échelle qu'il avait gravie pour s'adresser à Blanche et se jeta sur Pearl. Il la plaqua au sol et la prit dans ses bras pour la protéger.

Alors qu'une deuxième, puis une troisième courtisane gonflaient à leur tour comme des montgolfières, les convives paniqués plongèrent sous les tables et se mirent à courir dans tous les sens, en proie à une panique indescriptible. Blanche poussait des petits cris, paralysée, le visage enfermé dans ses grosses mains tremblantes.

Une terrifiante explosion en rafale s'ensuivit.

Les pauvres mangeurs de soufflé éclatant les uns après les autres furent propulsés comme des peaux de ballons déchirés à travers la tente. Quelques gros corps décapités décrivaient des cercles désordonnés. Des pieds, des mains, toutes sortes de morceaux solitaires vacillaient dans le sable.

Quand elle rouvrit finalement les yeux, la Reine s'étala de tout son long, terrassée par la peur et la désolation, incapable de supporter la terrible vision de sa cour dévastée.

La grande explosion

Noire jubilait, vissée à ses écrans de contrôle.Ses services avaient organisé la retransmission de la destruction de la Reine du Rêve en quatrième vitesse. Un ballon-sonde armé de capteurs s'était rapproché de son Palais d'exil pour en enregistrer le moindre mouvement. Le dispositif atteignit le camp de Blanche peu de temps avant l'explosion. Celui-ci était à plusieurs centaines de mètres du site quand il fut dépassé par un cerf-volant à grande allure.

La Reine Noire eut l'inattendu plaisir d'y apercevoir Cosmo le fouineur et sa pathétique Princesse, par écran interposé. Elle les vit, petites fourmis galopantes, atterrir puis entrer dans le Palais du Dessert, quelques tours de cerceau avant le divin accident.

Elle ne put réprimer un cri d'extase : ils se jetaient dans la gueule du loup comme des bleus !

Peu après, elle entendit une monstrueuse déflagration et la tente fut secouée par ce qu'elle devina être une tempête de projectiles, des lambeaux de créatures fusant dans tous les sens, propulsés par l'explosion. Elle imagina avec délectation le cataclysme spectaculaire qui ravageait le banquet.

L'image du visage joufflu de sa sœur se dilatant puis se déchirant en mille morceaux s'installa en boucle sur son écran mental. Elle secoua la tête comme on le fait pour se débarrasser d'un insecte qui s'est empêtré dans ses cheveux. La vision ne partait pas, tenace, surréaliste, aussi jubilatoire que douloureuse. Son cœur fut pris en tenaille, partagé entre l'indicible plaisir de la vengeance tant désirée, la perfection cauchemardesque de cet immonde fratricide, et l'inévitable douleur de la disparition de Blanche. Ses émotions se livraient un combat féroce, une satisfaction personnelle plus forte qu'un orgasme l'infiltrant par tous les pores, traversant son corps comme un grand vent, et un violent coup de couteau dans le dos concrétisant la perte irréversible de sa sœur.

L'orgasme finit par prendre le dessus.

Vengeance et plaisir de destruction la submergèrent.

Elle rugit comme un lion alors que l'image mentale de Blanche, véritable boursouflure, explosait violemment, comme un adieu irréversible.

Elle n'était plus.

Toutes ses intuitions les plus profondes convergèrent vers cette ultime conclusion, créant un puissant feu d'artifice dans son for intérieur : elle était convaincue que sa sœur avait bel et bien disparu.

Les cris de terreur et les quelques survivants boursouflés jusqu'à la caricature qui quittèrent le Palais d'exil en courant dans le désert comme des poulets sans tête confirmèrent pour elle la réussite du formidable plan fomenté par Sosigène.

Noire eut un moment d'abandon : elle s'effondra, tous ses nerfs lâchant comme la corde d'un arc eût pu se briser après avoir été tendue pendant trop longtemps. Elle gisait sur le sol de marbre glacial de sa salle d'observation, ses yeux hagards fixant sur ses écrans l'image de la tente du désert, maintenant immobile comme un linceul.

Il lui fallut un moment pour se relever.

Quand elle se déplia enfin pour atteindre sa hauteur habituelle, elle eut le sentiment euphorisant qu'une nouvelle vie commençait pour elle. Soudain investie d'un sang plus froid que jamais, elle rassembla ses pouvoirs et décida de lancer toutes ses stratégies sur-le-champ. Un frisson lui parcourut l'échine : l'ère du cauchemar avait véritablement commencé.

Plus que jamais, Noire devait faire preuve de la qualité qu'elle avait tant louée : la réactivité.

La patience n'était plus de mise. Il fallait se montrer rapide et frapper sur tous les fronts à la fois afin que l'harmonie universelle s'écroule comme un château de cartes. L'heure était venue de prouver aux mondes, à tous les mondes, l'incontournable omnipotence de la Reine du Cauchemar.

L'état d'alerte rouge était déjà en place. Noire déclencha ce qu'elle jugeait être la plus importante mesure à prendre, d'un point de vue local, à savoir une campagne médiatique tonitruante afin que l'insupportable nouvelle paralyse la population de Terra Somnia.

La Reine convoqua les sœurs Bile et les éleva au rang de porte-parole du gouvernement. Cette initiative se montra immédiatement payante. Les siamoises furent transcendées par le geste inattendu de leur souveraine et élaborèrent en un clin d'œil une stratégie machiavélique, étayée sur le fait indiscutable de la présence de la Lulibérine lors de l'explosion de la Reine du Rêve. Elles proposèrent une extrapolation mensongère qui renforcerait sans aucun doute la détresse générale due à la disparition de Blanche, ajoutant ainsi l'outrage à l'opprobre : la Lulibérine était une traîtresse impénitente qui n'avait rejoint le royaume que dans l'ignoble but de mettre fin aux jours de la Reine du Rêve. Elles feraient immédiatement gonfler l'insoutenable rumeur.

– Excellent, se réjouit Noire. Je doute que cette péronnelle ait échappé au carnage, mais quoi qu'il en soit, nous allons mettre sa tête à prix immédiatement, ainsi que celle de Cosmo.

– Si je peux me permettre, ajouta Bile de gauche, la plus maligne, avec un petit sourire en coin, il me semblerait judicieux de manipuler le public plus subtilement en érigeant le chercheur de choses en victime.

– Expliquez votre pensée, fit la Reine.

– Il jouit d'une popularité particulière auprès des Terra-Somniens, due à ses nobles qualités de justice et de générosité. Il faut faire de la princesse Pearl un exemple de perversité. S'il s'avérait que la Lulibérine avait profité de la fébrilité de son chevalier servant pour le séduire et le rallier à sa cause, à savoir la destruction pure et simple de la Reine du Rêve, elle s'attirerait immédiatement la haine de la population. Qui plus est, tout un chacun sait qu'aucun mâle normalement constitué ne peut résister aux avances d'une Coronaria. La passion devenant alors un mensonge au service de la destruction, elle serait rejetée de tous.

– Vous avez peut-être raison.

– J'en mets mon honneur en jeu, Votre Divine Méchanceté.

La nouvelle explosa comme une bombe. Hypnopompia, frappée par l'effroi, la perte et la trahison de ses valeurs, s'effondra en un clin d'œil.

Le royaume entier, terrassé par le chagrin, devint un territoire fantôme peuplé de pauvres hères privés du peu d'énergie qui leur restait, laissant la voie libre à la stratégie de Noire. La souveraine mit en route tous ses plans d'un seul coup d'un seul : répression locale absolue et infestation massive des autres mondes par le cauchemar.

*

Contrairement aux certitudes de Noire et à la campagne de désinformation qui avait soufflé sur Terra Somnia comme un ouragan, Blanche n'avait pas explosé. La Reine était toujours en vie. Certes, allongée au sol comme un gros phoque évanoui, sa petite bouche béante appelant l'oxygène qui lui faisait défaut, mais toujours en vie.

Cosmo, Pearl et Oxymoron, ainsi que les rares courtisans qui avaient échappé au désastre, tentèrent par tous les moyens de la réanimer mais ils n'y parvinrent pas. Blanche se trouvait dans un état de coma haletant. L'air parvenait avec difficulté dans ses poumons et ses paupières refusaient de s'ouvrir, bien qu'Oxy ait copieusement tiré sur ses longs cils dans le but de lui faire revoir le jour.

Le spectacle sous la tente était désolant. Hiroshima au pays de cocagne. Les explosions avaient pris fin, mais le sol était jonché de débris multicolores. Il était difficile de dire s'il s'agissait d'intestins remplis de crème, d'organes déchiquetés ou de cadavres de pâtisseries gisant de part et d'autre.

Les yeux de Pearl s'emplirent de larmes quand elle vit un petit garçon obèse sortir du dessous d'une des tables de banquet et courir en pleurs autour de la tente, répétant d'une voix désespérée :

– Dora, Dora, où es-tu ?

Le courtisan désorienté escalada la Reine échouée comme une baleine, fouillant ses jupes irisées et son corsage en nuage à la recherche de sa compagne.

– Dora, mon amour, où es-tu passée ?

Cette triste escalade dut raviver les sens de Blanche car soudain, un torrent de larmes jaillit de ses paupières closes.

Cosmo prit le jeune garçon dans ses bras pour le réconforter.

Pearl s'approcha du visage de la Reine. Elle fut littéralement douchée par l'océan lacrymal qui s'en écoulait.

– Majesté, vous avez échappé à un terrible attentat. Votre sœur a tenté de se débarrasser de vous. Il faut que nous vous cachions jusqu'à nouvel ordre.

Blanche pleura de plus belle.

– Pouvez-vous vous lever, Votre Altesse ? demanda Oxymoron en soufflant doucement dans son oreille.

Elle sursauta, puis retomba de tout son poids comme une outre pleine de larmes.

Cosmo prit la direction des opérations. Il organisa plusieurs courtisans survivants et leur fit installer une des immenses nappes souillées de crème le long de la Reine.

Ils étaient une douzaine. Cela suffit à faire rouler la gigantesque masse corporelle de Blanche sur le morceau de tissu afin de s'en servir comme d'un harnais pour la tirer hors de la tente.

Par contre, une fois que la souveraine fut allongée sur la nappe, ils eurent un mal fou à la faire bouger d'un iota.

Pearl remit ses gants de peau de turc et prit l'affaire en main. Au soulagement de tout le monde, cette initiative fut un succès. La force que donnait cet accessoire magique ne servait pas qu'à frapper ! Pendant que la jeune femme tirait l'énorme fardeau tel un tracteur, le groupe de survivants l'aida en orientant la charge vers la sortie de la tente.

Oxymoron partit en éclaireur pour vérifier que la voie était libre. Il n'y avait plus de ballon-sonde à l'horizon, pas le moindre corbeau, ni aucune autre sorte d'oiseau de mauvais augure. Pas âme qui vive dans l'immense étendue du désert alentour. Les seules créatures présentes étaient des sans-coquille terrifiés qui avaient profondément plongé leur tête dans le sable depuis l'explosion, et ne l'en sortiraient pas avant de nombreux tours de cerceau.

– Toi qui connais le royaume dans ses moindres recoins, il faut que nous la cachions, dit Cosmo à Oxymoron.

Oxy jeta un regard circonspect à la Reine Blanche. On aurait dit un gigantesque poisson agonisant. Il fallait de l'espace pour dissimuler une pareille baleine. Il fit le tour du royaume dans sa tête, à la recherche de l'endroit idéal.

– Au Musée des Rêves, répondit-il en frétillant du doigt après quelques minutes de réflexion. Il est certes fermé depuis des lustres et bien des lurettes, cadenassé, enseveli, claquemuré, bétonné, mais si on parvient à y entrer, on y trouvera tout l'espace nécessaire.

– Allons-y, dit Cosmo sans la moindre hésitation. Nous devons partir avant l'arrivée des inspecteurs que Noire va forcément envoyer ici-bas pour constater les dégâts.

Dans un dernier effort, la petite troupe parvint à hisser leur Reine à bord de sa montgolfière, dont le ballon semblait avoir résisté à l'explosion.

Alors qu'Oxymoron se préparait au décollage et que Pearl tentait un dernier bouche-à-bouche pour réveiller Blanche, Cosmo monta dans les cordages pour s'adresser aux courtisans survivants.

– Maintenant, écoutez-moi bien. Je fais appel à votre courage, et au dévouement que vous portez à votre souveraine. Herr Schadenfreud et les sbires de la Reine Noire vont sans doute arriver bientôt. Attendez-les. Ne vous enfuyez pas. Dites-leur que Blanche a explosé. Ajoutez sans hésitation que nous nous sommes tous volatilisés. Proposez de témoigner, afin qu'ils ne vous fassent pas de mal. Mais surtout, ne dites en aucun cas que nous sommes partis avec la Reine. Cela équivaudrait à une haute trahison. Il en va du futur de Terra Somnia.

Les courtisans opinèrent du bonnet, faisant appel à toute la bravoure dont ils étaient capables.

Pearl proposa une stratégie à tenter avec ses derniers mouchoirs à mirages : peut-être auraient-ils le pouvoir de les rendre invisibles, afin de procéder à ce transfert en ballon en toute discrétion ?

Elle lança ses carrés de soie magique en l'air, et les courtisans virent la montgolfière, le petit guide, la grosse Reine alanguie et ses sauveurs s'effacer sous leurs yeux remplis de larmes, alors qu'ils s'élevaient en réalité vers le Musée des Rêves.

*

Apollon ne croyait pas un traître mot de la campagne de désinformation lancée par la Reine Noire : il savait pertinemment – même s'il était le seul, hormis Cosmo – que Pearl n'était pas une Lulibérine, mais une charmante jeune femme en provenance de New York que le destin avait jetée dans cette aventure. Cette partie reconnaissable du mensonge gouvernemental lui mit la puce à l'oreille et il ne put s'empêcher de croire que Blanche n'avait pas disparu. Ce « renversement de situation historique » n'était qu'un tissu de balivernes.

Le chef des résistants envoya quelques informateurs à la pêche aux renseignements, en dépêchant certains jusque dans le désert, mais ils rentrèrent bredouilles, la population ayant été muselée par l'état d'alerte rouge. L'armée de

Noire avait envahi les rues de Terra Somnia, sous prétexte de danger terroriste et d'éradication préventive de la passion, mettant en place barrages, passages à tabac et toute une nouvelle ligne de tortures et de manchettes-surprises. Les résistants ne pouvaient rien contre ce déploiement de force et de violence ; par contre, ils ne tardèrent pas à mettre en place un puissant bouche-à-oreille de contre-information, niant l'explosion de Blanche et réhabilitant la Lulibérine, qui s'infiltra à travers les murs jusque dans l'esprit de la population du Rêve barricadée à la vitesse d'un courant d'air.

Pendant que les effectifs de l'armée du cauchemar étaient multipliés, les inspecteurs enrôlant à tour de bras tous les traîtres et les lâches non avérés qui attendaient la première occasion pour basculer du côté du monstre, les résistants échauffaient les cerveaux disponibles pour les rallier à leur cause. Alors que les sbires de Noire poussaient les Terra-Somniens à la délation, lavaient les cerveaux, leur assénant en place publique les dogmes illustrant l'unilatéralité absolue du nouveau gouvernement, Apollon lançait de puissants chuchotements souterrains pour permettre à l'espoir de survivre.

Des peaux multicolores de courtisans déchiquetés, propulsées par la force de l'explosion jusqu'au ballon-sonde qui les avait rapatriés, furent exposées sur l'esplanade de l'ancien palais de Blanche comme autant de preuves du désastre et de la cruauté de la Lulibérine. Pour obtenir l'effet contraire et déstabiliser les esprits, Apollon fit jouer les Violons de la Passion, très doucement, comme une musique fantôme sur la Grand-Place.

Toute la Résistance se terra, avec un sens de l'organisation aussi remarquable qu'inhabituel, rendant ses membres introuvables, échappant à la Police de l'Alerte Rouge. Polo préparait une vague de contre-attaque, insufflait des messages de motivation à son réseau secret en espérant que leur désir serait assez puissant pour les faire resurgir à l'air libre en temps voulu. Il subodorait que Terra Somnia aurait plus que jamais besoin de cette force d'opposition pour faire face à la gravité des manigances de Noire.

*

Installée sur le trône qui lui était réservé dans le bureau de Sosigène, la Reine du Cauchemar écoutait avec attention le compte rendu de son protégé, flanquée de Schadenfreud dont la présence était indispensable afin qu'il puisse exécuter sur-le-champ toute action nécessaire au bon développement des opérations.

– J'ai repris notre chantier où nous l'avons laissé : le terrain onirique de l'homme a été préparé, grâce à notre première campagne de mouches, mutilé ici et là, un peu comme un champ de mines avant l'attaque finale. Les nouveaux insectes ont une puissance d'infestation multipliée par des millions. La portée de ce nouvel assaut sera ABSOLUE, grâce à l'effet domino de la nouvelle épidémie.

À l'évocation du mot absolu, les yeux perfides de Noire s'enflammèrent d'un éclat si torride que Sosigène dut faire un effort surhumain pour rester concentré. Il continua :

– Dans un premier temps, ils cesseront tous, je dis bien tous, de rêver. Qu'il s'agisse de rêve ou de cauchemar.

Toute fonction onirique disparaîtra. Pendant cette courte période d'abstinence, d'impuissance dirais-je, je propose que vos services d'oracles, sous la houlette de Robert, annihilent de manière radicale toute l'histoire de l'inconscient collectif afin qu'il ne puisse plus jamais resurgir. Il ne faut pas seulement effacer la mémoire des sociétés occidentales, même si elles sont aujourd'hui le berceau de l'invention humaine. Il faut s'attaquer à l'intégralité du Beau Monde. Nous savons, Votre Terrible Méchanceté, que le bagage onirique que vous et votre sœur avez créé à l'usage des hommes fait partie intégrante de l'inconscient collectif, se transmettant de génération en génération, probablement par le biais des gènes. Que le rêveur soit cultivé ou analphabète, intelligent ou stupide, primitif ou sophistiqué, les associations « historiques » puisées dans l'inconscient collectif sont le lien entre l'univers rationnel de la conscience et le monde de l'instinct qui leur permet d'avancer. Par contre, l'oubli fait partie du processus psychique de l'homme. L'homme oublie, faute de souffrir d'une conscience encombrée. Il faut profiter de ce phénomène de cryptomnésie, et compléter l'action des mouches en effaçant toute trace des archétypes du rêve imprimés dans leurs gènes depuis la nuit des temps.

– Passionnant, répondit Noire. Mais j'ai du mal à suivre, une fois leur fonction onirique devenue inopérante, ils seraient en proie au néant et non pas au cauchemar ! N'oubliez pas que notre but est l'ère du cauchemar.

– Absolument, insista Schadenfreud, feignant un air choqué, ne détournez pas les objectifs de la Reine !

Sosigène ignora le Grand Chambellan et continua son

exposé en l'émaillant de regards fougueux à l'endroit de Noire.

– Permettez-moi d'élaborer. Cette nouvelle attaque des mouches ne constituerait que la première phase de notre stratégie. La deuxième serait, Votre Exceptionnelle Méchanceté, porteuse de votre GÉNIE ! fit-il avec emphase.

Noire sourit, intriguée.

Sosigène ménagea une petite pause pour attiser sa curiosité.

Schadenfreud vacillait intérieurement. À sa haine s'ajouta un violent sentiment d'envie. Il attendait avec effroi la suite de la proposition du chimiste. Il le voyait venir. Son rival s'était visiblement emparé de son arme favorite, la flatterie, et s'en servait avec maestria, poussant la Reine dans les retranchements de son inventivité, transformant son incommensurable prétention en outil.

– Je m'explique, continua le Grand Tchimir. Une fois les hommes vidés de toute trace antérieure des grands mythes et des illuminations diverses et variées qui ont nourri et caractérisé leurs sociétés pendant des époques entières, nous leur enverrons une deuxième armada d'insectes porteurs de votre gloire : le Cauchemar Absolu ! Il vous faut concevoir une horreur qui aille au-delà de toute conception ultérieure et contrecarre l'ancestrale croyance selon laquelle le cauchemar de certains est le rêve des autres. Celui-ci sera total ! Un seul cauchemar pour tous, effaçant toute aspiration antérieure, et toute possibilité future.

Cette dernière phrase de son protégé résonna dans son for intérieur comme la promesse d'un destin tant attendu, la réalisation absolue d'elle-même dans toute sa grandeur. L'émotion l'envahit par tous les pores de sa peau bleutée. Bouleversée par l'ampleur du projet, par la magnificence de sa motivation, la Reine Noire bondit et leva ses grands bras décharnés vers les cieux d'encre qui dominaient les verrières du laboratoire.

Elle rugit. Un éclair déchira la voûte céleste.

Noire prit la main de Sosigène en silence, transperçant ses yeux minuscules d'un regard enfiévré.

– Félicitations, susurra-t-elle du bout des lèvres.

Elle se retourna alors vers Herr Schadenfreud qui bouillait de jalousie en silence.

– Face de raie, lui dit-elle avec son mépris habituel, je compte sur toi pour répondre à toutes les demandes de Sosigène.

Le Grand Chambellan acquiesça en s'agenouillant, bien qu'il fût ulcéré par le pouvoir qu'était en train d'acquérir cet imbécile de chimiste.

– Tout ce que vous voudrez, Votre Méchanceté, répondit-il hypocritement une main sur le cœur.

– Dorénavant, je te demanderai de te cantonner à l'exécution des ordres de Sosigène.

Schadenfreud s'étrangla.

– Mais, Votre Méchanceté, je ne comprends pas...

– C'est très simple, Schadenfreud, tu n'es plus Grand Chambellan. Enlève donc ta cape et tends-la à ton successeur. Sosigène est à partir d'aujourd'hui mon bras droit, en charge de la globalité de l'opération Cauchemar. Je te prie de lui céder ton titre avec élégance, et d'obéir à la moindre de ses demandes.

Noire cracha une salve de crapauds au visage consterné de son fidèle serviteur.

– Les plus grandes joies n'ont qu'un temps, face de raie. Dégage, et va donc t'occuper de museler la Résistance au lieu de me regarder avec tes yeux de merlan apathique.

Schadenfreud ôta la cape qu'il portait depuis des siècles et partit sans mot dire.

Sosigène ramassa le long manteau drapé au sol comme s'il prenait dans ses mains un trésor, et se jeta aux pieds de Noire pour lui baiser les orteils avec ferveur.

Elle se baissa pour lui tapoter le crâne affectueusement.

– Je serai dans le Cabinet Psychopompe jusqu'à nouvel ordre. Je te remercie, mon Sosigène, tu as ouvert la porte à mon génie, dit-elle avec émotion.

La Reine prit congé à grandes enjambées, consumée par l'impatience d'accoucher de l'Ultime Cauchemar.

Le Musée des Rêves

La Montgolfière Royale atterrit au-delà des dunes du Zéphyr.

Un brouillard épais s'était levé, enlevant le peu de logique qui restait à Pearl pour appréhender l'environnement.

Elle aperçut des coupoles d'or jaillissant du sable, fantomatiques, semblant flotter dans une mer de nuages.

Cosmo sauta du vaisseau en premier et s'en approcha.

Pearl le suivit. Il la prit par la main, sentant que la témérité de la jeune femme était en train de s'évanouir. Elle luttait contre l'épuisement. Son cerveau, anesthésié par tant d'incongruité, ne fonctionnait plus qu'au présent. Elle ne se demandait plus comment sortir de ce monde de fous, elle ne questionnait plus l'intégrité de Cosmo ou n'essayait plus de définir ce qui les liait. Non, Pearl rassemblait toutes les facultés qui lui restaient pour rester concentrée sur l'urgence : sauver l'énorme Reine, sauver le monde du rêve car, s'ils échouaient, il était évident qu'elle perdrait à tout jamais son propre chemin.

– Nous allons nous en sortir, lui murmura Cosmo en serrant sa main fermement.

Quand ils arrivèrent à quelques mètres des coupoles, Pearl se rendit compte qu'il s'agissait en fait du toit d'un bâtiment enseveli.

Elle se dirigea vers le portail, ou ce qu'il en restait : le vent avait soufflé une dune jusqu'à mi-hauteur, en rendant l'accès impossible. Sous les couches de sable on pouvait distinguer plusieurs épaisseurs de planches clouées sur la porte et de fils barbelés pour la condamner.

Une plaque de marbre bleutée, rongée par le temps et couverte de terre, surmontait l'entrée du bâtiment. Le niveau du sable était si haut qu'il suffit à Pearl de se hisser sur la pointe des pieds pour dégager du bout des doigts le frontispice.

La pierre était gravée de signes en volutes dans un alphabet qui lui était inconnu. Les formes d'inspiration hiéroglyphique, bien qu'abstraites, évoquaient des yeux, des étoiles, des serpents et des racines.

– Qu'est-ce que c'est ? demanda-t-elle à Cosmo.

– Notre alphabet ancien.

– Qu'est-ce que ça veut dire ?

– *Entre dans ce temple pour mieux connaître ton mystère.*

Pearl leva les yeux vers le haut du bâtiment. Il était surmonté par des coupoles d'or grignotées par la corrosion. Sur l'une d'elles flottait un pavillon marqué du sceau de la Reine Noire, à moitié déchiqueté, mais on pouvait tout de même y lire :

INTERDIT SOUS PEINE DE MUTILATION FATALE.

ENTRE DANS CE TEMPLE ET TU CONNAÎTRAS TON TRÉPAS.

Un frisson d'effroi lui parcourut l'échine mais elle n'en dit rien. Elle se retourna vers ses camarades.

Oxymoron dévalait la dune longeant le bâtiment vers l'ouest, à la recherche d'une autre entrée, tandis que Cosmo tentait de réveiller Blanche qui grommelait et hoquetait comme une orque frappée d'aérophagie.

La grosse Reine ouvrit une paupière, battit de ses longs cils pour mieux écarquiller son œil, puis le referma lourdement.

Oxy revint en sautillant gaiement.

– J'ai trouvé un passage ! annonça-t-il avec excitation en indiquant le bas de la pente.

Cosmo décida de dégonfler la montgolfière et de l'ensabler pour plus de discrétion, puis les trois larrons poussèrent la Reine afin qu'elle roule jusqu'à l'entrée du musée repérée par le guide.

Celle-ci s'avéra loin d'être idéale : il s'agissait d'un passage à nains. Fort confortable pour une douzaine de nanocréatures, envisageable pour une personne de taille normale, il devenait à peu près impraticable pour une Reine obèse.

– C'est la seule possibilité, fit Oxymoron, d'un air désolé. Je peux commencer à creuser !

– Préparons d'abord Blanche pour qu'elle prenne moins de place, suggéra Cosmo.

Ils enroulèrent sa grande robe autour de ses jambes pachydermiques à la manière d'un parapluie, puis lièrent le tout avec des cordages trouvés dans la nacelle. S'attelant à la tâche délicate de la pousser dans le tunnel, ils l'installèrent, jambes d'abord, dans l'étroit passage. La pauvre Reine ressemblait à un énorme saucisson. Ses hanches, même ficelées pour les réduire au maximum, ne passaient pas par l'ouverture. La difficulté de l'opération dut la réveiller car elle se remit à sangloter.

Oxy se mit à creuser de ses petites mains, imprimant à la terre qui la retenait un mouvement aussi rapide que celui d'une pelleteuse électrique. Pearl, inspirée par l'efficacité surprenante du nain, remit ses gants de turc pour se joindre à son effort.

– Un peu plus à droite, Oxy, fit Cosmo qui s'était improvisé chef de chantier. Pearl, équilibre le dos, elle est en train de basculer en avant.

Blanche descendit d'un cran, elle poussa un petit cri.

– On y arrive, encore un petit effort ! cria Cosmo pour motiver ses camarades.

La Reine, terrifiée, se mit alors à pleurer une véritable cascade de larmes. Cosmo s'assit sur ses épaules pour augmenter son poids.

La rivière lacrymale dut avoir un effet d'érosion sur les parois du passage qui s'écroula soudain, cédant sous la souveraine saucissonnée et ses serviteurs. Ils furent happés tous trois par le conduit, entamant une dégringolade digne des plus spectaculaires glissades de grand huit.

Blanche tomba plus vite que les autres, étant donné son poids exceptionnel. Quand ils arrivèrent en bas du passage, elle gisait sur le sol, évoquant un cachalot échoué sur une plage, frétillant dans ses cordages comme un poisson dans un filet.

Cosmo défit les ficelles qui la compressaient aussi vite qu'il put et roula la grosse Reine sur son dos.

Elle ouvrit les yeux et reconnut l'espace autour d'elle.

La vision de celui-ci lui arracha un sourire. Ils avaient atterri dans la nef, la majestueuse salle centrale de l'édifice aux extraordinaires plafonds en ogive dorés à l'or fin et constellés de poussière d'étoiles. La semi-obscurité était brisée par quelques rayons de lumière tombant de vitraux zénithaux à moitié obstrués par le sable.

Pearl s'avança timidement dans la pénombre. On devinait une foule d'objets aux contours curieux, des vitrines, sculptures et autres peintures empilés sous une dentelle de toiles d'araignées.

Cosmo fit de la place pour pouvoir installer la Reine.

Pearl l'aida à redresser le dos de l'énorme créature en l'appuyant contre un des larges piliers qui s'élevaient vers les toits.

Blanche était maintenant tout à fait réveillée. Ses yeux écarquillés semblaient remplis de panique.

– Calmez-vous, Majesté. Personne ne vous trouvera ici.

– Charlotte, éclair, baba... opéra, diplomate, consommé... Hydromel, choux à la crème..., répondit la Reine, visiblement en proie à un délire léger.

– Il faut que l'effet des drogues qu'elle a ingurgitées disparaisse. Elle a sans doute besoin de dormir, constata Cosmo.

Les larmes qui roulaient sur ses joues, à peu près aussi grosses que des défenses d'éléphant, se métamorphosaient en stalactites scintillantes dès qu'elles touchaient le sol.

Oxy en goûta une.

– C'est sucré, dit-il, plutôt ravi.

– Je m'imagine qu'elle est en train de se désintoxiquer, conclut Cosmo.

La reine continua à marmonner des phrases incohérentes. On entendait des bribes de mots entre les sanglots et les reniflements.

Pearl tendit l'oreille.

– Qu'est-ce qu'elle dit ? demanda Cosmo.

– C'est incroyable, je crois qu'elle parle en swahili, dit Pearl. Elle tendit l'oreille de nouveau. On dirait maintenant du tamachek. C'est la langue des nomades du désert.

– La Reine était très cultivée. Peut-être que sa mémoire se reconstitue.

Oxymoron, qui était parti en éclaireur, revint avec une immense tapisserie brodée de motifs tentaculaires et de petites étoiles. Il la déplia sur Blanche, qui soupira d'aise. Le petit guide l'enveloppa tendrement, glissant les pans de tissu sous elle.

Pearl se pencha vers l'extraordinaire couverture. Il s'agissait d'une représentation de l'arbre de la connaissance dont les branches grimpaient jusqu'à la voûte céleste, les fils couleur d'écorce se mêlant à ceux couleur d'étoile.

Blanche soupira bruyamment, comme une enfant qui s'endort. Oxymoron appuya sur ses paupières du bout du doigt : elle ne se réveilla pas.

– *Maaagnificus !* chuchota-t-il en s'éloignant sur la pointe des pieds et en faisant signe à Cosmo et Pearl de le suivre.

Quand ils furent assez loin pour qu'elle ne les entende

pas, Cosmo s'assit sur un tapis moelleux, se prit la tête dans les mains, puis s'adressa à Oxymoron avec gravité.

– Oxy, il faut absolument prévenir les membres de la Résistance que la Reine Blanche est saine et sauve. Va chez Apollon. Fais courir le bruit que la Passion est revenue et que Blanche prépare le retour du Rêve. Brouillons les pistes. Il faut gagner du temps et confondre Noire.

– OK, mon capitaine, répondit le nain, brossant sa queue-de-pie rouge pour se donner de la contenance.

Pearl se baissa pour l'embrasser sur le front.

– Sois prudent, mon petit Oxy...

Oxymoron rougit, chuchota une formule secrète et disparut sur-le-champ.

Pearl se rapprocha de Cosmo et se blottit dans ses bras.

La Nuit des sens

SCHADENFREUD, vêtu d'une simple carapace d'inspecteur en chef, entra dans la Foire aux Délices après en avoir fait défoncer la porte par ses sbires. Sa garde rapprochée, bien que désarçonnée par son changement de costume, était restée fidèle à son patron. On n'effaçait pas des siècles de domination en un clin d'œil.

Mortadelle poussa un cri de fauve et Numera Una ne put s'empêcher d'éclater de rire quand elle vit l'immonde bras droit de la Reine du Cauchemar déchu de sa superbe.

– Tais-toi, dit-il calmement, et mène-moi à ton maître si tu ne veux pas que je te tranche la barbe immédiatement.

Il fit signe à son escadron de sortir. Les gardes obéirent en silence et s'installèrent en quinconce devant le portail de la Foire aux Délices.

Schadenfreud eut un pincement au cœur alors qu'il traversait les salles de jeux et les couloirs encombrés de portraits de créatures divines qui menaient à la chambre de Polo. La nostalgie lui serra la gorge à la vue des élixirs qui lui avaient procuré le charisme dont il était cruellement dépourvu au début de sa carrière. Au-delà de ses propres succès, Apollon avait été un véritable maître ès séduction pour ses congénères dans ses jeunes années. Déjà passionné de culture et de pédagogie, il mettait ses talents au service de l'éducation des moins doués. Quand Schadenfreud – qui à l'époque ne s'appelait que Herr et souffrait de ses multiples défauts comme d'une maladie honteuse – était venu lui demander conseil, il lui avait appris à tirer parti de ses particularités physiques et mentales, aussi déplorables qu'elles lui semblaient alors. Cet apprentissage lui permit d'assumer ses dispositions naturelles au monde de l'ombre et du cauchemar et les élixirs d'Apollon, dont il se badigeonnait copieusement, ne manquèrent pas de transcender sa laideur en magnétisme. Le futur Grand Chambellan considéra cette métamorphose comme un miracle. Sa fulgurante ascension sociale lui fit effacer de sa mémoire toute gratitude à l'égard d'Apollon. La reconnaissance des pouvoirs de celui-ci venait de lui revenir à l'esprit comme par magie. L'intérêt présidant à son mode de pensée, tous les différends qui avaient pu les opposer diamétralement pendant des lustres disparurent instantanément, au profit de son besoin immédiat.

Il vit scintiller le magnifique flacon de cristal sur l'étagère de la parfumerie. Fascination obscure... C'est de ça dont il aurait besoin pour reconquérir Noire ! Il croisa son reflet dans un des nombreux miroirs aux cadres d'or qui décoraient les murs. Ses yeux, rétrécis par l'échec, ne dégageaient plus le moindre charme tordu, plus la moindre perversité. Son corps décharné enchâssé dans sa vulgaire carapace d'inspecteur lui évoqua l'allure dégingandée d'un Don Quichotte sans illusion, d'un conquistador vaincu.

Il entra dans l'antre du chef des résistants et pria la femme à barbe de les laisser seuls.

– J'ai une faveur à te demander, annonça-t-il, sans ambages.

– Plutôt me ramollir à tout jamais, répondit Apollon, d'un ton aussi inflexible que moqueur.

– Disons, un marché, ajouta Schadenfreud sans se démonter.

– Passer quelque marché que ce soit avec un scélérat de ta trempe est hors de question.

– Je n'en suis pas si sûr, Apollon. J'ai été trahi.

– À la bonne heure ! répondit le chef des résistants, dont le nez se redressa tant la nouvelle lui sembla réconfortante.

– Je ne pense pas que ce revirement de situation vous arrange. Sosigène a eu raison de la raison de Noire. Je suis viré.

Apollon n'en croyait pas ses oreilles. Il partit d'un éclat de rire qui dura quelques minutes.

– Si j'étais toi, je ne me réjouirais pas de la sorte. Il va signer votre fin. Il a fomenté un plan génialement machiavélique qui va véritablement permettre l'avènement de l'ère du cauchemar. C'est une question d'heures.

– Schad, excuse mon manque de confiance, mais je ne vois franchement pas comment nous pourrions nous entraider.

– C'est très simple. Je veux me débarrasser de Sosigène, et faire échouer ses plans. Je suis le seul au courant de l'emplacement du Laboratoire du Vivant. Comme je ne peux pas le faire moi-même, je te propose que la Résistance s'en charge.

– Que me donnes-tu en contrepartie ?

– La balle est dans ton camp.

– Laisse tomber la tête de Cosmo et celle de la Lulibérine.

– S'ils existent encore.

À ce moment précis de la conversation, Oxy se matérialisa dans le placard. Il courut vers Polo pour lui annoncer à l'oreille la bonne nouvelle : Blanche était en vie, en train d'organiser son retour avec l'aide de Cosmo et de la Princesse dans un lieu qui devait rester secret.

Apollon, revigoré par cette nouvelle inattendue, se leva pour faire les cent pas autour du lit, à la recherche d'une idée brillante. Il s'assura auprès d'Oxy qu'il puisse aller chercher Cosmo en cas de stratégie lourde. Celui-ci acquiesça.

Le chef des résistants s'approcha de Schadenfreud.

– Je veux bien t'aider à faire tomber Sosigène, mais à une condition : nous devrons anéantir les mouches en même temps.

– C'est exactement ce que je souhaite. S'il échoue, Noire le répudiera, et je pourrai reprendre ma place.

*

C'était immense.

Noire s'enferma pendant d'innombrables heures dans

le Cabinet Psychopompe pour faire face au fabuleux challenge que lui avait proposé Sosigène.

L'invincible tache d'huile dont elle se réclamait depuis des années allait enfin se former dans son esprit, unique, insécable, imparable, universelle. Un hyper-cauchemar démocratique, d'une efficacité égale pour tous, une attaque envers le psychisme si forte qu'elle serait irréversible.

La Reine s'imprégna de toute son œuvre avec émotion, réunit toutes ses facultés d'invention et de raisonnement et s'attela à cette tâche extraordinaire. Après cette mise en condition, elle consulta sa bibliothèque, passant au scanner de son cerveau des millions de pages de l'histoire de l'homme pour identifier sa plus payante vulnérabilité. Puis elle se posa la question qui ouvrit la voie royale à son ultime invention : de quelle caractéristique devait-elle définitivement priver leur psyché afin de leur rendre la vie universellement insupportable ? Quelle faille ne pourraient-ils combler, quelle que soit leur force individuelle ?

Quel serait le ferment de leur perte ?

Elle passa en revue la totalité des nécessités terrestres, considéra chaque objet de désir, matériel ou spirituel, mais n'en trouva aucun d'irremplaçable. Rien, dans cette énumération, ne répondait à la question remarquablement simple à laquelle il lui fallait répondre : quelle chose fondamentale, indispensable, caractérisait l'homme ?

Noire, en proie à une fièvre vengeresse, tenta une dernière fois de passer en revue dans son esprit toute l'épaisseur de la pensée humaine. Et enfin, dans un éclair aussi limpide que la lueur d'un diamant, elle eut une révélation : sa conscience.

Que pouvait-on voler de pire à l'homme que sa conscience ?

La Reine du Cauchemar sentit une vague de chaleur remonter jusqu'à son cerveau.

Elle continua à parcourir à toute vitesse ses ouvrages de philosophie du Beau Monde et trouva la référence qu'elle avait sur le bout de la langue. La notion de quaternité, issue des philosophies hermétiques du Moyen Âge, définissait de la manière suivante l'ordre selon lequel opérait la conscience humaine :

La sensation révèle à l'homme que quelque chose existe.

La pensée lui révèle ce que c'est.

Le sentiment lui dit si c'est agréable ou non.

L'intuition lui révèle d'où parvient la chose et vers quoi elle tend.

Le but de sa recherche lui apparut enfin, dans son incroyable simplicité : si la première pierre de cet édifice disparaissait, l'univers de l'homme n'aurait plus ni sens ni raison. C'était vertigineux !

L'Ultime Cauchemar était la Nuit des Sens.

L'Ultime Cauchemar engendrerait le syndrome d'hermétisme absolu. Cette arme incontournable consisterait en un effacement pur et simple des cinq sens : plus de vue, plus de toucher, plus d'ouïe, plus de goût, plus d'odorat. La manchette universelle, octroyée par le biais des songes.

Ce qui en résulterait ne serait pas le néant, mais la conscience du néant, l'inévitable confrontation permanente au néant pour chacun des hommes !

C'était génial.

Jamais l'obstruction psychique n'aurait atteint un tel degré de perfection. Quelle pire souffrance que la solitude absolue, au milieu d'un monde que l'on ne peut plus percevoir ?

Le futur, en proie à la Nuit des Sens, ne pouvait être qu'un chaos total.

Noire, illuminée par son inspiration, s'installa à sa table de travail et se lança dans la fabuleuse construction de ce modèle ultime.

L'ORACLE VÉRANDA

COSMO et Pearl s'étaient endormis.

La tendresse et la fatigue avaient pris le pas sur l'urgence, les entraînant dans un sommeil profond.

Ils rêvèrent ensemble.

Lovés l'un contre l'autre, ils arpentaient les rues de la mégalopole, sentant la caresse de l'air d'été sur leurs peaux troublées.

Les paysages se succédaient sans cohérence, les transportant du sud au nord et de l'est à l'ouest. Pearl éprouvait un immense plaisir à retrouver sa ville, bien que cette balade express, dénuée de toute logique géographique, eût un étrange parfum d'urgence. Ils coururent, les poumons emplis des embruns de l'océan, sous la dentelle métallique du pont majestueux qui reliait le sud de la ville à sa banlieue. Ils suivirent un vol de mouettes et se retrouvèrent sur une des grandes places commerciales où s'enchevêtraient à la verticale forêts de néons, affiches multidimensionnelles et écrans géants. Cosmo tournait sur lui-même en riant. Pearl s'étonna de trouver cet environnement clignotant et multicolore des plus envoûtants. Ils traversèrent à toute vitesse différents quartiers d'immigrés, se mélangeant aux Chinois, aux Italiens, aux Russes ou aux Indiens, goûtant aux coutumes du monde comme à travers un kaléidoscope, pour finalement se retrouver par un coup de baguette magique aux abords du Parc.

La ville leur parut soudain pleine de diversité et de contrastes, plus clémente, plus humaine, plus apte à la métamorphose. Cosmo passa sa main chaude sur la nuque de sa bien-aimée puis l'attira vers les frondaisons accueillantes où des enfants de toutes les origines dansaient une ronde joyeuse.

Alors que le jeune couple enlacé avançait dans l'allée qui menait vers le centre du Parc, les oiseaux cessèrent abruptement de chanter et les arbres furent brutalement frappés de paralysie.

Pearl s'arrêta, à l'affût du moindre bruit.

Les yeux de Cosmo s'obscurcirent, jusqu'à devenir couleur de nuit.

Plus rien ne bougeait.

Un silence épais s'étendit soudain sur la ville, semblable à l'immobilité sourde qui présageait des plus grands ouragans.

Un point noir au bout du ciel se mit à grésiller, perçant les tympans de la jeune femme. Il se rapprocha, devenant tache mouvante, flaque, nuage, s'étalant à une allure exponentielle. La lumière fit place à l'ombre, effaçant toute couleur du paysage.

Ils se ruèrent hors du parc.

La population déboussolée se mit à courir dans tous les sens tandis qu'un bourdonnement effroyable prenait l'ampleur d'un tremblement de terre.

Les gens autour d'eux tombaient au sol, se piétinant dans la panique. Pearl crut voir un homme à terre se métamorphoser en larve puis se transformer en mouche.

Elle se jeta dans les bras de Cosmo, eut la sensation de décoller du sol alors qu'il se mettait à courir à toute vitesse, tranchant la pénombre jusqu'à l'Alpine Tavern.

Le nuage de mouches vrombissantes se rapprochait d'eux.

Au moment même où ils allaient être happés par l'ouragan d'insectes, ils réussirent à passer le seuil de leur lieu de rendez-vous et à en fermer la porte à triple tour.

Une obscurité épaisse s'abattit en un instant à l'intérieur du bar.

Les mouches avaient obstrué les fenêtres.

Pearl entendit le bruit d'une allumette craquer dans le silence opaque. Puis un pas de pachyderme traînant se dirigea vers eux, étrangement familier et réconfortant.

L'énorme bouche rouge de Mme Wolski se dessina dans la lumière de la bougie qui s'approchait d'eux.

– Mes enfants ! Je vous croyais morts ! Venez, venez, vous prendrez bien un peu de paprikash !

La logeuse prit Pearl et Cosmo par la main et les mena vers une lueur au fond de la pièce.

Il leur fallut un temps immémorial pour y parvenir.

Là, quelle ne fut leur surprise de voir le professeur

Myron Twain, le visage fendu d'un sourire triste, leur tendre chaleureusement les bras.

– N'oubliez pas, les enfants ! Il faut encore avoir la capacité de rêver pour construire un autre monde. Seuls les mythes sont immortels, ils sont comme des phénix renaissant sur les ruines.

Dans la lumière vacillante, les traits de Twain se gommèrent, laissant à la place de son visage une forme lisse encadrée de cheveux blancs.

Pearl, affolée, se retourna vers Mme Wolski. Elle n'avait plus d'yeux. Ni nez ni oreilles. Seule son énorme bouche rouge tremblait au milieu de son faciès gommé.

Un hurlement déchira l'obscurité.

Ce qui restait de Myron Twain et de Mme Wolski disparut d'un coup. Pearl et Cosmo se réveillèrent en sursaut dans le Musée des Rêves.

– Tu as vu, tu as entendu ? fit Pearl.

– Oui, répondit gravement Cosmo, j'ai peur qu'il ne s'agisse d'une prémonition.

Ils n'eurent pas le temps d'approfondir cet étrange rêve commun que des cris retentissaient de nouveau. Ils venaient de la salle où reposait Blanche.

Cosmo sauta sur ses pieds pour se diriger en hâte vers la Reine endormie. Ils entendirent sa voix, teintée d'effroi.

– Qui êtes-vous ? Partez !!

Pearl rattrapa Cosmo et lui tendit son fouet paralysant.

Ils déboulèrent dans la salle, poing de turc prêt à frapper et cravache de Lulibérine pointée vers l'assaillant, pour découvrir Blanche debout devant un grand miroir, observant son reflet avec épouvante.

– Là, regardez cette énorme chose ! dit-elle, affolée, examinant son image pachydermique. Qui est-elle ? Pourquoi me dévore-t-elle des yeux ?! Que me veut-elle ? Allez-vous-en ! Allez-vous-en !

Plongeant au sol pour mieux se protéger, elle prit ses gros pieds dans ses jupes déchirées et s'étala de tout son long devant Cosmo et Pearl qui suivirent son vol plané bouche bée.

Le chercheur de choses s'approcha de sa Reine, la releva en position assise, et, à force de gestes doux, parvint à lui faire tourner lentement son regard vers le miroir.

Elle fit face à son reflet.

– Hélas, Majesté, c'est vous.

Blanche poussa un petit cri.

Elle remua ses doigts comme un éventail, papillonna des yeux, s'épongea le front, gonfla les joues. Elle constata que l'énorme bouffonne au visage familier qui la fixait avec consternation faisait exactement les mêmes gestes qu'elle.

La Reine resta muette. Elle s'approcha à quatre pattes du miroir, dessina lentement les contours de son image avec crainte.

– C'est un miroir... déformant ?

– Malheureusement non, répondit Cosmo, sur un ton aussi prévenant que possible.

Blanche baissa le visage, considéra avec circonspection sa gargantuesque poitrine, la toucha tendrement du bout des doigts. Des larmes se glissèrent entre ses paupières.

Elle se tourna vers Pearl et Cosmo, l'air interrogateur.

– Que s'est-il passé ?

– On vous a droguée, répondit le chercheur de choses.

– C'est votre sœur, ajouta Pearl.

– Ma sœur ?? Par Hermès, comment a-t-elle pu !!! fit-elle avec stupeur.

Elle reprit le dessus, leva le menton, se tapota les joues et se regarda intensément dans les yeux à travers le miroir, comme pour se faire un serment.

– Mon père va la faire décapiter.

– S'il rentre à temps du concile, Votre Altesse. Noire s'est assurée que toute communication avec lui soit pervertie par les oracles. Il n'a aucune idée de ce qui se passe ici-bas.

– Mais, qu'à cela ne tienne, dit-elle en se levant, sa gigantesque masse corporelle se dépliant vers les plafonds d'or, je sais comment le faire rentrer !

La Reine Blanche, mue par une sorte de mouvement magique, à la manière des danseuses russes dont on ne voit pas les pieds bouger sous leurs longues jupes, glissa vers la salle principale. Cosmo et Pearl, déroutés, lui emboîtèrent le pas.

Sa traîne miroitait dans la pénombre.

– Mais, Majesté, vous ne pouvez pas établir de contact avec le Roi pendant le Grand Concile.

– Véranda le peut ! répondit-elle avec malice.

Le visage de Cosmo s'éclaira.

– Qui est Véranda ?

– Son oracle..., répondit Cosmo. Nous vous suivons, Majesté.

*

Le Laboratoire du Vivant était introuvable à l'œil nu. La Reine avait octroyé à Sosigène la jouissance d'une grotte souterraine, au bord de la Falaise des Origines, pour abriter ce haut lieu de recherche dédié à l'Entomologie de Création. On y entrait par un escalier camouflé derrière d'énormes rochers. Chacune des centaines de pierres massives qui bordaient la côte se ressemblant comme deux gouttes d'eau, l'entrée était extrêmement difficile à repérer.

Noire avait outrepassé des règles ancestrales en laissant Sosigène s'installer dans cette enclave secrète : la Falaise des Origines avait toujours été considérée comme sacrée, elle était réservée aux départs vers les autres mondes, et toute son énergie devait rester intacte, vierge de toute transformation.

Sosigène avait suggéré à Noire ce sacrilège : s'inquiétant de l'éventuelle stabilité des mouches, il trouva judicieux de les fabriquer à quelques encablures de leur point de sortie. La vérité était qu'il espérait également nourrir son esprit des énergies extrêmement puissantes qui animaient la Falaise.

Sosigène y vibrait lors de ses escapades.

Il travaillait seul dans le Laboratoire du Vivant : la caverne de l'Entomologie de Création avait été entièrement robotisée. Le Grand Tchimir ayant horreur des manchettes, cette installation ultra-moderne lui épargnait la vue et l'odeur nauséabonde des travailleurs estropiés que la sécurité de Noire rendait inévitables.

Entouré de stations articulées et de robots à taille moléculaire qui s'activaient sous les microscopes, il fabriquait ses cohortes de mouches seul comme un bon petit soldat.

L'idée d'envoyer des virus ou des bactéries de l'autre côté pour déstabiliser le Beau Monde avait été discutée avec Noire au début de leur collaboration. Mais la Reine du Cauchemar avait finalement opté pour les mouches de création qui présentaient plusieurs avantages : elles étaient visibles à l'œil nu, palpables, bruyantes et répondaient à des angoisses ancestrales. Les insectes, qu'ils rampent ou qu'ils volent, avaient toujours renvoyé aux hommes leurs abîmes et leurs ombres. Symboles vivants des faiblesses et des combats humains, ces créatures minuscules et obsédantes, à la vie faite de séduction, de procréation et de combats quotidiens pour leur survie, constituaient un agent transonirique insidieux et puissant.

La technique de construction de robots à l'échelle moléculaire proposée par Sosigène à sa Souveraine après sa nomination au poste de Grand Tchimir était tout à fait adaptée au projet. Ces nano-machines dont les éléments de base étaient des molécules et même des atomes isolés, capables de servir à des projets de fabrication à l'échelle microscopique, permettaient en gros de créer tout à partir de rien, véritable jeu de Lego atomique. La réorganisation des molécules étant à la base de la chimie et de la biologie, l'opération consistait simplement à former les objets désirés à partir de gigantesques combinaisons de molécules.

Les mouches seraient donc fabriquées de l'intérieur, les atomes de création s'assemblant pour former des molécules, qui se combineraient jusqu'à constituer leur structure finale.

Ces miracles technologiques permettraient aux minuscules envahisseurs envoyés dans le Beau Monde de transmettre toutes sortes de modifications physiques et comportementales, un peu à la manière d'un robot intelligent.

Sosigène était un transformateur perfectionniste, mais aussi un esthète. Il programma donc les insectes dans sa couleur préférée, le bleu, et leur conçut des ailes de toute beauté, véritable dentelle miroitante, dont le battement créait des bourdonnements harmonieux.

Noire mit sa patte sur les nouveaux modèles, s'assurant de l'aspect terrifiant de leur destin, ajoutant une résonance sismique à leur vrombissement qu'elle trouvait bien trop délicat. Le Grand Tchimir ajouta alors une dernière touche – dont les conséquences seraient inouïes – au fonctionnement interne des mouches. Cet ultime réglage les autoriserait à se combiner ou à s'accoupler, permettant ainsi de transmettre leur information génétique à la génération suivante.

Ainsi, chaque génération d'agents évolutifs pourrait devenir plus adaptée aux souhaits du programmeur, à savoir la Reine du Cauchemar, et plus menaçante pour le récepteur, à savoir le Beau Monde. La surface de la terre serait inondée par de nouveaux organismes qui ne l'avaient jamais arpentée auparavant, machines intelligentes et malveillantes déséquilibrant non seulement l'esprit humain, mais aussi le monde tangible.

Le Laboratoire était doté d'une cheminée télescopique qui le rendait facilement repérable lors des lâchers d'insectes. Celle-ci poussait comme un dard miroitant, s'extirpant du sable à la verticale du lieu de recherche. Dans un bruit de soupape, un geyser de mouches était expulsé dans l'atmosphère. Le long nuage d'insectes grésillants décrivait alors une courbe, prenant la tangente vers l'océan, avant de disparaître à l'horizon des vagues.

Noire avait revêtu son manteau couleur d'ombre pour se rendre discrètement au Laboratoire du Vivant. Elle serrait l'Ultime Cauchemar contre son cœur, habitée par la promesse de ce précieux trésor. Bientôt, la Nuit des Sens s'abattrait sur le Beau Monde, laissant sa population exsangue et impuissante, effaçant toute trace de rêve dans leur psyché détruite.

Sosigène, qui l'attendait d'une minute à l'autre, vérifiait ses écrans de contrôle avec empressement. Quand il vit sa longue silhouette décharnée, ombre brune et noueuse, glisser sur la crête de la haute dune qui surplombait l'horizon, il activa la cheminée télescopique afin de lui souhaiter la bienvenue. Un petit nuage d'insectes s'éparpilla vers le miroir de l'océan, accompagnant leur ballet d'une symphonie de ronflements aigus.

Noire descendit sous le niveau de la terre pour accéder à l'antre secret.

Elle trouva Sosigène en plein essai tactique. Concentré comme un général face à son armée microscopique, il entraînait les mouches à se déplacer en escadrons serrés, décrivant diverses figures à la manière d'une patrouille d'avions militaires dans l'aquarium qui les abritait.

La Reine observa silencieusement les expressions touchantes qui animaient le visage de son protégé. Ses petits yeux, enfouis profondément dans des orbites osseuses, sautillaient avec l'entrain d'un jeune enfant. Son sourire, merveilleusement édenté depuis leurs derniers ébats, brillait d'un éclat tranchant, vibrant d'un rictus de satisfaction perverse qui lui tordait les commissures des lèvres. Noire s'avança finalement vers Sosigène, et lui prit les mains avec émotion avant de lui révéler le génial contenu de son cauchemar.

– Voici... la Nuit des Sens, fit-elle avec un mélange de fébrilité et de fierté qui ne manqua pas d'attendrir son protégé.

D'un geste lent et large, elle dévoila le modèle qui se présentait sous la forme d'un cube d'aspect opaque, suspendu dans l'espace comme un morceau de nuit, à l'intérieur duquel se déroulait en boucle sa création.

Un visage fantomatique flottait dans cette atmosphère d'encre et de silence, épaisse et froide. La bouche, d'abord, s'effaçait progressivement, disparaissant pour devenir un relief lisse. Puis les yeux se creusaient, s'aplatissant dans leurs cavités jusqu'à épouser l'os. Une membrane incolore obstruait progressivement les narines, puis le nez se rétrécissait, peau de chagrin, momie desséchée. Les oreilles étaient avalées par le crâne tels des asticots mous se noyant dans la vase. Enfin la peau blanchâtre qui recouvrait maintenant le tout, évoquant un ballon lisse, se rétractait, aspirée par ses propres pores. L'immonde forme qui résultait de l'opération disparaissait, comme happée par les profondeurs lors d'une noyade en eau noire, puis resurgissait, ce qui restait du visage béant qui abritait jadis ses sens jaillissant vers le rêveur afin qu'il n'oublie pas ce qu'il avait perdu.

– Les mots me manquent... Quelle densité ! Quel concentré d'angoisse ! fit Sosigène, des larmes d'émoi envahissant ses yeux en boutons de bottine.

Le Grand Tchimir s'enroula autour des gigantesques pieds de sa souveraine et en lécha les voûtes plantaires pour exprimer son admiration.

Ils furent tous les deux pris d'un désir violent, mais la raison l'emporta sur l'envie, il ne fallait pas perdre une seconde pour mettre en action leur plan phénoménal.

– Nous aurons tout le temps de profiter l'un de l'autre après la victoire, murmura la Reine du Cauchemar, contenant sa fougue.

– Les larves sont prêtes, Votre Sérénissime Perversité, il n'y a plus qu'à traduire votre génial cauchemar en langage binaire et nous l'intégrerons à la préparation.

– C'est un grand jour...

Noire se pencha vers l'aquarium où grouillaient les œufs laiteux.

Les têtes de mouches sortirent de leur enveloppe d'un coup d'un seul, observant la souveraine à travers le cristal bleuté de leurs globes oculaires.

– Et si nous leur donnions des visages à mon effigie, mon petit cloporte, qu'en penses-tu ?

– C'est une idée charmante, mais, si je puis me permettre, nous risquons de retarder l'invasion. Je ne suis pas sûr qu'il soit judicieux de prendre ce risque. Sans compter qu'il vaut mieux ne pas vendre la mèche de nos manigances, ma chère, mon adorable Perversité. N'oubliez pas, les mouches sont notre trésor et notre secret.

– C'est un point de vue, mais ma foi, une mouche avec une tête de Reine Noire ferait une chimère remarquable. Et tu connais l'attitude des hommes en ce qui concerne les chimères. Ils commencent à en fabriquer eux-mêmes mais n'assument pas du tout la responsabilité d'insuffler la vie à leurs créations, transgéniques ou autres ! Si les hommes passaient cette chimère au microscope, ils seraient persuadés d'être les victimes de l'un des leurs. Tu sais bien ce qu'ils serinent, « le pouvoir des dieux a cédé la place à la science des mortels ». Ils en sont pétrifiés. Toute la mythologie bruit d'étranges créatures mi-hommes mi-bêtes, centaures, minotaures, harpies ou satyres, elle les a conditionnés ! Crois-moi, une mouche bleue à tête de Noire serait du plus bel effet et leur ficherait une trouille innommable.

– Mais, Votre Extraordinaire Méchanceté, vous rendez-vous compte que vous vous sous-estimez ? Ne pensez-vous pas que la perte de rêve et l'Ultime Cauchemar vont suffire à les anéantir ? Sans parler de l'irrémédiable pollution de leur environnement que les mouches vont forcément engendrer. N'oubliez pas, grâce à la Nuit des Sens, vous n'aurez même plus besoin de les effrayer davantage.

Noire hésita. Le fait d'imaginer son visage vibrant sur toutes les mouches envahisseuses l'amusait énormément. Mais force était de constater que ce raffinement ne ferait que retarder leur stratégie.

– Grâce à la Nuit des Sens, Votre Altesse, vous allez modifier de façon irréversible leur réalité, et ce au niveau le plus profond de l'expérience humaine. Cette action va programmer leur perte, ainsi que l'avènement du cauchemar. Ne nous perdons pas dans les détails. Restons simples.

La Reine sourit et coupa court à ces tergiversations.

– Est-ce que ça va prendre longtemps ? J'ai envoyé Schadenfreud en Hypnopompia. La ville doit être à feu et à sang, je souhaite y retourner dès que possible pour constater les dégâts, ajouta-t-elle en se frottant les mains.

– Le temps que vous vous relaxiez, Votre Immonde Méchanceté. Allongez-vous, savourez votre hégémonie naissante, vous n'en constaterez qu'avec plus de plaisir le carnage local.

Sosigène augmenta le volume de l'aquarium afin que sa souveraine se délecte de l'épouvantable symphonie naissante jouée par les mouches porteuses de sa gloire.

*

L'alerte rouge, au lieu de paralyser la ville, avait créé un véritable chaos dans Hypnopompia. La contre-information mise au point par la Résistance parvint à faire renaître un puissant sentiment de solidarité. La population du Rêve était prête à mettre sa vie en jeu pour défendre ses convictions. Les émeutes pro-Lulibérine allaient bon train et les rues de la ville s'étaient transformées en un véritable pugilat entre cerbères du Cauchemar et partisans du Rêve.

La Reine Noire s'attendait à de tels affrontements, et d'ailleurs les souhaitait, parfaitement consciente que ceux-ci auraient à long terme un potentiel destructeur qui jouerait à son avantage.

Elle avait par contre piètrement évalué le dévouement de Schadenfreud, probablement abusée par son inégalable propension à la flatterie. Celui-ci n'avait jamais été intéressé qu'en une chose : le Pouvoir. Noire ignorait que les conseils d'Apollon avaient présidé, il y a fort longtemps, au choix de carrière de son Grand Chambellan. Elle avait toujours pensé que ses précieuses caractéristiques, la laideur, la veulerie, l'insensibilité à la souffrance d'autrui, l'avaient tout naturellement mené à ses côtés. Herr n'avait aujourd'hui plus qu'un but en tête : retrouver le pouvoir qui lui avait été volé. Frayer avec l'ennemi ne lui posait pas le moindre problème si c'était la condition sine qua non pour arriver à ses fins. Au contraire, il se délectait de sa propre traîtrise. Le veulissime ex-Grand Chambellan adhéra donc totalement aux propositions d'Apollon. Ce dernier eut l'idée de le prendre en otage. Schadenfreud accepta sans sourciller de traverser le royaume ficelé en brochette, pour protéger la troupe de résistants en route pour le Laboratoire du Vivant de toute représaille des cerbères du Cauchemar.

Le plus difficile fut de trouver un moyen de transport pour emmener les conspirateurs jusqu'à la Falaise des Origines.

Oxymoron, ne pouvant transporter tout ce beau monde, fit une proposition qui parut tout à fait efficace à Apollon.

Il s'agissait de rassembler la flotte de corbeaux voyageurs réservés à la garde rapprochée de Noire, qui, fonctionnant depuis des lustres sous les ordres exclusifs de Herr Schadenfreud, se plieraient de bonne grâce à cette tâche. Après avoir ficelé l'ex-Grand Chambellan pour traverser la ville jusqu'aux écuries des destriers volants, on lui dégagea les mains afin qu'il puisse prendre les rênes du convoi aérien.

La mission, composée d'Apollon, de ses fidèles femmes à barbe et de quelques résistants choisis pour leur force de frappe et leur extrême dévouement à la cause des Rêves, fut aidée par la turbulente météorologie des Merveilles. Ils embarquèrent sur les grandes ailes noires en profitant d'un puissant vent coulis qui emmena l'escadron volant jusqu'au Laboratoire du Vivant en moins de deux.

Oxymoron, pour sa part, devait prévenir Cosmo, la Princesse et la Reine Blanche et les rapatrier aussi vite que possible à la Falaise des Origines.

Plan en poche – Schadenfreud lui avait dessiné une carte précise de l'emplacement du Laboratoire –, il se télétransporta vers le Musée des Rêves.

Oxymoron atterrit à l'intérieur de l'édifice, au bout du passage à nains. Il entendit une litanie lointaine et se dirigea au son.

– Véranda, Véranda, *Andiamo*, Véranda...

Le guide courait sur ses petites pattes à travers le capharnaüm d'objets poussiéreux représentatifs des mythes de tous les temps.

Arbres de vie, veaux d'or, massues, sabres, ou lyres aux pouvoirs magiques étaient entassés les uns sur les autres dans un désordre honteux.

Il traversa une pièce réservée aux chimères de tous les temps. À côté d'un minotaure endormi ronflait un gros serpent. S'agissait-il de celui d'Ève ou de celui de Gilgamesh ? Oxymoron suivit au sol les cailloux du Petit Poucet, faillit trébucher sur une botte de sept lieues abandonnée dans le couloir et traversa un rideau de poussière d'étoiles pour finalement trouver ses camarades en pleine tentative de consultation d'oracle.

– Véranda, Véranda, *Andiamo*, Véranda...

La Reine Blanche était assise, les yeux clos, tenant par

la main Cosmo à sa gauche et Pearl à sa droite, au beau milieu d'un parterre de vases, d'amphores et de pots de toutes formes où reposaient sans doute un certain nombre de génies indésirables à la Société du Cauchemar.

Cosmo fit signe à Oxy de ne pas faire de bruit. Celui-ci se rapprocha silencieusement et se fit le plus petit possible, s'accroupissant entre les récipients magiques.

La Reine Blanche, s'adressant à un magnifique vase clos, enchaînait chants rituels et hululements magiques, roulant des yeux blancs entre ses paupières mi-closes.

– Véranda, Véranda, où es-tu ? roucoula Blanche à la tyrolienne.

Le bouchon du vase s'éjecta comme celui d'une bouteille de champagne, et un nuage de poussière accompagné d'une fumée âcre envahit la pièce.

Pearl se boucha les oreilles.

Une femme à huit paires de bras, couverts d'une myriade d'écailles bleues, fit son apparition dans des volutes de cendres. Elle s'étira en faisant craquer ses seize coudes.

La Reine Blanche rouvrit les paupières et sourit à l'apparition, émue.

L'oracle secoua ses nombreux membres et sa nuque engourdie.

Elle vit enfin la Reine et ses camarades. Elle plissa ses grands yeux pour confirmer leur présence, puis les écarquilla dans une expression de fureur muette. Véranda siffla comme un serpent, sa jolie bouche convulsée en un rictus de dédain, avant de leur tourner le dos sans plus de cérémonie.

– Véranda, comme tu m'as manqué ! fit la Reine Blanche de sa voix la plus douce.

– J'étais à trente-deux doigts de croire que tu m'avais oubliée, répondit l'oracle d'un ton rogue.

– Comment aurais-je pu ? murmura la Reine, la gorge serrée. Ma sœur Noire a manigancé ma perte et t'a enfermée à triple tour avec le reste de mes trésors. Regarde-moi quand je te parle ! ajouta-t-elle avec autorité.

Le grand dos de Véranda frémit. Elle attendit quelques instants, hésita, puis se retourna enfin. L'oracle dévisagea Blanche de la tête aux pieds, puis voleta comme un fantôme autour de l'énorme Reine, la tâtant de ses multiples bras, considérant avec stupeur la vastitude de ses flancs pâles.

– Ben dis donc, ma chérie, qu'est-ce qui t'est arrivé ! Je ne savais pas qu'un cachalot pouvait être aussi adorable... Je t'en prie, prends donc deux chaises et assieds-toi, conclut-elle en gloussant bruyamment.

– Ne te moque pas de moi ! Ça n'est pas de ma faute... On est en pleine catastrophe, ici. Ma sœur a presque anéanti Terra Somnia.

Cosmo s'approcha avec respect de la Reine et de son oracle.

– Nous devons joindre le roi Hermès immédiatement. Le monde du rêve est en péril.

– Je vois à travers les univers comme une étoile filante, mon chou, il suffit de demander, répondit Véranda. Asseyez-vous en cercle.

Cosmo fit signe à Pearl de s'asseoir à la droite de la

Reine, et s'installa à sa gauche. Oxymoron se joignit silencieusement au petit groupe.

Véranda se mit en position de vision, levant ses seize mains en visière. Elle émit un certain nombre de bruits, sifflements de serpent, claquements de langue et autres soupirs mélodieux, puis s'écria :

– Je les vois ! Comment veux-tu que je m'y prenne, Altesse ?

– Commence par nous décrire la scène, puis tu peux tenter la technique multitête.

– Tu te souviens du protocole ? demanda Véranda.

– Je crois. Allons-y.

– Le Roi Hermès préside une assemblée de dieux, installés sur des trônes autour d'une table de conférence au milieu des nuages. Tous les représentants sont là, ils sont bien une centaine. Les divinités mineures, majeures, tout le toutim ! Je dois dire qu'Hermès fait bonne figure. Il porte ses milliers d'années avec beaucoup d'élégance. Sa voisine, une jeune déesse hindoue aux yeux de braise, ne semble pas lui être indifférente. Janus sourit de ses deux têtes et porte un toast. Vénus lui répond, mais ça ressemble à une réponse de pure courtoisie, elle n'a pas très bonne mine. Janus lève ses deux coupes vers ses deux bouches. « Mes amis, buvons à la métamorphose... Que ce nouveau siècle soit régi par l'Harmonie ! » clame-t-il, l'air satisfait.

– Comment les dieux peuvent-ils être à ce point à côté de la plaque ? s'interrogea Pearl à voix basse.

Blanche n'hésita pas à lui donner un coup de coude dans les côtes.

La Reine inspira profondément, puis baissa la tête, de nouveau concentrée. Elle se mit à dessiner des signes dans l'air en s'exprimant en un langage inconnu.

Pearl tenta de discerner les mots magiques qui sortaient de sa bouche mais ne reconnut que des bribes de langages mélangés.

Soudain, Véranda poussa un cri strident. Sa tête se mit à tourner comme une toupie, la vitesse effaçant ses traits. Lorsque le tourbillon s'arrêta, son visage s'était métamorphosé en celui d'une déesse brahmane.

Pearl resta bouche bée devant la beauté de la divinité qui s'était incarnée sur les épaules de l'oracle. Celle-ci entrouvrit ses lèvres et s'adressa à la Reine.

Un lourd silence s'ensuivit.

Blanche ne comprenait pas un traître mot.

– Elle vous parle en sanskrit, murmura Pearl à l'attention de la Reine hébétée.

– Concentrez-vous, Majesté, nous n'avons pas de temps à perdre, intima Cosmo.

La déesse hindoue répéta son message.

Pearl rassembla toute son attention et parvint à le traduire en simultané :

– Quelle outrecuidance vous mène à déranger le concile, ma petite Blanche ?

Blanche n'eut pas le temps de répondre. Le visage de la divinité aux yeux de biche disparut dans un mouvement de toupie, pour faire place à la double tête de Janus qui dodelina sur les épaules de l'oracle.

Véranda fit craquer ses vertèbres à l'aide de quelques mains pour ajuster son cou au port de double tête.

– Vous devriez savoir que l'Ombre bouge selon les vœux du Soleil, et non pas le contraire...

– Janus, sauf votre respect, nous n'avons plus le temps, ni pour vos métaphores, ni pour vos remises en question, déclara Blanche avec autorité. Auriez-vous l'obligeance de m'envoyer mon père, Son Altesse Sérénissime Hermès Trismégiste, l'extrême urgence m'a obligée, en mon âme et conscience, à vous déranger de la sorte.

Le double visage de Janus se mit à tournoyer. Puis, il s'immobilisa et la tête d'Hermès apparut enfin.

La Reine et Cosmo s'agenouillèrent en signe de respect.

Pearl, impressionnée par la stature et le charisme du patriarche, les imita. Hermès ressemblait plus à un dieu qu'à un roi. Il portait ses siècles avec une prestance inouïe. Les muscles saillants de son buste évoquant une force sans pareille contrastaient avec l'expression sereine de son visage taillé à la serpe où les rides se lisaient comme autant de messages de sagesse. Une lueur magnétique sortait de ses yeux, éclairant ce sur quoi il posait son regard à la manière d'un phare.

Le Roi se pencha vers sa fille :

– Comment osez-vous interrompre le concile des Dieux !

Instantanément frappé par la physionomie bouffie et l'allure dépenaillée de la Reine du Rêve, il ne lui laissa pas le loisir de répondre.

– Mais, ma petite Blanche, que vous est-il arrivé ?!! Que sont ces vastes flancs, pareils à des vaisseaux, et ces joues boursouflées ?

– Mon père, l'interrompit-elle, retrouvant soudain l'autorité naturelle qui la caractérisait jadis, nous avons besoin que vous rentriez aussi vite que possible à Terra Somnia. Quand vous en saurez la raison, vous excuserez sans doute mon audace...

Le Roi, percevant la détermination et l'urgence sur le visage rebondi de la Reine des Rêves, s'inclina, attentif.

– Ma fille, je vous écoute.

BEC ET ONGLES

L'ESCADRON de corbeaux géants, toutes ailes déployées, atterrit silencieusement au faîte de la grande dune surplombant la Falaise des Origines.

Les femmes à barbe aidèrent Polo à descendre de sa monture. Elles l'avaient solidement ficelé à sa selle au démarrage pour éviter toute chute due à un accès de mollesse.

Sacalasca sortit avec précaution le stock d'élixirs et de parfums magiques qu'ils avaient amené pour mettre en œuvre leur stratégie : endormir Sosigène en attendant les renforts. Apollon espérait que Cosmo saurait quoi faire pour se débarrasser des mouches.

Le soleil, au zénith, tapait fort.

– Il fait hystériquement chaud, ici, ça va encore me saper la libido, fit-il en tapotant affectueusement les solides épaules des sœurs Numera.

– Ne t'inquiète pas, lui murmura Una. Si tout se passe

comme on le souhaite, tu vas finir par la retrouver tout entière, ta libido !

– Pour l'instant, concentre-toi sur tes neurones, fit Dua, plus réaliste. Ton heure de gloire est arrivée, notre futur dépend de toi, Polo.

Le chef des résistants se gratta le toupet, essayant de dissimuler sa perplexité. Son domaine était plutôt les renseignements, l'infiltration, la protection du patrimoine, pas l'action. L'idée d'entrer dans le Laboratoire du Vivant pour anéantir Sosigène – même si Schadenfreud lui avait indiqué qu'il y travaillait seul –, avec pour toute force de frappe trois femmes à barbe et quelques résistants sans aucune expérience du combat, ne lui disait rien qui vaille. Il hésitait. Son nez, qui ramollissait à vue d'œil, l'empêchait de se concentrer.

Sacalasca fouilla dans son stock d'élixirs.

– Maître, vous préférez la « Brume de sommeil de plomb » ou l'« Éther d'Hypnos » ?

– Le « Sommeil de plomb », c'est plus violent. En vaporisateur, s'il te plaît.

– Quoi d'autre ? demanda Sacalasca avec impatience.

– Reficelons Schadenfreud, ordonna Polo.

– Comment oses-tu ? rétorqua le Grand Chambellan.

– Écoute, vieille blatte, ne discute pas. Même si nous réussissons à endormir Sosigène, il vaudrait mieux qu'il te croie pris en otage. Tu as accepté mes conditions : tu dois te plier à la stratégie élaborée par la Résistance, c'est-à-dire par moi-même.

– Je commence à me demander si je n'ai pas fait une erreur. Si tu crois que tu peux contrecarrer le Grand Tchimir avec un vaporisateur et une arrière-garde de femmes à barbe...

– Tu n'as plus le choix, cesse de discuter, l'interrompit Polo. Nos renforts arrivent. Ficelez-le-moi bien serré, et poussez-le devant, demanda-t-il à ses aides.

– Mais je ne descends pas avec vous ! se récria Schadenfreud.

– Oh que si, tu vas descendre, et tu vas me servir de monnaie d'échange. Les filles, restez derrière, gardez les corbeaux. Et si nous ne ressortons pas, venez nous chercher.

Les femmes à barbe échangèrent un regard inquiet. Apollon, la nuque légèrement tremblante, les jambes arquées par la mollesse, se dirigea courageusement vers l'entrée du passage secret en brandissant son vaporisateur de « Sommeil de plomb ».

Deux résistants lui emboîtèrent le pas avec autant d'entrain qu'ils en auraient eu pour aller à l'échafaud, poussant Schadenfreud qui sautillait comme un vulgaire saucisson pourvu de pieds. La mission libératrice n'était pas très glorieuse.

Polo marqua une hésitation devant l'entrée, déséquilibrant l'ex-Grand Chambellan qui tituba et tomba tête la première dans le passage.

Il fut le premier à débouler sur le sol du Laboratoire du Vivant, gémissant, ficelé comme un gigot.

Noire sursauta.

Sosigène, installé au beau milieu de l'aquarium, les mains plongées dans les essaims de mouches, se retourna vers les intrus. D'abord surpris, il ne put s'empêcher d'esquisser un sourire de mépris quand il vit le pauvre Herr saucissonné rouler aux pieds de Noire. L'otage, ne s'attendant pas à se trouver en présence de la Reine, poussa un gémissement, simulant un état de semi-coma.

– Sauvez le Cauchemar, Votre Méchanceté, murmura-t-il dans un filet de voix.

Noire lui répondit d'un sauvage coup de pied dans les côtes.

Apollon, désarçonné par la présence de l'Immonde Souveraine, tenta de revoir sa stratégie à toute vitesse. Il rengaina son élixir soporifique et improvisa sans grande conviction :

– Je vous échange Schadenfreud contre Cosmo et la Lulibérine.

L'émotion lui ramollit les jambes. Il se laissa tomber sur Schadenfreud, s'asseyant sur son prisonnier pour se donner un semblant d'autorité.

– Vous rigolez, cette pauvre chose ficelée n'a pas la moindre valeur ! s'esclaffa Noire. Et je ne sais même pas où est votre ridicule princesse. D'après mes écrans de surveillance, Cosmo et sa péronnelle ont disparu en même temps que cette baudruche de Blanche. Ma sœur et vos amis sont pulvérisés, à l'heure qu'il est. Les rumeurs que colporte la Résistance sont parfaitement erronées. Sachez que je ne les ai laissé courir que pour échauffer les esprits. Le torchon brûle, la Société des Merveilles est en train d'imploser.

– Boom ! ajouta Sosigène en sautillant gaiement dans son aquarium.

Les mouches se mirent à vrombir, dessinant des vols aux formes sophistiquées autour de leur inventeur.

Polo, dépassé par les événements, décida de feindre la capitulation pour gagner du temps. Il baissa la tête, à la manière des animaux qui font acte de soumission face à un grand singe féroce.

Noire éclata d'un rire lugubre.

– Couard ! cracha-t-elle à son attention. Minuscule vermisseau !

La souveraine se leva, se déplia de toute sa hauteur puis s'avança, menaçante, vers Apollon. Le chef des résistants se recroquevilla de plus belle. Elle l'attrapa violemment par l'oreille. Celle-ci étant déjà passablement molle s'allongea comme une guimauve. Noire la lâcha avec dégoût.

– Et répugnant, avec ça. Il va falloir que je vous tranche ces appendices sans utilité. Je les consignerai dans mon cabinet de curiosités, je n'ai encore aucun modèle aussi mou. Elle sourit avec mépris, haussa les épaules et retourna vers Sosigène. Mon petit cloporte, ignore donc ces intrus, et lance la procédure d'expulsion des mouches.

– Ne faites pas ça ! s'étrangla le chef des résistants.

– Taisez-vous, Apollon, vous me dérangez. Je m'occuperai de vous plus tard. Je ne trouve pas très prudent de votre part de vous déplacer sans garde.

– Mais ma garde nous attend dehors, Votre Épouvantable Altesse. La Résistance, même sans son chef, se battra bec et ongles, tenta Polo, dans un sursaut de témérité qui l'étonna lui-même.

Amusée par cette ridicule menace, Noire activa le périscope rétractable du labo pour vérifier les alentours.

Quelle ne fut leur surprise à tous de voir apparaître sur l'écran de contrôle le visage rubicond de Blanche. Son corps était tellement volumineux qu'il obstruait totalement l'arrière-plan.

Quand elle se releva, dégageant la vue de la Falaise, ils virent Oxymoron amarrant la Montgolfière Royale, les femmes à barbe organisant une petite armée de résistants qui tenaient en laisse les corbeaux de Schadenfreud.

– Traître ! cria Sosigène à l'adresse de l'ex-Chambellan ficelé.

Un croassement rageur résonna soudain dans le passage.

– Cosmo, mon ami ! cria Apollon.

Le chercheur de choses, retenant deux énormes corbeaux en laisse, venait de faire irruption dans le laboratoire.

Les oiseaux géants, affamés, furent pris d'hystérie dès qu'ils virent l'essaim de mouches.

Sosigène hurla.

Cosmo lâcha les prédateurs.

Ils foncèrent, leurs becs happant l'air, lames menaçantes, yeux écarquillés à la vue du gargantuesque goûter inopiné qui semblait vibrer dans l'aquarium à leur intention. L'un d'eux parvint même à s'envoler dans l'espace exigu mais, le jugement obscurci par l'envie, écrasa ses vastes ailes contre les vitres qui le séparaient de ses proies potentielles. Sosigène ferma les sécurités de l'énorme boîte de verre, mitraillant les ennemis d'un regard qui hésitait entre fureur et consternation.

– Virez-moi ces oiseaux de malheur ! s'écria-t-il en s'approchant de la valve qui lui permettait de propulser les mouches à l'extérieur.

– C'est trop tard, répondit Cosmo, la flotte entière des corbeaux attend, prête à décoller, à la sortie du labo. Ils sont affamés et se feront un plaisir de gober la totalité de tes infects avatars.

Noire hurla à son tour. Elle déchaîna tous les grands vents et les éclairs de sa juridiction pour appeler ses troupes. Sous l'action de sa fureur, les parois du laboratoire se fendillèrent.

Pearl, tapie comme une ombre derrière le dos de Cosmo, fut prise de témérité. Elle tenta l'impensable et claqua son fouet paralysant en direction de la Reine du Cauchemar.

Noire s'en étrangla. Les fouets paralysants n'avaient qu'un effet minime sur sa royale personne. Ils figèrent son rictus de haine, elle fit un tour sur elle-même.

Reprenant ses esprits face à l'aquarium, elle se rendit compte avec horreur que Sosigène était en train d'avaler aussi vite qu'il pouvait toutes les mouches qui volaient autour de lui, toutes les larves grouillant à ses pieds.

– Je ne vous laisserai pas détruire mon œuvre, hurla-t-il, la bouche pleine.

– Je t'en supplie, ARRÊTE ! ordonna Noire, voyant son rêve disparaître dans les boyaux de son protégé.

Sosigène ingurgitait les cohortes de mouches tel un aspirateur.

Il se boursoufla soudain, sans doute criblé de piqûres intérieures. Ses yeux furent avalés par ses orbites, ses oreilles se rétractèrent dans son crâne, seule sa bouche pouvait encore crier. Mû par la force du désespoir, il se rua hors de l'aquarium, brisa les armoires de verre, renversa les étagères couvertes de flacons, cornues et éprouvettes pour atteindre de justesse la fiole de nectar bombastique explosif dont il ne se séparait jamais.

Sa bouche était en train de disparaître, mais il parvint à hurler :

– Je ne vous laisserai pas détruire mon œuvre sans vous détruire tous avec !

Sosigène avala le flacon entier cul sec.

Pearl fut la première à s'enfuir ventre à terre.

Les corbeaux paniquèrent et s'envolèrent vers la sortie, emmenant avec eux la moitié des parois du passage secret.

Cosmo attrapa Polo par le collet et s'accrocha à leurs ailes pour bénéficier de leur envolée.

Noire piétina Schadenfreud et s'expulsa du laboratoire comme une fusée centrifuge, forant le plafond.

Quand elle atterrit sur la dune, elle aperçut la tornade noire de son armée de cerbères qui s'approchait à grande vitesse.

Quelques secondes plus tard, Sosigène explosait comme une bombe humaine, anéantissant avec lui le Laboratoire du Vivant. Toutes ses créations disparurent en poussière. Schadenfreud fut enseveli sous les gravats. La déflagration fut si puissante qu'elle embruma le désert d'un véritable ouragan de sable.

Un lourd silence succéda à l'explosion.

La Reine Blanche, à moitié ensablée, le cul par terre à côté de sa montgolfière, jaugeait la scène avec l'attention placide d'une générale.

Elle leva la tête, scrutant les nuages attentivement.

– Il arrive, je le sens, dit-elle à Cosmo.

On entendit un roulement de tonnerre grandissant.

Tous se retournèrent vers l'armée psychopompe, énorme nuage de poussière sombre qui avançait inexorablement, à l'exception de la Reine Blanche qui continuait à fixer le ciel avec un calme olympien, le regard illuminé.

Les résistants, peu rompus au combat, se mirent à courir dans tous les sens.

Cosmo se mit en position devant Blanche, prêt à protéger sa souveraine jusqu'au dernier instant.

Pearl ferma les yeux et se mit à prier, ne sachant plus quoi faire.

Les guerriers de la terreur rejoignirent enfin la Falaise. Ils se rangèrent derrière Noire, prêts à charger. Celle-ci se déplia, leva le bras en signe d'attaque, et fonça vers sa sœur.

Blanche ne cilla pas.

Soudain, un éclair éblouissant déchira le ciel.

Le Roi Hermès apparut, s'interposant in extremis entre ses deux filles.

La Reine du Cauchemar fut paralysée, sidérée par l'apparition soudaine de son géniteur.

Son armée s'aplatit derrière elle.

– Père ??!! fit-elle dans un filet de voix.

Comme par magie, le roi se mit à grandir. Il se démultiplia jusqu'à atteindre une taille colossale, dépassant la hauteur de ses filles.

La Reine Noire, déconfite, disparut sous son ombre menaçante.

– Tu as dépassé les bornes.

Dans un geste désespéré, elle tira son glaive de combat de ses jupes et le brandit vers son père. Elle ouvrit sa grande bouche pour rugir mais aucun son n'en sortit.

Un silence épais s'était abattu sur la Falaise des Origines.

Tous les Terra-Somniens, qu'ils soient du côté du Rêve ou de celui du Cauchemar, se prosternaient dans le sable.

Pearl se dissimula derrière l'épaule de Cosmo, qui s'était agenouillé devant le patriarche.

Noire agita son glaive vers son père sans grande conviction. Toute son autorité physique s'était évanouie, elle ressemblait maintenant, malgré sa gigantesque carcasse, à une vieille petite fille capricieuse en proie à un accès de colère.

Hermès lui lança un éclair, qui la rétrécit en un clin d'œil.

La Reine du Cauchemar, consternée, se retrouva réduite à la banale hauteur d'une femelle normale, voire à la taille d'une adolescente. Elle flottait dans ses atours royaux, et se cogna le menton dans son armure si lourde qu'elle l'empêchait maintenant d'avancer.

– Mais, père... Mais qu'avez-vous fait ! dit-elle en passant ses mains sur son corps rétréci, incrédule.

Hermès demeura impassible.

Les suivants de la Reine Blanche poussèrent des cris de joie.

Les guerriers de la Reine Noire se prosternèrent devant le Roi.

– Père, je vous en conjure, rendez-moi ma taille...

– Je te rendrai ta taille quand tu auras retrouvé tes sens.

Noire se jeta à ses pieds, secouée par des tics pathétiques.

– Vous m'anéantissez !

– C'est bien ce que je souhaite. Tes méthodes sont indignes.

– Je vous en prie ! Vous ne pouvez pas faire ça à votre propre fille.

Hermès lui tourna le dos souverainement, la laissant éplorée dans le sable, et se dirigea vers Blanche.

La Reine Noire releva la tête, puis, soudain exaltée, aveuglée par la haine, déplia son nouveau corps d'adolescente décharnée vers le ciel, énonçant telle une formule magique :

– Corruption, mensonge, veulerie, débauche, faiblesse, convoitise, perfidie, trahison, félonie ! Il est trop tard ! L'Ère du Cauchemar vous perdra tous !

Le Roi fit volte-face, hors de lui.

Un épais nuage de fumée sortit de ses narines.

Il lui lança une nouvelle giclée de foudre, fatale.

Noire fut réduite à la taille d'un bébé, enfouie dans un berceau de sable.

L'horrible nourrisson se mit à pleurer de toutes les larmes de son corps.

Les bras de Morphée

ALERTÉE par les éclairs, tornades, et autres phénomènes atmosphériques annonciateurs, la population de Terra Somnia, partisans du Rêve et cerbères du Cauchemar confondus, avait accouru à la rencontre de leur monarque.

– VIVE LE ROI HERMÈS ! cria la foule maintenant réunie au bord de la Falaise des Origines.

– Il est temps que le Rêve reprenne ses droits. Ne vous inquiétez pas pour le Cauchemar, il a pris tant d'avance dans les mondes que le recul que je viens d'infliger à Noire n'a aucune chance de le faire disparaître.

Alors que Noire continuait à hoqueter de dépit dans son berceau, au bord du vomissement, Blanche se mit à genoux devant son père et l'enlaça dans ses bras replets.

– Louées soient les divinités ! Ne nous quittez plus jamais, mon père.

– Je suis fier de toi, chérie. Tu t'es comportée comme un chef.

Noire se mit à vomir. Blanche ignora ses éructations et répondit à Hermès :

– Je n'y suis presque pour rien, Majesté. C'est à Cosmo et à la Princesse Pearl que nous devons notre salut !

– La Princesse Pearl ? Mais je n'ai pas eu l'honneur d'être présenté, fit Hermès.

Cosmo se leva et mena l'intéressée vers le monarque.

Pearl, ne sachant pas quoi faire, s'agenouilla, tête baissée, comme elle l'avait lu dans les livres de son enfance. Elle releva les yeux et croisa son regard : un regard puissant, autoritaire mais plein de bienveillance. Il la considéra sans mot dire, puis l'invita d'un geste à se relever.

Elle s'exécuta. Il détailla la nouvelle venue avec une expression bizarre, un mélange d'admiration et d'espièglerie.

Désarçonnée, elle lui sourit pour dissimuler son trouble.

– Quel beau spécimen ! Mes respects, Princesse !

– Je ne suis pas une Lulibérine, Majesté, répondit timidement Pearl en baissant les yeux.

Une rumeur de surprise parcourut l'assemblée.

La Reine Noire s'arrêta de vomir.

– C'est ce que vous croyez ! Et vous pensez aussi qu'il n'y a pas lieu de vous appeler princesse, lui dit le Roi, non sans un certain amusement. Mais vous êtes aussi jolie que toutes les Coronaria de ma connaissance, et, ma foi, aussi bien habillée qu'une Princesse, ajouta-t-il en la toisant de la tête aux pieds.

– Le costume a été composé par mes soins ; il vient de

ma collection personnelle, Majesté, si je puis me permettre, ne put s'empêcher de préciser Polo, fier comme un coq.

Hermès changea d'expression. Il reprit taille humaine, s'approcha solennellement de Pearl et lui cueillit la main avec tendresse.

– Non seulement vous avez envahi le cœur de Cosmo, mais vous avez enflammé les passions de notre peuple entier. En ce qui me concerne, quel que soit votre monde d'origine, vous êtes la Lulibérine la plus brillante et certainement la plus contagieuse que tous les temps nous aient envoyée. Vous savez, ni la passion ni la générosité n'ont de nationalité.

La foule se mit à hurler de joie. Cosmo rayonnait. Hermès leva les bras pour ramener le calme.

– Agenouillez-vous, mon enfant, murmura-t-il à Pearl.

La jeune femme s'exécuta, un peu abasourdie.

– Princesse Pearl, Je vous sacre Grand Astre Lulibérine.

Le Roi embrassa la main de Pearl.

Un petit tatouage en forme de L se dessina à la naissance de sa paume comme un souffle puis s'étira en un délicat bracelet imprimé sur son poignet.

La foule se mit à crier de plus belle.

Hermès serra Pearl dans ses bras, puis se dirigea vers Cosmo.

– Cosmo, je te félicite. Tu as sauvé Terra Somnia grâce à ta curiosité et à ton ouverture d'esprit. Tu as découvert le secret des vases communicants, et en la personne de Pearl, tu nous as ramené à nous tous un trésor. En cherchant, tu nous as aidés à changer. Tu redores le blason de la confrérie des chercheurs de choses ! Et pour te prouver ma gratitude, je te nomme Grand Maître de la Métamorphose.

Pearl regarda Cosmo avec fierté. Cosmo lui sourit.

– J'en suis très honoré. Mais, Sire, tout ce que je voulais, c'était aider à retrouver un peu de clarté dans notre monde.

– Tu as fait bien plus que ça. L'inspiration va renaître de ses cendres. Espérons que le reste suivra. Il faut bien commencer par quelque chose. L'espérance, à travers les temps, s'est toujours fondée sur l'improbable. Fort heureusement, il arrive que les processus dominants ne soient pas toujours gagnants ! Quoi qu'il en soit, grâce à toi, l'improbable a de nouveau triomphé. Notre dualité ne pourra jamais disparaître. Elle fait partie de notre nature. Et quant au Beau Monde, son relief est mouvementé. Il y a des crêtes, des vallées, des saillies et des failles insoupçonnées. On ne peut pas le repasser comme une chemise. Il est taillé de manière bien trop complexe pour se soumettre à la pression d'un fer, aussi puissant soit-il. Il est à la fois barbare, éclaté, libérateur, jubilatoire, insensé, mutant, heureux et monstrueux. L'homme se perd dans la complexité de ce qu'il a créé, c'est son lot. Qu'il reprenne possession de ses rêves profonds, la moitié du chemin sera parcourue : il lui restera à réinventer son avenir. Les hommes sont toujours capables d'aimer passionnément, capables de remuer des montagnes par amour, j'espère qu'ils seront capables de changer leur monde et leur destin.

– Sire, pourrais-je vous demander une faveur ?

Le Roi répondit d'un geste magnanime.

– Tss, tss... Ne me dis rien. J'ai compris. Tu veux que je te confie le Musée des Rêves ?

– Non, enfin oui, répondit le chercheur de choses, visiblement flatté. Mais, Sire...

– Ne me remercie pas, c'est la moindre des choses, continua Hermès. C'est une lourde responsabilité, tu sais ! Il y en a des rêves à dépoussiérer ! Tu ne vas pas t'ennuyer. Tu en as pour des milliers de tours de cerceau.

Le visage de Cosmo se décomposa. Il regarda Pearl, les yeux noyés de tristesse. Le Roi, réalisant son désarroi, le prit par l'épaule affectueusement.

– Ne t'inquiète donc pas. Je sais que tu seras à la hauteur.

– Sire... je... et Pearl ?

Hermès entraîna Cosmo vers Pearl.

– Tu as raison, il est temps que notre petite Princesse rentre chez elle. Pearl, maintenant que vous êtes pour toujours une Lulibérine, vous pourrez avoir la fierté de ramener le Rêve dans votre monde. Cosmo, tu sais ce qu'il te reste à faire.

Cosmo et Pearl échangèrent un regard perdu.

Le jeune homme ouvrit la bouche, mais personne n'entendit ses paroles. Sauf elle. Un murmure parvint à ses oreilles. Un secret qui lui fendit le cœur où un amour immense se mêlait à une confusion inextricable.

Le Roi prit le chercheur de choses par le bras et lui chuchota à l'oreille.

L'ouïe extra-sensible de Pearl capta les paroles du monarque mais leur signification resta floue :

– Tu sais qu'un Maître de la Métamorphose a un droit

d'exercice universel, tous les mondes sont ton domaine. Est-ce que tu as fait ton choix ?

Cosmo acquiesça d'un mouvement de la tête. Il plissa douloureusement le front puis releva son regard vers Pearl. Ses yeux étaient si clairs qu'ils lui apparurent transparents.

– Il est temps de rendre ta Princesse aux bras de Morphée, ajouta Hermès.

Cosmo se dirigea vers Pearl avec solennité.

Il la prit par la main et la conduisit lentement vers la falaise. Sa Princesse le suivit sans mot dire. L'émotion lui compressait la poitrine. Perdue, elle se retourna vers la petite troupe rassemblée autour du Roi. Blanche, Apollon, Oxymoron, les femmes à barbe, les cohortes de femmes-fleurs, de courtisans rebondis, d'arbres vivants et autres inspecteurs à longs nez qui avaient jalonné ce grand voyage lui souriaient, les larmes aux yeux. Leurs mains oscillaient au ralenti, formant une grande vague de bras multicolores.

Pearl crut sentir le sol se dérober sous ses pieds. Elle sursauta, se retourna. Tout en bas, elle vit les vagues se briser contre les rochers. Cosmo approcha sa main du visage de sa bien-aimée, caressa ses joues avec tendresse. Quand il dégagea ses longs doigts de magicien, un papillon s'en échappa et plongea comme une fusée en direction de la mer.

Cosmo se jeta dans le vide, entraînant Pearl derrière lui.

– *MAAAGNIFICUS !* entendit-elle alors qu'ils tombaient vers l'océan.

*

Elle ne sentit pas l'impact de l'eau. Pas de bruit de miroir brisé, pas de changement de température ou de densité, ils avaient changé d'élément en douceur, sans s'en rendre compte. Tout devint obscur, le haut et le bas s'inversèrent. Le sol se dérobait sous ses pieds, laissant ses genoux flageolants comme quand on tombe dans les pommes, à moins que ce ne fût une de ces chutes libres qu'elle avait déjà vécues en rêve qui ne finissaient jamais comme on pouvait s'y attendre. On ne s'écrasait pas comme une crêpe, on ne se brisait pas les os, on tombait juste, pendant un temps infini, partagé entre l'angoisse et l'incompréhension, livré à un saut dans le vide où la gravité et la vitesse semblaient régies par des lois différentes. Le temps s'arrêtait, l'obscurité était opaque et sans fond, un peu comme le cosmos, jusqu'à ce qu'on se retrouve ailleurs sans avoir eu le temps de réaliser quoi que ce soit.

Pearl n'entendait pas le moindre bruit. Même ses oreilles extra-sensibles étaient soumises à cette dimension inconnue. Elle tenta de crier mais aucun son ne sortit de sa bouche.

Bien que le plongeon eût été vertigineux, Cosmo la tenait toujours solidement par le poignet, et ils s'enfonçaient maintenant inexorablement dans l'eau sombre. La main du jeune homme la réconforta. Malgré son étreinte, elle était tiède et douce. Ils continuèrent à couler dans l'onde bleutée. Alors qu'elle ne pouvait plus retenir son souffle, Cosmo s'empara de sa bouche, et soudain, elle put respirer.

Les yeux grands ouverts malgré la pression de l'eau, elle aperçut une ombre s'approcher, ondulant comme une raie manta. L'ombre se précisa, entrant dans un rai de lumière. Pearl crut reconnaître une sirène. Une immense sirène aux grands bras ailés. Cosmo lâcha soudain la main de Pearl. Contre toute attente, il changea de cap, remontant comme un fuyard vers la surface, alors que Pearl poursuivait sa chute dans les profondeurs de l'océan.

Sa conscience commençant à lui faire défaut, elle ne put réagir, et le spectre de la fureur due à cet abandon inattendu s'évanouit de lui-même, tandis qu'elle continuait à s'enfoncer dans les eaux bleues.

Cosmo disparut.

La sirène était maintenant très près d'elle. La créature, mi-poisson mi-femme, la prit dans ses bras, refermant sur elle ses ailes comme un manteau de nuit. Pearl glissa dans un sommeil opaque.

Il n'y avait qu'une manière de rejoindre le Beau Monde : dans les bras de Morphée.

EN COMPAGNIE DES HOMMES

Le soleil était sur le point de se lever quand M. Chen, le gardien du Pier numéro 232, fit son tour de ronde et vit un corps flotter sur l'Hudson River. Il s'approcha du bord, plissant des yeux pour mieux sonder la semi-obscurité et s'assurer que son imagination ne lui jouait pas des tours. C'était bien un corps, celui d'une jeune femme, bringuebalant sur l'onde comme un radeau abandonné. M. Chen faillit appeler la sécurité mais l'urgence de la situation le poussa à prendre lui-même l'affaire en main.

Il s'empressa de descendre dans le canot de surveillance et démarra le moteur pour aller repêcher la créature.

Menue, pâle, les yeux clos, elle flottait sur le dos comme si elle s'était endormie à la surface de la rivière.

Il parvint sans mal à la hisser sur les flotteurs en plastique de son embarcation.

Il se pencha vers son visage et sentit de l'air tiède s'échapper de ses narines. La jeune femme respirait.

Il voulut lui prodiguer les gestes de premiers secours. Il dégagea ses longs cheveux bouclés salis par les eaux saumâtres de l'Hudson River, révélant un visage d'ange abandonné. Un bouche-à-bouche ne pourrait pas lui faire de mal, songea-t-il en détaillant ses joues livides, sa bouche entrouverte aux lèvres légèrement violacées. Il tenta de la remonter plus avant sur le canot pour pouvoir l'allonger à plat, mais une sorte de traîne de lanières de cuir resta accrochée dans les flotteurs du bateau.

M. Chen entreprit de dégager les liens qui risquaient de s'emmêler dans les pales de son petit moteur mais le poing de la jeune femme était solidement refermé sur leur extrémité.

Alors qu'il essayait de lui faire lâcher prise, il se rendit compte qu'il s'agissait d'un fouet.

Que faisait donc cette jeune femme dans les eaux sales de l'Hudson River à l'heure où seuls les marchands du marché au poisson arpentaient les abords douteux du port de la mégalopole ?

M. Chen observa la rescapée, un rien désarçonné. Elle portait des vêtements étranges. Une veste rebrodée d'or, dont les tons semblaient changer au fur et à mesure que le soleil se levait. Des grandes bottes couvraient ses jambes jusqu'au-dessus des genoux, laissant apparaître de longues cuisses gainées d'une fibre couleur de lune qui ne ressemblait à aucune matière de sa connaissance.

Peut-être était-elle une comédienne au chômage qui s'était jetée des hauteurs du pont métallique, souhaitant mettre fin à ses jours misérables ? Il se souvint qu'une troupe de saltimbanques avait manifesté quelques semaines auparavant pour attirer l'attention du public sur des problèmes socioculturels dont il n'avait d'ailleurs pas compris la teneur. M. Chen se débrouillait en langue locale, mais ne savait lire que dans sa langue d'origine. Les nouvelles n'étant pas publiées en chinois, il avait rarement accès à un panorama détaillé de l'actualité.

M. Chen considéra les jolies lèvres pulpeuses de la créature.

Avait-elle besoin d'oxygène ? Bien qu'un bouche-à-bouche fût extrêmement tentant, elle sortait quand même des eaux putrides de cette maudite rivière, peut-être risquait-il d'attraper un virus, un microbe, une pollution pernicieuse ou toute autre mauvaise surprise du destin.

Le vigile du Pier 232 décida donc de tenter de lui faire reprendre conscience en lui tapotant délicatement la nuque, puis en lui caressant le visage.

Elle se mit à bouger, un peu comme une enfant encore enlisée dans ses rêves. Un petit crabe s'échappa de ses bottes. Il sursauta, puis, pris de témérité, secoua la jeune femme par les épaules.

– Cosmo, murmura-t-elle.

Elle ouvrit enfin les yeux. Elle dévisagea son sauveur, ses paupières glissaient, confirmant qu'elle était encore un peu dans les vapes.

– Où suis-je ? demanda-t-elle.

– Pier 232, répondit le Chinois de son accent pointu.

Alors que sa perception auditive retrouvait son niveau habituel, Pearl entendit le brouhaha lointain comme s'il se déroulait à quelques mètres, distinguant les diverses couches sonores, sirènes obsédantes, ronronnements de camions de livraison, ordres en chinois, bruits de caisses qu'on empile et de tapis roulants en action. Elle se boucha les oreilles en grimaçant.

– Marché au poisson, ajouta-t-il en la gratifiant d'un sourire édenté.

– Cosmo, où est Cosmo ? s'écria-t-elle, se redressant avec difficulté sur ses avant-bras.

M. Chen avait l'air complètement désemparé.

– Cosmo ?

– Un jeune homme, avec de grands yeux pâles... On était ensemble, dans l'océan.

– Cosmo, connais pas.

Pearl réalisa l'absurdité de sa question. La réalité la frappa subitement. Elle était revenue à New York et devait retrouver la compagnie des hommes. Cet individu l'avait sortie de la rivière. Elle se souvint confusément de la Falaise des Origines, du saut dans le vide, de l'océan, des bras de Morphée, la sirène ailée.

C'était fini. Elle était de retour dans le Beau Monde, et elle était seule.

Elle s'ébroua et se leva d'un coup sur ses jambes.

Le vigile, interprétant ce geste brusque comme de l'agressivité, recula d'un pas et se mit à déblatérer à toute vitesse en chinois :

– Mademoiselle, vous étiez dans l'Hudson River, personne ne nage dans l'Hudson River, c'est très dangereux, mademoiselle. Je devrais sans doute vous livrer à la brigade de l'hygiène urbaine.

– Bas les pattes ! répondit-elle avec autorité dans la langue du vigile.

M. Chen fut si surpris de l'entendre parler mandarin qu'il faillit basculer dans la rivière. Pearl brandit son fouet. Le vigile paniqua.

– Ne vous inquiétez pas, je ne dirai rien, je ne dirai rien ! bafouilla-t-il avant de sauter du canot pour rejoindre la terre ferme.

Il partit en courant.

Pearl se retourna vers la rivière. Elle en scruta la surface. L'aube se reflétait dans le clapot régulier. Quelques cadavres de poissons flottaient sur l'eau saumâtre, quelques reflets orangés de la lumière naissante égayaient la triste vision des eaux sales de la mégalopole. Mais il n'y avait pas la moindre trace de Cosmo.

Cosmo l'avait abandonnée. Il avait choisi son monde.

L'Hudson River lui parut être une rivière de larmes.

Pearl remonta le petit escalier qui menait au chemin de ronde du Pier 232.

La tête lui tournait, le bruit de la grande ville la rattrapa, ses oreilles se mirent à bourdonner.

*

Quand la jeune femme sonna à la porte du Palais de Vénus, Mme Wolski était déjà en poste à la réception, une cigarette à moitié consumée pendue à ses grosses lèvres rouges, dépoussiérant son comptoir en sifflotant.

Elle lâcha son plumeau, traîna son pas de pachyderme

jusqu'à la porte, plissant les yeux pour distinguer la silhouette qui s'affichait en contre-jour.

Quand elle arriva à quelques mètres, elle fut si surprise de voir sa locataire préférée qu'elle en laissa tomber son mégot.

Médusée, elle resta sur le pas de la porte à considérer la jeune femme comme une apparition.

– C'est moi, madame Wolski, ouvrez-moi !

– Pearlichka ?!

La logeuse ouvrit les nombreux loquets de sécurité.

Elle approcha ses grosses mains du visage de la jeune femme et caressa ses joues humides. Ses cheveux étaient trempés.

– Il a plu ?

Elle se pencha vers la rue. Le trottoir était parfaitement sec, baigné par la lumière matinale.

– Non, répondit Pearl. Je peux entrer ?

– Que s'est-il passé ? Tu es toute mouillée ! s'inquiéta-t-elle.

Mme Wolski entoura sa jeune amie de ses gros bras, la serrant si fort qu'elle faillit l'étouffer.

– Pearlichka ? Ma chérie ! Je te croyais morte !

– Oh, madame Wolski, ça serait peut-être pas plus mal...

La jeune femme étouffa un sanglot, blottie dans la poitrine bienveillante. Elle tremblait.

– Mais il faut te changer ! s'écria la logeuse. Viens te réchauffer chez moi, ma chérie. Je vais te faire un grog à l'hydromel.

Pearl la suivit dans le grand escalier sans mot dire.

Mme Wolski se retourna soudain vers elle, les yeux emplis de fureur.

– M. Pluck ne savait pas où tu étais, même la police ne te trouvait pas ! Je me suis fait un sang d'encre !

– Excusez-moi. Je vous assure que je n'avais aucun moyen de vous prévenir.

– Ne refais jamais ça !

– Je ne pense pas que j'en aurai l'occasion, conclut Pearl tristement.

Elles montèrent l'escalier en silence. Mme Wolski sentit qu'il s'était passé quelque chose de tout à fait inhabituel. Pearl avait l'air épuisée. La logeuse laissa tomber les remontrances et chercha dans son cerveau une information susceptible de ragaillardir sa jeune amie.

– Tu me diras, à toute chose, malheur est bon ! Je me suis fait tellement de bile que j'ai rêvé de toi.

– Vous avez rêvé, vraiment ? Mais vous m'aviez dit que vous ne rêviez plus depuis des lustres !

– Des lustres, et c'est bien peu dire ! J'en étais totalement incapable. C'était un rêve bizarre, mais ma foi, ça m'a remonté le moral.

L'ombre d'un sourire traversa le visage de la jeune femme.

– Ça alors...

La grosse dame la prit par le bras, ravie de l'avoir revigorée.

– Oui. Je m'en souviens comme si j'y étais. Nous étions dans une taverne, avec un drôle de type à mèche blanche, tu arrivais avec ton copain Cosmo. Il avait des yeux d'une couleur hallucinante, ça je m'en souviens très bien, et il te tenait dans ses bras comme quand on aime quelqu'un très fort. Je me suis dit bêtement que si tu étais dans mon rêve dans les bras d'un type amoureux, tu devais bien être occupée à quelque chose de chouette quelque part. Je buvais de la vodka avec le vieil homme à mèche blanche, et il a dit un truc sur le phénix qui renaissait des cendres, ou de ses ruines, je ne sais plus. J'ai cru qu'il parlait de toi. Il y avait une drôle d'ambiance, limite cauchemar, à la fin on s'est tous effacés d'une manière plutôt effrayante, et hop, je me suis réveillée. Bon, tu me diras ; c'est pas le plus beau rêve du monde, mais ma foi, ça m'a tout de même fait du bien. Je savais bien que ça finirait par me revenir !

Mme Wolski prit tendrement les mains de Pearl.

– Je suis si contente de te voir, ma Pearlichka, mon petit phénix...

Pearl se blottit de nouveau dans les bras de la logeuse.

Une série de notes de musique retentirent derrière les murs. La jeune femme tendit l'oreille. On aurait dit une corne de brume.

Mme Wolski s'esclaffa.

– T'as entendu ce boucan ! Fais pas attention, c'est la nouvelle fille de la chambre 19. Une musicienne... Fait trop de bruit ! Même pour moi, pourtant j'ai pas franchement l'ouïe fine. Elle joue du basson. Du basson !

– Du basson..., répéta Pearl tristement, j'avais cru...

Elle haussa les épaules et recommença à monter l'escalier. Mme Wolski remarqua ses vêtements inhabituels.

– Mais, chérie, tu es toute froissée... Et qu'est-ce que c'est que cet accoutrement ? Moi qui t'accuse toujours de manquer de fantaisie vestimentaire ! Et ça, c'est quoi, ça ?! fit-elle en indiquant le fouet pendu à la ceinture de la jeune femme.

– Un souvenir. J'ai dû me battre avec des monstres.

– Qu'est-ce que tu racontes ? Où étais-tu ? demanda la logeuse avec inquiétude.

– Je vous en prie, madame Wolski, ne me posez pas de questions.

– Bon. Juste une : étais-tu avec Cosmo, Pearlichka ?

Pearl continua à gravir les marches sans rien dire, les larmes aux yeux.

– Pearl ? s'inquiéta Mme Wolski.

La jeune femme s'arrêta au milieu des marches, fixant le sol.

– Laissez tomber. Cosmo et moi... Cosmo et moi, nous ne sommes pas du même monde.

Cette fois-ci, Pearl fut clairement interrompue par une succession de notes sourdes. Corne de brume. Clic. Clic de nouveau. Puis encore, corne de brume. La mélodie se rapprochait, répétant inlassablement un son long, deux sons courts. Elle semblait venir du bas de l'escalier. L'imagination de Pearl devait une fois de plus lui jouer des tours. Elle ne put malgré tout résister à l'envie de se retourner. Son cœur se mit à battre la chamade quand elle vit une flaque d'eau s'allonger sur le sol de la réception.

La mélodie se répéta.

Nous ne sommes pas du même monde ?

Cosmo, trempé, apparut dégoulinant sur le seuil, un grand sourire fendant son visage.

– Plus maintenant..., dit-il.

Pearl dégringola les marches et se jeta dans ses bras.

– J'ai choisi le tien, murmura-t-il.

Elle se blottit contre sa poitrine. Il passa des mains fébriles dans ses cheveux. Elle sentit ses doigts d'une douceur infinie lui caresser les joues, croisa son regard fiévreux. Elle crut y voir des larmes, mais ça n'était que de la joie. Une joie immense, profonde, limpide, de celles qui font oublier tout le reste. Une joie qui effaça toutes les luttes, toutes les difficultés, tous les obstacles, si insurmontables fussent-ils, passés ou futurs. Il effleura chaque recoin de son visage avec urgence, déposant sur sa peau des centaines de pétales de baisers. Leurs lèvres se mêlèrent. Il l'embrassa avec tendresse, puis avec fougue, puis avec un amour immense, puis avec une complicité brûlante. Ils se sentirent mélangés l'un à l'autre, devinrent lumière, eau, vague, feu, vent, et eurent, au même moment magique, l'impression d'avoir enfin trouvé leur place dans l'univers.

Mme Wolski ne put s'empêcher de s'approcher des amants. Quelle ne fut sa surprise de reconnaître le jeune homme qu'elle avait vu en rêve.

Il ouvrit les paupières, son regard bleu marine noyé dans celui de Pearl.

– J'ai une mission à remplir, dit Cosmo.

Les yeux de Pearl se remplirent d'inquiétude.

– Le Maître de la Métamorphose doit aimer le Grand Astre Lulibérine, murmura-t-il.

Mme Wolski n'était pas sûre d'avoir compris ce que le jeune homme voulait dire, mais ce dont elle fut certaine, c'est d'avoir vu les yeux de Cosmo soudain changer de couleur, avant de replonger dans le visage de sa bien-aimée.

Remerciements

Je tiens à remercier Patrice Casanova, Tom Hedley, Isabelle Fauvel, Anne et Joël Seydoux, Pascal Judelewicz, Barbara Hitchcock, la Polaroid Corp. et le Dr Fain. Un grand merci également à tous les modèles et acteurs qui se sont prêtés au jeu en incarnant les Terra Somniens dans mes photos et mes films, en particulier Andréa Férréol, Trinidad Iglesias, Laurent Grévill, Jango Edwards, Philippe Génion et Linda Cox. Et pour leur aide à la ligne d'arrivée : Chantal MM., Martine B., André S. et François Guétary.

TABLE

DU MÊME AUTEUR

Aux Éditions Mazarine

LE PETIT HOMME BLEU, 1999.

LA CHAPELLE DES CANNIBALES, 2000.

Composition IGS
Impression Normandie Roto Impression s.a.s. avril 2004
Éditions Albin Michel
22, rue Huyghens, 75014 Paris
www.albin-michel.fr
N° d'édition : 22473
N° d'impression : 041058
Dépôt légal : mai 2004
ISBN : 2-226-15111-7
Imprimé en France.